DESEO

AF274854

KRISTI GOLD

LA ÚNICA MUJER

Editado por Harlequin Ibérica.
Una división de HarperCollins Ibérica, S.A.
Avenida de Burgos, 8B - Planta 18
28036 Madrid

© 2024 Harlequin Ibérica, una división de HarperCollins Ibérica, S.A.
N.º 554 - 27.12.24

© 2003 Kristi Goldberg
La única mujer
Título original: The Sheikh's Bidding

© 2006 Kristi Goldberg
La casa de las fantasías
Título original: House of Midnight Fantasies
Publicadas originalmente por Harlequin Enterprises, Ltd.
Estos títulos fueron publicados originalmente en español en 2003 y 2006

I.S.B.N.: 978-84-1074-086-0
Depósito legal: M-21117-2024
Impreso en España por: BLACK PRINT
Fecha impresión para Argentina: 25.6.25
Distribuidor exclusivo para España: LOGISTA
Distribuidor para México: Distibuidora Intermex, S.A. de C.V.
Distribuidores para Argentina: Interior, DGP, S.A. Alvarado 2118.
Cap. Fed./Buenos Aires y Gran Buenos Aires, VACCARO HNOS.

MIXTO
Papel procedente de
fuentes responsables
FSC® C159065
FSC
www.fsc.org

Capítulo Uno

–Y ahora, veamos, ¿quién hace la primera oferta por esta pequeña dama?

Andrea Hamilton se movió nerviosamente en la plataforma situada en el impresionante ruedo de la Granja Winwood. Llevaba puesto el único vestido que tenía y mostraba una sonrisa insegura. Le molestó que la llamasen «pequeña dama». Se recordó que la subasta era por una buena causa, la razón por la que había donado dos meses de entrenamiento de caballos. A cambio, se arriesgaba a que la dejaran a un lado por alguien de más experiencia.

–Venga, señores y señoras –dijo el subastador–. Denle una oportunidad. Es buena.

–¿En qué? –preguntó desde un rincón un borracho vestido con un esmoquin.

Andi le dedicó una mirada de desprecio que el hombre no pareció notar. Estaban casi al final del evento y los mecenas que quedaban, prestaron poca atención cuando la nombraron por segunda vez. ¿Y si nadie se molestaba en ofrecer ni siquiera el mínimo?, pensó ella.

–Quinientos dólares –gritó el borracho.

–Cincuenta mil dólares.

El murmullo de la sala fue silenciado por la voz que ofreció la astronómica cifra, desde el fondo del ruedo. Andi se quedó helada. No comprendía quién podría haber ofrecido semejante cifra.

—Cincuenta mil. ¡A la una! ¡A las dos! ¡Vendido al caballero que está al lado de la puerta!

Andi giró el cuello para ver quién era el misterioso hombre que había apostado. Pero como era bajita lo único que pudo ver fue un hombre de espaldas, vestido con un traje tradicional árabe, marchándose del edificio. Debía de ser un aristócrata, supuso Andi. No era extraño en los círculos de las carreras de caballos.

Probablemente tuviera más dinero que sentido común. O tal vez sus intenciones fueran turbias. Esperaba que no se confundiera y supiera que solo estaba comprando su entrenamiento con caballos. Si buscaba otro tipo de servicio, estaba equivocado. No pensaba dejar que se le acercase, aunque ofreciera cincuenta millones de dólares.

Andi dirigió una mirada de agradecimiento al subastador y bajó los escalones lo más rápido que pudo con sus tacones, le dio su copa a un camarero que iba de un lado a otro y se abrió paso entre la gente hacia la salida, que estaba en un lateral del edificio. Salió a la cálida noche de Kentucky, contenta de dejar atrás la alta sociedad, por no mencionar al borracho.

Se alegró de poder marcharse a casa. Mañana ya se ocuparía del hombre que había apostado.

Cuando estaba en la acera que la llevaba al aparcamiento, un hombre de piel oscura y traje oscuro le bloqueó el paso.

—Señorita Hamilton, al jeque le gustaría hablar con usted.

—¿Qué?

—Mi jefe es quien ha comprado sus servicios y quiere hablar un momento con usted —el hombre gesticuló hacia una limusina negra que ocupaba buena parte del bordillo.

De ninguna manera iba a meterse con un extraño en una limusina, aunque fuera un príncipe que hubiera invertido mucho dinero en el hospital de niños.

Andi metió la mano en su bolso y le dio su tarjeta.

—Tome. Que me llame el lunes para hablar de los términos del acuerdo.

—Insiste en verla esta noche.

Andi estaba perdiendo la paciencia.

—Mire, señor. Le repito que no estoy interesada en hacerlo ahora mismo. Por favor, dígale a su jefe que le agradezco el gesto y que nos veremos pronto.

El hombre no se inmutó.

—Me ha dicho que si usted me daba problemas, tenía que plantearle una pregunta.

—¿Qué pregunta?

—Pregunta si sigue soñando con las estrellas.

El corazón de Andi sintió una convulsión. Volvieron los recuerdos de hacía siete años. Recuerdos de estar tumbada en la hierba, bajo un cielo a punto de amanecer, sola, ahogada en lágrimas, hasta que él había acudido a su lado. Recuerdos de un despertar sensual que había empezado con una tragedia y había terminado con una experiencia agridulce. Un momento especial, un hombre inolvidable.

Un amor verdadero.

«¿Por qué sueñas con las estrellas, Andrea? ¿Por qué no soñar con algo más tangible?».

Su voz volvía a su memoria, dulce, profunda y seductoramente peligrosa. Aquella noche, en su tristeza, ella se había acercado a él, y luego él la había dejado sola, olvidada, a excepción de un regalo muy preciado, que le servía para recordar cada día lo que no iba a tener jamás.

Andi sintió frío repentinamente.

–¿Y cuál es el nombre de ese señor? –preguntó, aunque temía que ya lo sabía.

–El jeque Samir Yaman.

Andi lo había conocido por Sam. Había sabido que su familia poseía una gran fortuna, pero no lo había conocido por el título.

Había sido el mejor amigo de su hermano mayor, y se había pasado la mayor parte del tiempo en su casa en la época de la universidad, como miembro adoptado de la familia. Ella había sido una adolescente absolutamente fascinada por un hombre exótico que le había tomado el pelo de mala manera. Siempre la había visto como la hermana pequeña de Paul, hasta aquella noche, apenas cumplidos sus dieciocho años, cuando la tragedia había cambiado su vida. Irónicamente, solo unas horas antes, otra vida le había sido arrebatada.

Pero de eso hacía mucho tiempo. Agua pasada, como decía el proverbio. Y ella no quería desenterrar el dolor o volver a ver a Sam, porque sabía que corría un gran riesgo si lo hacía. Un riesgo para su corazón y para el secreto que le había ocultado durante años.

El hombre caminó hacia la puerta de la limusina y la abrió.

–¿Señorita Hamilton?

–Yo no...

–Entra, Andrea...

Aquel tono de voz tan profundo, la atrajo, contra su voluntad. De repente se vio entrando en la limusina, como si ya no tuviera control sobre su cuerpo ni sobre su mente. Algo que había ocurrido desde que lo había conocido. La había hecho cautiva de sus encantos, de su trato fácil, de su aire de misterio, y de sus caricias.

La puerta se cerró y se encendió una pequeña luz, revelando a un hombre reclinado en el asiento de piel. La miró en silencio.

Era cualquier cosa menos un extraño para ella. Lo miró un momento. El corazón le latía aceleradamente, como si quisiera escapar de su pecho, como ella quería escapar de él. Pero no se podía mover, no podía hablar cuando la miraba.

Se quitó el turbante de la cabeza como si quisiera demostrarle que era el mismo hombre que el de años atrás. Pero no era el mismo totalmente. Los cambios eran sutiles, fruto de la madurez sin duda, pero seguía siendo guapo. Con el mismo cabello grueso negro que se le rizaba en la nuca, la misma mandíbula masculina, la misma deliciosa boca. Aunque sus ojos casi negros parecían fatigados, no tenían el brillo y la frescura de su juventud.

Seguramente los de ella expresarían desilusión, y sorpresa.

Andi hizo un esfuerzo por ser fuerte en su presencia.

—¿Qué estás haciendo aquí, Sam?

Sam sonrió con aquella sonrisa devastadora, con aquel hoyuelo en su mejilla izquierda. Pero pareció querer reprimírsela, del mismo modo que Andi intentaba reprimir su reacción ante un gesto tan devastador.

—Hace mucho que nadie me llama así —hizo un gesto hacia un pequeño bar que había a su izquierda—. ¿Quieres beber algo?

¿Algo para beber? ¿Pensaba aparecer así de nuevo en su vida, como si no hubiera pasado nada?

Andi se alegró de que aquello le produjera semejante rabia.

7

–No. No quiero beber nada. Quiero saber por qué estás aquí. No sé nada de ti desde el funeral de Paul.

Él desvió la mirada.

–Era necesario, Andrea. Tenía cumplir obligaciones con mi país.

Y ninguna con ella, pensó Andi.

–¿Por qué no me dijiste que eras un jeque?

–Eso daba igual, ¿no crees? ¿Habrías comprendido lo que supone eso? –le clavó la mirada.

Probablemente, no. Tampoco el hecho de que él hubiera desaparecido sin una explicación.

–Entonces, ¿por qué has vuelto?

–Porque no podía dejar pasar un día más sin verte.

Andi juró por dentro ante su reacción al oír aquellas palabras halagadoras.

–Bueno, es estupendo. ¿Y qué pensabas hacer después de tanto tiempo?

Sam se quitó la túnica que lo distinguía como un miembro de la realeza y la dejó a un lado. Se quedó con una camisa blanca y un pantalón negro.

Andi no pudo reprimir admirar sus anchos hombros y el vello negro que le asomaba en el pecho de su camisa. El joven había dado paso a un hombre muy atractivo. Y ella haría bien en ignorarlo, se dijo, no pudiendo evitar la reacción traicionera de su cuerpo.

Sam se rascó la mejilla y dijo:

–Necesito saber si lo que he descubierto es verdad.

Andi sintió una punzada de miedo.

–¿El qué?

–Sé que has tenido que trabajar duro con la granja, y que apenas has podido mantenerte. Varias veces a lo largo de los años pensé en ofrecerte ayuda económica, pero pensé que tu orgullo no te permitiría aceptarla.

Andi se sintió aliviada. Tal vez no supiera todo.

—Tienes razón. No necesito tu ayuda, ni económica ni de ningún tipo.

—¿Estás segura de eso, Andrea?

—Sí. Me arreglo bien.

—Pero no te has casado nunca.

—No tengo interés en encontrar marido.

En realidad, nadie había igualado a Samir Yaman. Nadie había producido ese efecto en ella.

Para olvidarlo, muchas veces se había dicho que habían sido solo fantasías de adolescencia. Pero no había logrado olvidarlo. Y ahora que lo volvía a ver volvía a sentir el dolor de la imposibilidad de borrarlo de su corazón.

Y el saber quién era, qué era, solo confirmaba la imposibilidad de formar parte de su mundo.

—Tengo otra pregunta.

Andrea sintió miedo.

—Si tiene que ver con el pasado, no me interesa. Está terminado.

—No está terminado, Andrea, aunque quieras que lo esté.

El tono de su voz, en el límite de la rabia, hizo que Andrea deseara apartar los ojos de él. Pero no pudo.

—¿Cómo está tu hijo? —preguntó Sam.

Andrea volvió a sentir miedo.

—¿Cómo has sabido de él?

—Tengo los medios para averiguar cualquier cosa de cualquier persona.

¡Maldita arrogancia!, pensó ella.

—Mi hijo está bien, gracias.

—¿Y su padre?

El terror le quitó la respiración.

—Es mi hijo. Solo mío.

—Tiene que tener un padre, Andrea.

—No, no lo tiene. Su padre no está en escena. Nunca lo ha estado.

—Entonces es mío, ¿no?

¡Oh, Dios! ¿Qué iba a hacer ahora?

—Cree lo que quieras. Esta conversación está terminada.

—No lo está.

—¿Qué quieres de mí?

—Quiero saber por qué nunca me has dicho nada sobre él.

Ella dejó escapar una risa forzada para disimular su ansiedad.

—¿Y cómo habría podido hacerlo? Tú desapareciste sin dejar ningún número de teléfono, sin forma de poder ponerse en contacto contigo.

—Entonces, ¿admites que soy su padre?

—No admito nada. Lo que digo es que no importa, jeque Yaman. No importa nada de esto. El pasado es pasado. No quiero desenterrarlo.

—No importa lo que queramos tú y yo, Andrea. Lo que importa es nuestro hijo. Estoy decidido a enmendar esto. Si no ahora, más tarde. Pronto.

Andi abrió la puerta e intentó salir. Pero él le agarró la mano y le dijo:

—Estaremos en contacto.

Ella vio un rastro de tristeza en su expresión, algo que solo había visto una vez.

Pero enseguida desapareció esa expresión de vulnerabilidad y sus ojos volvieron a destilar misterio.

Sam dio vuelta su mano y acarició su palma con un dedo. Ella recordó aquella noche, cuando sus expertas caricias le habían hecho rogarle que parase, le habían hecho rogarle que no parase.

Andi quitó la mano y corrió a su camioneta.

Huyó del pánico de que quisiera quitarle a su hijo y del amor por él, que jamás había muerto.

Pero en su corazón sabía que no podría escapar de él, aunque la volviera a dejar.

Samir Yaman se sentó en la oscuridad, rodeado del lujo que siempre había tenido. Necesitaba una copa.

Pero no quería ceder al alcohol, en aquel momento en que necesitaba pensar con claridad.

En realidad no probaba el alcohol desde aquella fatídica noche, en que había cometido dos errores imperdonables.

Aun después de todo aquel tiempo, no había logrado escapar al sentimiento de culpabilidad por la muerte de su amigo. Se había dado cuenta demasiado tarde de que tendría que haber impedido que Paul bebiera tanto en la fiesta de graduación. Pero no lo había hecho, porque su amigo se había merecido aquella libertad, después de la gran responsabilidad que había tenido que asumir después de la muerte de su padre. Aquello había costado la vida de Paul. Y Sam aún pagaba el precio de su falta de juicio.

¡Si al menos no hubiera ido a Andrea, después de marcharse del hospital, sabiendo que su hermano no había sobrevivido! Si al menos hubiera esperado hasta el amanecer, en lugar de seguirla al estanque donde ella solía ir a pensar, y donde aquella noche había ido a llorar...

Si al menos hubiera recordado que solo era una muchacha que estaba sufriendo un gran dolor y que necesitaba que la consolasen.

Haber cedido a ese deseo había sido su segundo error. No había tenido la fuerza necesaria para resistirse a ella; quizás por la propia necesidad de olvidar, o quizás porque ella siempre había sido su mayor debilidad.

Y lo seguía siendo.

Se había dado cuenta en cuanto la había vuelto a ver allí, de pie frente a la masa de gente, con un vestido negro que se ajustaba a sus curvas. Había parecido orgullosa al principio. Pero luego, a medida que pasaba el tiempo y que nadie hacía una oferta decente, había parecido desanimarse, razón por la cual se había decidido espontáneamente remediarlo.

Echó la cabeza hacia atrás y cerró los ojos. Las imágenes de Andrea le quemaban en su mente. Un ardor que no había cesado desde que la había dejado, el día en que habían enterrado a su hermano. Y aunque había intentado olvidarla, no había podido.

El tiempo y la distancia no habían servido de nada, algo que internamente había sabido desde siempre.

Sus ojos seguían siendo azules, su cabello, rojizo con mechones dorados, del color de la puesta de sol en el desierto... Suponía que debía de seguir teniendo un espíritu libre, una intensa pasión por la vida, un corazón fuerte, atributos que lo habían atraído hacia ella desde el principio. Cualidades que aún admiraba. Sin embargo, había intuido desafío en ella cuando había entrado en el coche, incluso odio. No podía culparla. A veces, él se odiaba también. Se había entregado al deber, perdiendo su honor en el proceso, no enfrentándose a sus fallos.

Desde su regreso a Barak había hecho que su guardaespaldas y confidente, Rashid, siguiera el rastro de la vida de Andrea. Pero hacía unos meses, cuando tenía planeado viajar a los Estados Unidos, Rashid le había revelado finalmente que Andrea tenía un hijo de seis años. Daba igual lo que le había dicho Andrea aquella noche. Sam sabía que el niño era suyo. Coincidían demasiado las fechas para no serlo. Tenía intención de probarlo y de ocuparse de que el niño tuviera todo lo que necesitase, aunque no pudiera reclamarlo, ni a él ni a Andrea.

No podía prometer nada a Andrea que no fuera darles todo lo que necesitaban. Jamás podría decirle todas las cosas que sentía como hombre. No podía contarle las veces que había estado a punto de renunciar a sus riquezas, a su herencia, para volver a estar con ella. Jamás sabría que no había pasado un solo día en que no hubiera pensado en ella, que no la hubiera añorado.

Era el Jeque Samir Yaman, hijo primogénito del rey de Barak, heredero de su padre, y estaba unido a su familia, a su país, por el deber. Y atado a un matrimonio por conveniencia con una mujer que jamás había tocado. Una mujer a la que jamás iba a amar. Porque su corazón siempre había sido y sería de una mujer que no podría tener: Andrea Hamilton.

–¡Mamá! ¡Hay un coche negro muy grande en la puerta!

Andi se quedó helada. Llevaba en las manos la ropa que su hijo iba a llevar al campamento de verano. Había tenido esperanza de que aquello no sucediera aquel día. Había esperado que Sam no se pusiera en contacto con ella hasta el día siguiente. ¡Si al menos hubiera sacado a Chance de la casa, habría podido evitar aquella escena!

—Quítate de la ventana, Chance.

—¿Por qué, mamá? —el niño se dio la vuelta, confuso.

—Porque no es agradable mirar a los extraños, por eso.

Chance no le hizo caso y siguió mirando por la ventana.

—Tiene una toalla en la cabeza y lo acompaña un hombre muy grande.

—Chance Samuel Paul Hamilton, ven aquí ahora mismo, y ayúdame a juntar tus cosas, si no, perderás el autobús.

Con un suspiro, el niño se dio la vuelta y la siguió.

—Solo quiero mirarlo.

Y ella era lo que menos quería. Prefería que su hijo se marchase al campamento primero. Luego se ocuparía de las preguntas, o exigencias, que pudiera haber.

—Mete el cepillo de dientes en la bolsa con las medicinas. Luego elige algunos libros y asegúrate de que llevas papel para escribir a casa.

—¿Luego puedo conocerlo?

—Hoy, no. No sé qué quiere. Seguramente se marchará antes de que termines de hacer las maletas.

—Me daré prisa —Chance salió de la habitación.

Se alegró de que fuera al cuarto de baño del pasillo y no al de abajo.

Tocaron el timbre.

—Iré yo —se oyó desde abajo.

—Iré yo, Tess —gritó a su tía, con la esperanza de detenerla—. Yo...

—¡Dios santo, Sam!

Demasiado tarde. Debía de haber advertido a Tess que tendrían visitas y quién sería exactamente.

Andi bajó lentamente las escaleras. Abajo estaban su tía, el guardaespaldas, y el padre de su hijo.

Tess miró a Andi.

–¡Mira quién ha venido! Andi, es nuestro Sam.

Nuestro. ¡Qué raro sonaba en aquel momento! Así lo habían llamado hacía años. Pero no era su Sam. Excepto aquella noche, nunca lo había sido, ni lo sería.

Andi forzó una sonrisa y habló con los dientes apretados.

–Pensé que llamarías primero.

–¿Y que estuvieras sobre aviso?

–¿Qué es esa bata que llevas? –preguntó Tess, indicando su túnica.

–Mi camisa de fuerza, me temo.

–No pareces loco –dijo Tess–. ¡Se te ve muy bien! Y ahora ven aquí y dame un abrazo.

Sam abrazó a Tess, alzándola en el aire. Una vez que la volvió a dejar en el suelo, preguntó:

–No estarás haciendo café de esos que hacías, ¿verdad?

Tess le sonrió.

–Sabes que siempre tengo puesta el agua. Ven a la cocina y siéntate un rato.

El guardaespaldas permaneció en la puerta mientras Andi seguía a Tess y a Sam. Cuando llegaron al office, Tess le sirvió una taza de café y dijo:

–Voy a subir a ver qué hace el niño. Vosotros dos podéis charlar.

Dejó a Andi sola frente a su pasado.

Sam movió la silla y la puso de espaldas al ventanal, el lugar donde solía ponerse en las cenas familiares.

Andi no quiso sentarse, y lamentó lo cómodo que se había puesto Sam, como si fuera a quedarse un rato largo. Y parecía realmente cómodo, como si nunca se hubiera marchado. Pero lo había hecho. No podía creer que Tess lo hubiera recibido como si solo hubieran pasado unas semanas desde su marcha, como si nada hubiera cambiado. Cuando todo era diferente.

Pero Tess siempre había querido a Sam, tanto como había querido a Paul y quería a Andi. Como quería a Chance.

—¿Mamá?

Andi dirigió la mirada a la puerta. Su hijo estaba de pie, mirando a aquel hombre que le llamaba tanto la atención. No se veía a Tess, lo que la llevó a pensar que su tía tenía algo que ver con la espontánea presentación de padre e hijo.

Andi no sabía qué hacer, qué decir. Pero si no actuaba con naturalidad, Chance se daría cuenta de que sucedía algo. Y no quería asustarlo.

Andi le dio la mano.

—Ven, cariño —le dijo.

Cuando Chance se acercó le dijo:

—Corazón, este es el señor Yaman.

Sam se puso de pie, y Andi notó inmediatamente la fascinación en sus ojos, la innegable emoción que sentía mientras miraba a su hijo. Con aquel cabello negro grueso y esos ojos color café, era la viva imagen de su padre. Era inútil seguir negándolo.

—Soy Samir —dijo Sam, por fin, sonriendo al niño—. Y puedes llamarme Sam.

Chance abrió la boca, sorprendido.

—Se llama como yo, quiero decir, lo de Sam. Yo me llamo Chance Samuel Paul Hamilton. La tía

Tess a veces me llama «cosita» –dijo, como si le desagradara.

–Tienes un nombre con mucha personalidad –Sam solo miró a Andi de lado, y volvió la atención a su hijo.

Ella notó nuevamente el brillo de arrepentimiento y de tristeza en su mirada.

Pero Andi decidió que no podía conmoverse por aquello. Por el bien de su hijo.

Tess volvió a aparecer en la cocina.

–¡No te asustes, cosita! Dale la mano al señor. Es un viejo amigo.

Chance miró a Andi. Ella asintió en señal de aprobación. Entonces el niño se acercó a su padre y le dio la mano. La sonrisa de Sam demostró lo orgulloso que estaba. Andi no podía culparlo. Ella había sentido aquello por su hijo desde el día en que había nacido.

Después del saludo, Chance preguntó:

–¿Qué es eso que llevas en la cabeza?

–Es un *kaffiyeh* –respondió Sam.

–¿Para qué es?

–Es parte de mi ropa oficial. Vengo de un país muy lejano. Soy un jeque.

–Bueno, ¡quién lo hubiera dicho! –murmuró Tess.

–¿Y eso qué es? –preguntó Chance, sorprendido.

–Un príncipe –afirmó Andi, aliviada de que Sam no le hubiera dicho al niño que era su padre.

–¿Como *El Principito*? –preguntó el niño.

–Más bien como «Aladdin» –explicó su madre.

–¡Oh! –miró a Sam detenidamente–. ¿Tienes una alfombra mágica?

Sam se rio. Aquella risa despertó aún más los recuerdos de Andi.

–Me temo que no tengo alfombra mágica.

–Solo un coche negro muy grande –dijo Chance, aparentemente decepcionado.

Andi tomó la mano de su hijo decidida a sacarlo de allí antes de que hiciera más preguntas.

–Cariño, es hora de que te marches al campamento. Si no nos marchamos, perderás el autobús.

Para sorpresa de Andi, Chance pareció decepcionado por tener que dejar a su nuevo amigo. Llevaba semanas excitado por la idea del campamento. Sin embargo en aquel momento parecía no importarle su viaje.

–¿Puedo quedarme y charlar un poquito más con el príncipe? –preguntó Chance.

–¿Cuánto tiempo vas a estar en ese campamento? –le preguntó Sam.

–Dos semanas –contestó Andi por su hijo–. Seguramente te habrás ido...

–Te prometo que estaré aquí cuando regreses –dijo Sam al niño.

Chance sonrió, con el mismo hoyuelo izquierdo que se le formaba al padre, confirmando más su parentesco.

–¿Puedo montar en tu coche cuando vuelva?

–Sí, por supuesto.

Andi llevó al niño hacia la puerta.

–Vamos.

–Andrea... Una cosa más –dijo Sam por detrás.

Tess le había dado una silla y él se había sentado cómodamente.

–¿Qué?

–Estaré aquí cuando vuelvas.

Exactamente lo que Andrea había esperado durante años y lo que más temía en aquel momento.

Capítulo Dos

Sam había visto muchas maravillas del mundo. Pero ninguna era comparable con su hijo.

Sam se sentó en silencio. No le quedaba más que aferrarse a la esperanza de poder recuperar los años perdidos y poder compartir las experiencias venideras con su hijo. Pero eso no era posible. No alcanzarían las horas para compensar el tiempo perdido.

—¿Estás bien, Sam?

Sam alzó la vista del café y miró los ojos de Tess.

—Todo lo bien que se puede estar.

—Supongo que el descubrir lo del niño es un shock para ti.

—Sabía de su existencia antes de venir.

—¿Lo sabías? —preguntó Tess, sorprendida.

—¿No te ha dicho Andrea que hablamos anoche, después de la subasta? —preguntó Sam.

—No, no me lo ha dicho. Solo me dijo que un hombre había pagado un montón de dinero para que ella entrenase a su caballo.

—Ese era yo. Un precio bajo por la oportunidad de conocer a mi hijo.

Y la oportunidad de que Andrea estuviera cerca, aunque solo fuese poco tiempo. Tal vez él se estuviera torturando de algún modo, sabiendo que jamás podría tocarla, que no podría abrazarla, ni volvería a hacer el amor con ella. Algunas cosas no habían cambiado con el transcurso del tiempo.

–¿Cuánto tiempo hace que lo sabes? –preguntó Tess.

–Lo descubrí hace unos meses. Tenía a alguien que investigaba la vida de Andrea. No sabía seguro que era hijo mío hasta que hablé con ella anoche.

–¿Andrea admitió que tú eras su padre?

–No, pero lo deduje por su edad y por algunas cosas que me dijo. Y después de haberlo visto no tengo ninguna duda –Sam puso la taza a un lado y se echó hacia atrás en la silla–. ¿Cuánto hace que lo sabes?

Tess suspiró.

–Después de la muerte de Paul, me di cuenta de que pasaba algo con Andi, algo más que la pérdida de su hermano. Después de insistirle, terminó confesándome que estaba embarazada. Intentó convencerme de que había estado con un chico, pero cuando nació Chance, estuve segura de que era tuyo.

Sam sintió la punzada de la culpa en su vientre.

–Fue la noche en que murió Paul. Encontramos consuelo el uno en el otro... Nunca antes había sido tan inconsciente... Sé que eso no lo justifica, pero quiero que sepas que yo jamás tuve intención de que sucediera.

–Sé que no quisiste que ocurriese. También sé que Andi puso los ojos en ti desde el mismo momento en que entraste en casa. Y si a eso se agrega el dolor por la muerte de Paul, no me extraña que sucediera.

–Eso no disculpa mi comportamiento, el que no la protegiera. No debí permitir que sucediera.

Tess se inclinó hacia adelante y puso una mano en el brazo de Sam.

–Es demasiado tarde para preocuparse por lo

que deberías haber hecho. La cuestión es qué harás ahora.

Sam sabía lo que quería hacer. También sabía lo que no podía hacer. No podía involucrarse en una relación con Andrea nuevamente sabiendo lo que le esperaba a su regreso a casa. Tampoco podía abandonar a su hijo.

—Me gustaría tomarme el mes que voy estar aquí para conocer a mi hijo.

Tess frunció el ceño.

—¿O sea que vas a intentar comprimir seis años en cuatro semanas?

—Supongo... También quiero establecer un fideicomiso para estar seguro de que sus necesidades son satisfechas.

Tess lo miró.

—Quiero que te quede clara una cosa, señor jeque. Andi ha trabajado como una fiera para satisfacer las necesidades del niño. Después de que se terminase el dinero del seguro de vida, el año pasado, ha trabajado con caballos que nadie quería entrenar, con el riesgo de sufrir daño, o algo peor, con el solo fin de pagar las facturas y de traer comida a la mesa. Yo he hecho mi parte también, y te puedo asegurar que Chance ha sido un niño feliz, excepto por su diabetes.

—¿Diabetes? —preguntó Sam, aterrorizado.

—Sí. Supongo que Andi no se ha molestado en contártelo. El campamento al que va a asistir es un programa de verano para niños diabéticos. Andi tenía miedo de dejarlo ir, pero ha llegado a la conclusión de que le hará muy bien.

—¿Cuánto tiempo hace que tiene diabetes?

—Se la diagnosticaron hace poco más de un año. Pero está bien después de haber tenido algunos contratiempos. Es un pequeño gran jinete, te lo advierto.

Sam sintió pena por su hijo, y deseo de borrarle esa pena...

—Si lo hubiera sabido, habría hecho más. Lo habría enviado a los mejores médicos, a los mejores hospitales.

—Eso no habría cambiado las cosas, Sam. Le ha tocado padecer esta enfermedad. Solo podemos rogar que encuentren la cura algún día. Mientras tanto, queremos tratarlo como a un niño normal. O al menos, eso intentamos. Andi es muy sobreprotectora.

Él lo había notado.

—Con mi dinero podría tener más libertad económica.

—No te aceptará el dinero.

—No me lo rechazará si sabe que es por el bien de nuestro hijo.

—Es posible. Pero le has hecho mucho daño desapareciendo de la faz de la tierra, y cortando todo contacto con ella. No sé cómo vas a manejar ese asunto.

Sam tampoco, pero lo intentaría.

—Si podemos hablar un poco más, espero que podamos llegar a un acuerdo.

Tess miró la taza y se quedó pensativa.

—Bien. Así que quieres compartir un tiempo con Chance. Es una buena idea. Pero tendrías que estar cerca. A mi modo de ver, tendrías que venir a vivir aquí, con nosotros.

Sam lo había pensado. Volver a vivir en la casa a la que había considerado su hogar en América. Pero imaginaba la reacción de Andrea.

—Dudo que tu sobrina esté de acuerdo... —respondió Sam.

—Déjamela a mí. Te aconsejo que te metas en

esa limusina y vayas a buscar tus cosas. Andi tardará una hora o más en volver, puesto que tiene que hacer la compra de regreso. Eso te dará tiempo para que te instales. Puedes ocupar mi habitación. Yo dormiré en la casa del jardinero.

–¿Con el señor Parker?

–No, Riley está trabajando para otra gente, porque Andi no podía seguir teniéndolo. Viene de vez en cuando a vernos.

Sam sonrió al ver que Tess se ponía colorada.

–¿No te ha propuesto matrimonio todavía?

–Sí, todos los días. Pero soy demasiado vieja para pensar en casarme.

–¿Pero no demasiado vieja para...? –Sam dejó la pregunta a medias. No pudo resistirse a tomarle un poco el pelo.

–¿Pero no demasiado vieja como para un revolcón? Nadie es demasiado viejo para eso, Sam. Siempre que la persona te interese...

A Sam lo asaltaron imágenes de Andrea haciendo el amor con él.

Pero no podía ser tan estúpido nuevamente, aunque se muriese por hacerlo.

–Tal vez debiera esperar a que Chance vuelva del campamento –dijo Sam, pensando en que ir antes favorecería el estar a solas con Andrea.

Tess se encogió de hombros.

–Sí. Pero podrías ganarte el alojamiento ayudándonos a arreglar algunas cosas. El granero está muy mal. Sería estupendo que pudieras arreglarlo. Podrías hacerlo en el tiempo que tarda en volver Chance.

Al menos eso lo mantendría con las manos ocupadas.

–Me gustaría hacerlo. Echo de menos el hacer cosas manuales.

Tess lo miró.

–¿Sabes? Me sorprende que no te haya cazado ninguna chica.

–Tengo que casarme al final del verano –dijo Sam, haciendo un gesto de dolor internamente.

–¿Lo sabe Andi? –Tess disimuló su sorpresa en la expresión de la cara, pero la transmitió en el tono de voz.

–No. Prefiero no hablar de ello.

Tess se puso de pie y se sirvió otro café.

–Supongo que sabrás lo que haces... –dijo.

Él sabía bien lo que estaba haciendo. Estaba a punto de unirse a una mujer por la que no sentía nada. Era una unión que beneficiaría a ambas familias. Lo esperaba una vida que le prometía pocas satisfacciones. Todo para dar lugar a un heredero de sangre real.

–No tengo elección.

Tess llevó la taza a la mesa y se sentó. Luego lo miró intensamente.

–Estás equivocado, Sam. En la vida hay que hacer elecciones. ¿Puedes vivir con esta?

Antes de ir a ver a Andrea, había aceptado su destino. Ahora que la había vuelto a ver, no estaba tan seguro como antes.

Pero en aquel momento no podía pensar en ello. Tenía que pensar en su hijo, en su bienestar, en vivir recuerdos que durasen toda la vida. Y para tener esa oportunidad, debía convencer a Andrea de que volviera a confiar en él.

Andi no confiaba en Sam ni en sus motivos. Y peor aún. No confiaba en sí misma cuando estaba con él.

Aquel día había llorado al despedir a su hijo,

24

que se había marchado por primera vez de su lado. No creía que pudiera tener la fuerza suficiente como para enfrentarse a la relación con su padre. Pero tenía que ocuparse de ello. El bienestar de Chance era de vital importancia, y quería saber qué había pensado hacer Sam en ese sentido.

Aparcó detrás de la limusina. El guarda–espaldas estaba sentado en el porche, con gesto serio, cruzado de brazos. Cuando Andi se acercó, se puso de pie.

Andi extendió la mano para presentarse.

–No recuerdo su nombre... –dijo.

El hombre miró la mano de Andi y finalmente extendió la suya para saludarla.

–Señor Rashid –contestó.

–Encantada de conocerlo, señor Rashid. Puede entrar en la casa, si lo desea.

–Es mejor que me quede aquí, para que el jeque y usted puedan tener cierta intimidad.

–Como quiera. Pero no creo que tardemos mucho.

Rashid hizo una leve reverencia.

–Como usted diga, señorita Hamilton.

Andi no sabía con qué se encontraría, pero definitivamente no se había preparado para encontrarse a Sam sentado en el salón, ojeando un álbum de fotos de Chance, desde su nacimiento hasta entonces. Estaba tan inmerso en la tarea que ni se molestó el alzar la vista.

Eso le dio la oportunidad de contemplarlo.

Tenía las piernas cruzadas, en una de ellas el álbum. Sonreía. De pronto, se borró la sonrisa y apareció un gesto de melancolía.

Andi cerró los ojos. No quería dar paso a sus emociones.

Cuando se sintió más compuesta dijo:

—¡Era un niño tan hermoso!

Sobresaltado, Sam alzó la mirada. De su rostro desapareció la ternura, pero la mantuvo en la mirada.

—Sí, lo era.

Andi se sentó a su lado en el sofá, dejando distancia suficiente, pero a la vez pudiendo ver las fotos con él.

¿Cuántas veces había soñado con su regreso? ¿Cuántas veces había soñado con aquello?

Y ahora que había llegado el momento, no sabía cómo reaccionar.

—¿Por qué le pusiste el nombre de Chance —preguntó Sam.

—Además de que me gustaba el nombre, supongo que era como saber que tenía la oportunidad de tener a alguien que me quisiera sin condiciones.

Era como tener una parte de Sam, pensó, pero no se lo dijo.

Andi le señaló la foto de su primer cumpleaños.

—Se ensució más de lo que comió —dijo.

Sam pasó la página y encontró una foto de Chance subido a un potrillo.

—Veo que ha heredado de su madre el amor por los caballos

—Sí. Esa es Scamp. Sigue con nosotros, aunque no sé por cuánto tiempo. Tiene unos veinte años. No sé qué pasará con Chance cuando la perdamos.

—Le compraré otra.

—Algunas cosas no son fáciles de reemplazar.

—Es una gran verdad —dijo él sin dejar de mirar la foto.

Aquel momento tal vez era el oportuno para hablarle de su mayor preocupación.

—No puedo dejar que me lo quites, Sam.

Sam cerró el álbum. Lo dejó en la mesa baja y se echó hacia atrás.

—¿Crees que he venido a eso? ¿A quitártelo?

—¿Y has venido a eso?

—No, Andrea. Él te pertenece. Debe estar aquí, contigo.

—Entonces, ahora que lo has visto, ¿vas a darle la espalda y vas a marcharte?

Él le clavó la mirada.

—No tengo intención de darle la espalda. Voy a abrir una cuenta en el banco a tu nombre para sus gastos. Los gastos de los médicos han sido una carga muy pesada para ti, según Tess.

Maldita Tess.

—Chance está bien. Y yo me arreglo para pagar las facturas. Así que no es necesario que nos des dinero.

—Insisto en que me dejes hacer esto por él. Por ti.

—Lo pensaré.

No por ella. Pero después de todo, Sam tenía obligaciones con su hijo. Por el bien de Chance, se guardaría su orgullo y le permitiría ayudarlos.

—¿Se sabe por qué tiene diabetes?

—No. Simplemente ocurrió. No es culpa de nadie.

—¿Y se encuentra bien?

—Bastante bien, ahora que tenemos la insulina y que cuidamos su dieta. ¡Es tan valiente! Ni siquiera se queja de que tenga que pincharse.

—Aborrezco la idea de que haya sufrido —miró la foto más reciente de Chance, que estaba en un marco, decorando el salón—. ¿Ha preguntado por mí?

—Sí, varias veces en los últimos años.

—¿Y qué le has dicho?

—Le he dicho que no podías quedarte, que vivías muy lejos en otra tierra. Le he dicho que lo querías y que estarías con nosotros si pudieras.

Sam la miró.

—Entonces, no le has mentido.

—No lo sé. ¿Le he mentido?

—Es verdad. No podía quedarme en América, Andrea. Y ahora que lo he visto, sé que me moriría antes de permitir que le pase algo.

Andi tragó el nudo que tenía en la garganta.

—Me alegro de que sientas eso, pero también me preocupa lo que le digamos.

Sam alzó la vista y la miró.

—Eso lo dejo a tu elección, pero a mí me gustaría que supiera que soy su padre.

En un mundo perfecto, a Andi aquello le parecería una buena idea. Pero aquella no era una situación perfecta.

—¿Y luego qué? «Eh, Chance, yo soy tu padre, pero siento tener que volver a ocuparme de mis obligaciones y marcharme».

—Puedo volver a visitarlo durante los veranos, cuando no vaya al colegio.

—¿Es suficiente eso, Sam? ¿Crees que le parecerá suficiente alguna vez?

Sam se pasó una mano por la nuca y suspiró.

—¿Habrías renunciado a la oportunidad de haber pasado unos años con Paul y con tu padre aun sabiendo que te los arrebatarían?

Andi maldijo internamente su lógica.

—No, no lo habría hecho. Pero es distinto. Tú estás ausente por elección, no por muerte.

—A veces las decisiones las toman otros.

—¿Te refieres a tus obligaciones? No estoy segura de que Chance comprenda que tu posición

28

está por delante de él. Con el tiempo, podría estar resentido contigo.

—¿Y su madre lo está? —preguntó Sam en voz baja y firme.

Andi estaba resentida por su repentina marcha. Por haberle hecho el amor y haber desaparecido. Por haber concebido un hijo y haberla dejado sola para criarlo. Por haberla dejado sola con el dolor de la muerte de su hermano. Pero no podía echarle en cara no haberse ocupado de Chance. En realidad, Sam no había sabido de su existencia hasta ahora. También era cierto que eso no había sucedido por su lealtad a una forma de vida que ella no podía comprender. Y peor aún, Sam no había intentado ni siquiera dar una explicación, ni mantener el contacto.

No obstante, ella tenía que hacer lo mejor para todo el mundo, aunque eso incluyese una tregua.

—Ya estoy de vuelta del resentimiento, Sam.

—Pero no me perdonarás nunca, ¿no?

—Te he perdonado.

Pero no podía olvidar.

—Me alegra, Andrea. Solo espero poder ganarme tu confianza.

Eso iba a ser más difícil, en opinión de Andrea. Seguía temiendo que le quitase a su hijo, sobre todo después de haberlo conocido. De todos modos, quería darle el beneficio de la duda, al menos de momento.

—Entonces, ¿dónde vas a quedarte?

—Aquí.

—¿Cómo?

—Tess me ha dicho que sería mejor que estuviera cerca, y yo he estado de acuerdo. Quiere quedarse en la casa del jardinero durante mi estadía. No me ha parecido bien, pero ha insistido. He traído algunas cosas mías. Rashid se quedará en el hotel de Lexington hasta que me marche.

Andi sintió aprensión. Si se quedaba allí, lo vería todos los días. Y temía no poder resitirse a él.

—Creo que deberías esperar a que regrese Chance del campamento.

—Le he prometido a Tess que la ayudaría a arreglar la casa en ese tiempo.

Tess siempre pensando en todo, pensó Andi.

—Supongo que una ayuda vendrá bien.

Suponía que tendría valentía. Pero en aquel momento tenía que hacer un gran esfuerzo para no tocarlo, para no delinearle los labios, esos que dibujaban ahora un gesto grave mientras la estudiaba.

Como si intentase probar su resistencia, Sam le tomó la mano. Ella se estremeció. Pero tenía que controlarse. Tenía que probarse que era más fuerte que antes. Tenía que probarse que sus recuerdos eran solo fantasías de la juventud, sueños que ya no existían en una mujer .

Andi sonrió, quitó la mano y abrió sus brazos.

—Bienvenido a casa, Sam.

Sam la miró de arriba abajo, como apreciando su figura. Luego finalmente, aceptó el abrazo.

Sam se sintió bien contra su cuerpo. Se sintió fuerte, tibio, sólido. Ella recordó lo agradable que eran sus abrazos, su exótica fragancia, su impresionante calor. Recordó cuánto había echado de menos tenerlo en su vida.

Turbada por su reacción, se separó de él. Su mayor temor se había concretado.

—Gracias, Andrea. Es estupendo estar en casa.

¡Ojalá ese fuera su hogar!, pensó Sam mientras estaba de pie en el granero.

Había querido ir al establo primero, su lugar favorito. Un lugar donde había pasado muchas horas con Andrea y con Paul, ayudando en las labores diarias, limpiando, dando comida, dando agua a los dos caballos que habían pertenecido a Paul y al padre de Andrea, antes de su muerte. Y un lugar donde también habían ocurrido otras cosas, gracias a una joven que no pudo decir «no».

Ya entonces Andrea llevaba a algún caballo para domesticar, la mayoría de las veces por placer, no por el dinero.

En la actualidad, de la docena de establos, solo estaban ocupados cuatro, uno por el potrillo de Chance.

Aquello no era suficiente. Él necesitaba ayudar a Andrea a adquirir algunos caballos para entrenarlos inmediatamente.

La mayoría de los que él poseía eran de una sociedad, pero eso no quería decir que no pudiera tener uno que le perteneciera solo a él. Él tenía el don de saber comprar, razón por la cual había ido a Kentucky. De hecho, se había acercado a la subasta después de echar el ojo a una yegua de dos años. Con una llamada telefónica, la yegua sería suya, aunque estuviera valorada en medio millón de dólares. Eso no importaba. Después de todo, había pagado una suma importante por el entrenamiento de Andrea; así que podría invertir un poco más para un buen fin.

Pero primero, debía arreglar los establos.

Después de revolver en el cobertizo para encontrar un martillo y clavos, Sam se puso a trabajar para hacer del granero un lugar más útil. Lamentablemente, se golpeó más de una vez el pulgar, pero se alegró del dolor. Durante siete años no había hecho nada más que trabajo de oficina, puesto que el trabajo manual estaba considerado bajo para la realeza. Pero Sam estaba en América ahora, en un granero, no en Barak, así que podía disfrutar del trabajo manual.

—¿Qué diablos estás haciendo?

Se dio la vuelta hacia la entrada y vio a Andrea mirándolo con extrañeza.

—Estoy arreglando los establos, antes de que se vengan abajo —dijo entre dientes, puesto que tenía dos clavos en la boca.

Andrea caminó hacia él y se detuvo, con los brazos en jarras.

—Por si no te has dado cuenta, no hay ningún caballo en el establo, y dudo que pueda haber alguno pronto.

—Te equivocas, Andrea.

—¿Qué quieres decir?

—Acabo de comprarme una yegua —o lo haría cuando terminase el día—. Por si no te acuerdas, he ofrecido un montón de dinero por tus servicios, y espero recaudar dinero a cambio de mi inversión.

Sam no podía quitar la vista de su camiseta blanca y de sus vaqueros gastados que se le ajustaban a las caderas como una segunda piel.

Se excitó, dando cauce a un deseo que llevaba ahogado mucho tiempo. Y recordándole que Andrea podía excitarlo sin proponérselo.

Andrea se acercó a él y apoyó un hombro en el establo. Lo miró y dijo:

—¿Quieres decir que realmente te interesa que te entrene un caballo?

—Eso es precisamente lo que quiero decir.

Le hubiera dicho también que sería mejor que llevase sujetador, por el bien de los dos, pero no lo hizo.

Ella frunció el ceño.

–¿Y cuándo se supone que estará aquí ese caballo?

–Haré que lo traigan dentro de dos días. Así tendré tiempo de arreglar el establo.

Andrea sonrió y lo miró, divertida.

–¿Y piensas hacer esto con la ropa buena?

Sam se miró los pantalones y la camisa.

–Me temo que es lo único que tengo de momento. Iré a la ciudad y me compraré algo más apropiado mañana.

–¿No puedes enviar al señor Rashid?

–Lo he enviado al hotel para hacer llamadas. Prefiero que nadie sepa dónde estoy.

«Y así evitar las preguntas de tu padre», pensó ella.

–¿No necesitas escolta?

–De momento, estoy seguro.

Aunque con riesgo de perder el control en su presencia, hubiera agregado Sam.

–No hace falta que te compres nada, al menos, hoy. Seguro que encuentro algo para que te pongas.

Sam la miró de arriba abajo. Tenía los pezones erguidos.

–No creo que me sirvan tus vaqueros –dijo.

Ella se cruzó de brazos y agregó:

–Los míos, no. Los tuyos. Te dejaste unos vaqueros aquí. Están en el comodín del desván.

–¿Y están intactos?

–Sí. Claro que puede haber un problema mayor. Eras más delgado entonces.

–¿Más delgado?

–Sí. Estás algo más relleno.

Sam pensó que lo que estaba rellenando con su excitación era una parte de su anatomía.

Para evitar una situación embarazosa si lo veía,

se dio la vuelta hacia el establo y examinó su trabajo.

–Si me esperas un momento, te acompaño al ático.

–¿Por qué no podemos ir ahora? –preguntó ella, confusa.

–En cuanto termine con esta tabla, iré contigo. No quiero interrumpir lo que estoy haciendo.

Capítulo Tres

Andi estaba sentada en el suelo. Sacó el vaquero que había guardado junto a otros recuerdos: la ropa de bebé de Chance, sus primeros zapatos, algunas cosas de Paul, tesoros de los que no podía separarse.

Unas lágrimas se escaparon de sus ojos. Acababa de marcharse su hijo y ya lo estaba echando de menos. Y echando de menos a Sam por adelantado, aunque tardaría unas semanas en marcharse.

Dejó a un lado los vaqueros y revolvió entre las cosas. Encontró recuerdos de Paul: el jersey que usaba para jugar al fútbol con el número siete...

¡Cuánto habría querido Paul a su sobrino! ¡Cuánto le habría gustado ser su tío!

Si Paul no hubiera muerto, tal vez las cosas habrían sido diferentes. Ella no se hubiera ido a llorar al estanque, y Sam no habría aparecido a consolarla...

Dejó el jersey y volvió a agarrar el vaquero de Sam. Lo puso contra su corazón. ¡Era una tonta! ¡Se aferraba al jersey como si así pudiera atrapar al hombre!

–¿Has encontrado lo que buscabas?

Andrea se irguió. Estaba de espaldas. Esperaba que Sam no hubiera visto la escena.

Al darse la vuelta vio a Sam mirando fijamente el comodín. Afortunadamente.

Sam hizo una seña con la cabeza hacia el jersey y dijo:

—Me acuerdo de ese jersey. Paul lo usaba a menudo.

—¿Te acuerdas de esto? —preguntó Andrea mostrándole una pelota, disimulando la emoción.

Sam se agachó al lado de ella y agarró la pelota de béisbol.

—Me acuerdo muy bien. Fue mi primera liga. Cleveland Indians. En abril, el año en que Paul y yo nos conocimos.

—Me acuerdo de que la pelota vino volando desde dos filas más atrás por encima de nosotros y cayó a los pies de Paul, pero él se inventó una historia más emocionante.

Andi se rio.

—Típico de Paul. Le gustaba adornar las historias y hacerlas más interesantes.

Cuando Sam le devolvió la pelota, ella le dijo:

—Quédatela.

—No puedo...

—A Paul le gustaría que te la quedaras tú, Sam. Además, vosotros dos no os molestasteis en llevarme al partido, así que, ¿por qué iba a querer guardarla?

Sam sonrió.

—No te llevamos porque Paul tenía miedo de que me distrajeras del juego.

—¡No es cierto!

—Tal vez él no estuviera preocupado, pero yo sí. Por eso no te animé a venir.

—Siempre seductor.

—Es la verdad, Andrea. Me distraías. Y todavía me distraes.

Andi quiso cambiar de conversación.

–Siéntate –le dijo, palmeando el suelo–. Hay algo más que quiero darte.

Sam se sentó a su lado. Andi metió la mano en el cajón y encontró el regalo que había dejado allí hacía años.

El periódico estaba amarillo. Lo sujetaba una cinta azul. Debajo de la cinta había un sobre que ponía: *Sam*.

Se lo dio.

–Es un regalo de Paul por tu graduación. Lo encontré en su habitación cuando la transformamos en la habitación de Chance.

Sam lo agarró y lo puso en su regazo. Andi notó un leve temblor en sus dedos cuando abrió el sobre y sacó la tarjeta.

Mientras leía, su rostro expresaba tristeza.

–¿Qué pone?

Le dio la tarjeta y ella la leyó.

Hola, Sam. Esto es una tontería para que te lleves a tu casa. Enviaría a Andi contigo, pero solo te daría quebraderos de cabeza. Así que la voy dejar aquí de momento, a no ser que decidas volver, a quitármela de las manos. Y ahora, en serio, si me pasara algo, cuida de ella. Se merece ser feliz.

Recuérdame.

Tu amigo, Paul .

A Andi los ojos se le llenaron de lágrimas.

–Él lo sabía –dijo con voz entrecortada Andi.

–¿Sabía qué?

–Cuando recogimos sus cosas, también encontramos dos regalos de Navidad, uno para mí y uno para Tess. Paul nunca compraba los regalos de Navidad antes de tiempo. Creo que sabía lo que iba a suceder.

Sam suspiró.

–Andrea, me niego a creer que Paul haya bebido a propósito, que se haya quitado la vida.

–Eso no es lo que digo. Tess lo llama «la intuición de los ángeles». La capacidad de conocer tu destino.

–¿Y tú crees en eso?

–Creo que todo es posible.

O eso era lo que pensaba.

Andi miró el pequeño paquete que tenía en el regazo y preguntó:

–¿No vas a mirar qué es?

Sam rompió el papel y quedó al descubierto una foto que había tomado Tess : Andi estaba entre Paul y Sam. Estaban agarrados uno al otro por la cintura, y sonreían con las caras sucias, resultado de una contienda, después de que hubieran tirado a Andi en un abrevadero.

Parecían todos felices y relajados. Andi no pudo reprimir las lágrimas.

Sam la abrazó con sus fuertes brazos. Absorbió sus sollozos en su pecho sólido. La acunó como ella había acunado tantas noches a su hijo.

Ella no quería necesitar su consuelo, su fuerza. Pero los necesitaba.

Andi alzó la cara y le dio un beso en la mejilla. Sabía que podía rechazarla. Pero él no la apartó. En cambio le agarró la cara con ambas manos y la besó. Toda la tristeza desapareció y dio paso al deseo. Como había ocurrido la otra vez.

¡Oh, cómo recordaba aquello! La suave sensación de su lengua, el tacto de sus labios de terciopelo, su increíble maestría... Nadie la había besado de aquel modo. Ni antes ni después de él. Nadie.

Sam se separó de ella bruscamente y se puso de pie.

—Te pido disculpas —dijo con tono de príncipe, no de hombre.

Andi se enfadó, se sintió avergonzada, débil. Bajó la vista y miró la foto y la tarjeta, tratando de recordar que aquel beso había sido consecuencia de su necesidad de darle consuelo, y de que ella lo consolara a él, tal vez, no de su deseo por ella. No había partido del deseo sino de la pena. La historia parecía repetirse.

—Esto no puede volver a suceder, Andrea.

Luego se fue rápidamente de la habitación, sin los vaqueros, ni el regalo de Paul, ni la pelota de béisbol.

Ella debía protegerse de Sam. Porque todavía lo deseaba, y su corazón se moría por él.

Andi recogió los vaqueros y puso la foto y la tarjeta encima de ellos. Luego agarró la pelota y bajó las escaleras.

Lo encontró en el rellano de la escalera, con la frente contra la pared.

—Toma. Prúebate esto. Tal vez te sirvan todavía.

—No creo. Al menos de momento —Sam se separó de la pared.

Cuando Andi pareció comprender su inicial confusión, bajó los ojos y vio la prueba de su excitación. Al parecer, su beso no le era indiferente.

Alzó la mirada y se encontró con sus ojos, llenos del mismo deseo que había visto aquella vez que le había hecho al amor.

Tal vez el hacer el amor con él fuera el modo de borrarlo de su vida. Tal vez pudiera confirmar que eran fantasías de sus recuerdos de adolescente.

Aunque dudaba que Sam le siguiera el juego.

Pero podía intentarlo.

Apretó el jersey y la foto contra su pecho. Luego, sin saber de dónde le vino el coraje, deslizó la pelota lentamente por su sexo, y luego la hizo rodar hacia el bolsillo. Entonces deslizó un dedo sobre su excitación.

—Si necesitas que te ayude, dímelo.

Corrió entonces hacia el primer piso, sin atreverse a mirar atrás para ver su reacción.

Lo volvería loco de deseo, haría que volviera a sus brazos y así lo arrancaría de su corazón.

Sam se sentó a la mesa del desayuno, extenuado del trabajo físico. Después de aquel gesto de Andi, del beso y de sus prometedoras palabras, no había podido dormir durante dos noches. Se había puesto nervioso con cada ruido que escuchaba, temiendo que apareciera Andrea y lo tentase, porque él no iba ser capaz de rechazarla...

Pero, en realidad, Andi apenas había hablado con él en esos dos días, y por supuesto no había hablado del beso ni de su propuesta.

Sam la había evitado. Pero no podía evitarla ahora, mientras revolvía los huevos revueltos de su plato y lo miraba.

Se había sorprendido mirándole la boca varias veces. Todo lo que hacía lo excitaba, todo su cuerpo le despertaba deseo.

Había estado intentando prestar atención al ruido de un camión de un transportista que llevara a la yegua, pero no había podido concentrarse.

Extraño, hasta aquel momento ni siquiera se había dado cuenta de que ya no estaba el perro que tenían.

—¿Dónde está Troubles?

Tess agitó la cabeza y habló comiendo una tostada.

—Lo atropellaron cuando Chance tenía cuatro años.

—¿Y no habéis conseguido otro perro?

—No he tenido tiempo —respondió Andrea mientras se ponía de pie.

«Ni dinero», pensó Sam.

—Yo puedo conseguirte uno.

Andrea recogió los platos y los metió en el fregadero.

—No es buena idea. Con el tráfico de la autopista, volveríamos a perder otro perro.

Sam odiaba la idea de que su hijo hubiera sufrido tantas pérdidas. Pero empezaba a comprender que las pérdidas eran parte de la vida.

—¿Se acuerda Chance del perro?

—Sí, pero no hay problema. Andi le ha dicho que estaba con el tío Paul, saltando de estrella en estrella.

Evidentemente, Andrea seguía sintiendo cierta fascinación por las estrellas.

La noche que había muerto Paul, ella le había dicho que la estrella más brillante tenía su alma, y que ella iba a darle la custodia de sus sueños. En aquel momento Sam había sentido que su amor por ella era tan infinito como esas estrellas. El hacer el amor con ella había sido una expresión natural de aquel sentimiento, un modo de demostrárselo, puesto que nunca se lo había dicho.

El ruido de un camión lo distrajo de sus reflexiones.

Andrea se limpió las manos en una toalla y lo miró.

41

—¿Crees que son ellos? —preguntó, entusiasmada.

Era la primera vez que la veía tan contenta desde que se había marchado Chance.

—Deberíamos ir a ver.

Antes de que él pudiera moverse, Andrea ya había corrido a la puerta de entrada.

—¡No hay cosa que la excite más a esta criatura que un buen caballo! —exclamó Tess.

Sam sabía muy bien qué más la excitaba, pero era mejor que lo olvidase.

—Es verdad. Espero no decepcionarla.

Tess lo miró malévolamente.

—No creo que se sienta decepcionada. Estoy segura de que tú te ocuparás de ello mientras estés aquí, si todavía no lo has hecho.

Sam no contestó, decidido a ignorar la sugerencia de Tess. Nada le hubiera gustado más que complacer a Andrea en todo. Pero tendría que conformarse con regalarle una yegua con premios, si no quería repetir los errores del pasado. Porque sabía que iba a tener que dejarla sola nuevamente.

Encontró a Andrea al lado de un enorme trailer. Esperó a que bajaran al animal. Sam se sentía un poco inseguro porque nunca había comprado un caballo sin verlo, pero en cuanto el hombre bajó a la yegua, supo que el animal era un tesoro.

Andrea miraba a la yegua, fascinada.

—¡Sam, es increíble! —casi susurró.

—Tienes razón.

—Es suya —el hombre extendió la soga para dársela.

Al ver que Andrea no se movía, Sam agregó:

—¿A qué esperas?

Andrea dio un paso adelante y tomó la soga. Luego dejó que la yegua la oliera libremente antes de rascarle detrás de las orejas. Como si el caballo hubiera sabido que acababa de encontrar una amiga, aceptó la demostración de afecto sin una protesta.

—¿Cómo se llama? —preguntó Andrea.

—La llamamos Sunny en los establos —dijo el hombre—. El nombre con el que está registrada es Renner's Sun Goddess.

—El nombre de Sunny me gusta —Andrea hizo girar a la yegua y la llevó hacia el establo—. Voy a ver cómo se mueve —dijo por encima del hombro.

—Bien —respondió Sam—. Iré en un momento.

Para cuando Sam pudo firmar los papeles y pagarle al intermediario, Andrea ya había puesto a la yegua en el rodeo y la estaba haciendo trotar.

Sam las observó. La cola de la yegua fluía con sus movimientos. El cabello pelirrojo de Andrea volaba con la brisa de junio, el color era muy parecido al color del pelo del animal.

Juntas eran un tributo a la belleza y a la gracia, con un toque salvaje por debajo de la superficie.

Sam mantuvo la atención en la yegua solo un momento, ahora que tenía la oportunidad de mirar a Andrea sin que ella lo viera. Se había transformado en una mujer. Sam notó calor al mirarla.

Llevaba una camisa celeste que apenas le cubría el abdomen. Se ajustaba perfectamente a sus curvas. Cuando alzó el brazo para que la yegua siguiera moviéndose, Sam vio un trozo de cintura. Se imaginó qué se podría sentir al tener las manos allí. Al deslizarlas más abajo, al acariciarle el trasero, estrechándola en sus brazos, haciéndola saber cuánto lo excitaba. En aquel momento estaba excitado y llevaba dos días ardiendo por ella.

A no ser que...

No. No podía actuar siguiendo sus deseos. Sería

injusto para ambos, aunque Andrea se lo hubiera ofrecido.

Andrea llevó a la yegua al centro del rodeo. Se giró y al verlo exclamó:

—¡Es una campeona, Sam! —sonrió.

Él sonrió al verla sonreír.

El ruido en la grava llamó la atención de Sam.

Un camión se acercó al corral. De él descendió un hombre con ropa típica de vaquero.

Sin esperar a que lo invitase, se acercó a Andrea y habló con ella. Sam no pudo oír lo que hablaban porque estaba lejos de ellos.

De pronto se rieron. El hombre se acercó a Andrea. Aquella risa compartida y aquel gesto le dieron celos.

Luego el vaquero le tocó la cara y palmeó su trasero como si tuviera derecho a ello. Sam tuvo que hacer un gran esfuerzo para no reaccionar e intervenir.

Afortunadamente, el hombre se dio la vuelta y se marchó.

Andrea tenía derecho a hacer lo que quisiera. Pero sin embargo, no pudo evitar estar enfadado un rato.

La acompañó a llevar la yegua al granero. Sus caderas se balancearon delante de él.

—¿Quién era ese hombre? —preguntó Sam con los brazos en jarras.

—¿Quién? ¿Caleb? Es un amigo.

—¿Solo un amigo?

—El caballo castrado al final del corredor es suyo. Viene a ver cómo anda de vez en cuando. Me ha dejado tenerlo cuarenta días para que le enseñe lo básico, antes de que se lo dé a otro muchacho para que lo dome.

–¿Quieres decir que su único interés en ti es tu habilidad en el entrenamiento de caballos?

–Por supuesto.

–¿Eres tan ingenua todavía, Andrea?

–¿En qué?

–Ese hombre te mira como mujer.

–Estás loco, Sam. Caleb solo quiere que le entrene el caballo, nada más.

–Le interesas tú, Andrea.

–¡Dios santo! ¿Qué te hace pensar eso?

–El modo en que te ha tocado.

–¿Tocado?

–¿Quieres decir que no te has dado cuenta de que te ha puesto la mano en el... en tu trasero?

Andrea se rio, y Sam se enfadó más.

–¿Te parece gracioso?

–Me rio porque tus suposiciones sobre Caleb son ridículas.

–Lo he visto.

–Pareces un amante celoso.

Sam se daba cuenta de ello, pero no podía hacer nada para impedirlo.

–¿Es tu amante, Andrea?

–Eso no es asunto tuyo, realmente.

–¿Es tu amante?

–Déjame que te pregunte algo. ¿Has sido célibe todos estos años?

–Ese no es el tema.

–¡Oh! Yo creo que sí. Si tú puedes meterte en mis asuntos, yo también tengo derecho a meterme en los tuyos.

–Me preocupa nuestro hijo –dijo él, intentando cambiar de conversación para no admitir que había habido otras mujeres, pero no tantas como se podía imaginar. Y ninguna comparable con ella–. Me preocupa la posibilidad de que alguien entre

45

en tu vida, y que pueda tratar a Chance de forma inapropiada.

–Por si te interesa, he salido con un par de hombres, pero no funcionó porque a Chance no le gustaron. Para mí, esa es la prueba. La aprobación de Chance. ¿Satisfecho?

A él solo lo habría satisfecho una cosa: besar aquellos labios para borrar la expresión de desafío y ablandarlos con los suyos.

–Evidentemente, este Caleb querría ser el siguiente.

–Tienes mucha imaginación, jeque Yaman.

Ella lo estaba volviendo loco. Hubiera querido tocarla para borrar el tacto del estúpido que la había tocado antes.

–Tu ropa deja poco a la imaginación, Andrea. Te aconsejo que te fijes cómo te vistes de ahora en adelante.

–Llevo puesto lo que me pongo siempre: vaqueros y una camiseta.

–Unos vaqueros muy ajustados y una camiseta muy estrecha.

Ella lo miró de arriba abajo.

–El que lleva vaqueros ajustados eres tú. Pero tengo que admitir que te quedan bien. Me sorprende que todavía te sirvan.

–No estamos hablando de mi ropa –él le miró los pechos–. No llevas sujetador. ¿Crees que no nota eso un hombre?

Ella se agarró la camiseta y dijo:

–Esta camiseta me cubre lo necesario.

–Muestra demasiado. Esconde poco.

–No creo que tenga mucho que mostrar, Sam. Pero, gracias de todos modos.

–Te equivocas, Andrea.

Andrea sonrió de repente. Eso lo tomó por sorpresa.

—¿Es que te excita esta vieja camiseta, jeque Yaman?

—Es prácticamente transparente.

Andrea se agachó y agarró el cubo. Sam pensó que lo llevaría al establo de la yegua, pero en cambio ella se lo tiró encima.

—Ahora sí es transparente —dijo.

Sam no pudo hacer otra cosa que mirar el oscurecimiento de sus pezones a través de la tela. Sus manos se morían por tocarla.

—¿Te gusta lo que ves, Sam? —le preguntó, desafiándolo.

Sam no pudo reprimirse el contestarle de algún modo.

Se acercó a ella antes de que su cerebro registrase el movimiento. Pero su cuerpo sabía perfectamente que tenía a Andrea contra el establo.

La besó sin pensar en las consecuencias. Metió su lengua entre sus labios entreabiertos y deslizó sus manos por debajo de la camiseta mojada para agarrar sus pechos. Ella gimió al sentir su tacto en los pezones. Andrea movió las caderas contra él, torturándolo. Él estaba excitado, a punto de perder todo control. Deseaba poseerla allí mismo, sin importarle el lugar donde estaban, ni la falta de intimidad.

Andrea alzó los brazos y Sam le quitó la camiseta. La tiró al suelo y formó un sendero de besos entre el húmedo valle de sus pechos. Ella se arqueó y su pecho subió y bajó con el latido desesperado de su corazón. Luego contuvo la respiración cuando él le succionó los pezones.

Estaba tan inmerso en el sabor de su piel húmeda, en la sensación de su suavidad contra su lengua, que tardó en darse cuenta de que la cremallera de su pantalón estaba abierta. Cuando lo notó, agarró la muñeca de Andrea y le dijo:

–No, Andrea –se apartó de ella.

Al verla desnuda de cintura para arriba, se dio cuenta de que había estado a punto de olvidarse de todo nuevamente.

Se quitó la camisa y la tapó con ella.

–Ponte esto –le dijo.

–Pero...

–Póntela.

Cuando ella tomó por fin la camisa, él caminó hacia el establo que había al otro extremo. Estaba convulsionado. Le costaba recuperar el ritmo normal de la respiración.

Cuando se dio la vuelta, afortunadamente ella se había tapado. Su camisa le llegaba a las rodillas, pero la excitación de Sam no se había diluido completamente, a pesar de que estuviera completamente cubierta.

–Me he prometido que esto no ocurriría –dijo él con la voz llena de deseo.

Ella se cruzó de brazos.

–No sería la primera vez que rompieses una promesa, Sam.

–¿Qué promesa he roto?

Ella caminó por el pasillo y luego se dio la vuelta.

–Aquella noche, en el estanque, prometiste que no me dejarías.

–Me refería a ese momento, Andrea. A esa noche. No a toda la vida.

–No dio esa impresión.

Sam reconocía que probablemente le había hecho creer que se refería a siempre. Y eso le hizo sentir más culpa.

–Te dije muchas cosas aquella noche, pero ambos estábamos pasando por un tremendo dolor.

Totalmente sumergidos el uno en el otro. Perdidos en un amor prohibido...

–Entonces, ¿nada de aquello fue sincero?

Había sido sincero. Pero no se había detenido a pensar que no podía mantener esas promesas.

–Contigo en mis brazos, me olvidé de quién era, qué se esperaba de mí. Lamento haber sido tan tonto.

–Los dos fuimos tontos. Pero hay una cosa que no lamento –dijo Andrea.

–¿Qué?

–Nuestro hijo. Chance hizo más soportable la ausencia de Paul, me hizo aceptar más fácilmente que te hubieras marchado. Te agradezco ese regalo. Por tenerlo.

Sam se sintió fatal.

–Yo lamento no haber estado a su lado, y contigo.

–¡Pero sin embargo vas a tener que volver a dejarnos! ¿Te arrepientes de eso también?

Más de lo que ella se imaginaba, pensó Sam.

–No puedo permitirme el lujo de regodearme en los lamentos, Andrea. Me queda poco tiempo para conocer a mi hijo antes de que tenga que marcharme.

–Entonces, ¿por qué no aprovechamos ese tiempo juntos? –le sonrió Andrea–. Haz lo que surja naturalmente.

–Si lo que quieres decir es que hagamos el amor, me parece que tienes poco juicio.

Ella se acercó a él. Sam tuvo que reprimirse el tocarla.

–Por si no te has dado cuenta, jeque Yaman, soy una mujer ahora, no una niña. No voy a derrumbarme cuando te marches. Así que si decides cambiar de opinión...

Andrea se marchó a la habitación de las herraduras. Después de un momento, salió y le gritó:

—¡Toma!

Sam agarró la pelota de béisbol en el aire, confuso.

—¿Y esto a qué viene?

—Simplemente quería que supieras que la oferta sigue en pie, por si decides jugar. A no ser que no puedas.

No podía volver a hacerle daño, y lo haría, cuando le dijera la razón por la que no podía quedarse.

Andrea se dio la vuelta y fue hacia la puerta del granero.

—Dale agua a los caballos, ¿quieres? Yo estoy un poco torpe esta mañana.

Sam deseó desesperadamente quitarse a Andrea de su mente. Pero no lo lograría jamás, pensó.

Capítulo Cuatro

Cuando Andrea entró en la cocina sintió un frío recorriéndole la piel. Pero no era por el aire acondicionado, ni por su piel mojada. Era debido a Sam.

Aún sentía la sensación de su lengua en sus pechos, sus manos en su trasero, moldeándolo, su cuerpo apretado íntimamente contra el suyo. El solo pensarlo la estremecía.

Andi se envolvió con sus brazos. Se dio cuenta tarde de que su tía la había visto.

Tess agarró un trapo de cocina de la encimera y la miró de los pies a la cabeza.

–¿Me equivoco, o esa es la camisa que llevaba Sam esta mañana?

Andi se sintió como una colegiala sorprendida en una travesura.

–Se me ha mojado la camiseta con el cubo de agua. Sam me ha dejado su camisa porque la mía estaba empapada.

Tess sonrió.

–¿Ya os habéis tenido que enfriar después de tres días?

–No te imagines cosas, Tess.

Tess le miró la boca y frunció el ceño.

–No son imaginaciones mías el ardor de tu cara, pequeña. Soy vieja, pero no estúpida.

Andi abrió el armario y sacó un vaso. Sus manos temblaron mientras servía agua.

–No he dicho que seas estúpida. Solo te digo que no te hagas suposiciones equivocadas.

–No lo haré si tú no lo haces. En realidad, creo que es mejor que pienses bien lo que haces antes de que cometas otro error.

Andi miró a Tess, que tenía un gesto más serio ahora.

–Yo no considero un error a Chance, Tess, si eso es lo que quieres decir.

Tess se apoyó en la encimera.

–Por supuesto que no lo es. Es un envío del cielo. Pero tener una relación con Sam sí lo sería. No se va a quedar, Andi. Recuérdalo.

No hacía falta que se lo recordasen. Ella no pensaba en otra cosa.

Pero no podía decirle a Tess que su intención era hacer el amor con Sam para quitárselo de la cabeza.

–Por cierto, han llamado del campamento.

Andi sintió pánico.

–¿Qué sucede?

–Nada. Han llamado para recordarte que el sábado es el día de los padres. Tienes que estar allí a las ocho y media de la mañana.

Andi se sintió aliviada. Tomó un sorbo de agua y tiró el resto en el fregadero.

–Sabía que era este fin de semana. Pero no recordaba que fuese tan temprano. Puedo pedirle a Sam que dé agua y comida a los caballos...

Tess dejó el trapo de cocina a un lado y dijo:

–Yo daré de comer a los caballos. Sam debería ir contigo.

Andi volvió a sentir pánico.

–No puedo hacer eso, Tess. Chance podría hacer preguntas. Es mejor que no sufra ningún estrés mientras está fuera.

—¿Y cuándo vas a decírselo, Andi?

No lo había pensado. Lo único que sabía era que no quería confesarle algo tan importante a Chance en un momento en que su hijo daba un paso hacia su independencia.

—No sé cuándo se lo diré. supongo que pronto. Antes de que se marche Sam.

Tess suspiró.

—Es decisión tuya, pero yo sigo pensando que Sam debiera ir.

—¿Adónde quieres que vaya? —la voz de Sam la sobresaltó.

Ahora no le quedaba más alternativa que proponérselo.

Andi dejó de sonreír cuando vio su torso desnudo, sus músculos cubiertos de vello en el pecho.

En el granero había intentado no mirarlo en detalle. Pero ahora no podía ignorarlo.

—En realidad, no tiene gran importancia. El campamento organiza un día para que vayan los padres. Es el sábado.

—¿Un día para los padres?

—Ya sabes: juegos, barbacoa, ese tipo de cosas. Un aburrimiento.

Sobre todo para Sam, que se pasaría los días en un palacio, rodeado de oro y fruta. Andrea casi se rio al imaginarlo.

—Me gustaría mucho ir.

—¿Sí?

—Sí. Me dará la oportunidad de pasar más tiempo con mi hijo.

—Lo que he pensado yo —dijo Tess.

Andi estuvo a punto de decirle a su tía que nadie le había pedido su opinión, pero se contuvo.

—No sé si es buena idea. Chance se preguntará por qué vas tú.

–Puedes decirle que soy un amigo –dijo él–. No quiero forzarte a que digas nada más, si eso te preocupa –continuó, con tono de sentirse herido y enfadado.

Era cierto que Sam no había tenido la oportunidad de conocer a su hijo. Pero había sido culpa suya.

No obstante, debía pensar en el niño.

–Lo pensaré –dijo por fin.

Tess se marchó al vestíbulo.

–Os dejo solos para que lo habléis. Voy al porche a pelar habas –dijo antes de salir.

Sam le dio la camiseta mojada.

–Podrías devolverme mi ropa ahora, ¿no?

Andi sonrió malévolamente.

–¿Quieres que lo haga ahora?

–¿El qué?

–Cambiarme de camisa –se acercó a él–. ¿O es que quieres algo más de mí?

Sam respiró profundamente.

–Preferiría que dejaras de hacerme ofrecimientos que no puedo aceptar.

Decidida a atraerlo, Andrea deslizó un dedo por su pecho y siguió la línea de vello hasta el ombligo.

–¿No puedes aceptarlos o no quieres?

–Ya hemos hablado de esto, Andrea. No puedo aceptar.

Ella miró su sexo, prueba de su deseo.

–A mí me parece que sí puedes –agregó.

Sam agarró su mano, apoyada en su vientre. Sus músculos se tensaron. Andi contuvo el aliento, preguntándose si aquella vez aceptaría su invitación.

Aunque quisiera negar su deseo, Sam la miraba con ojos hambrientos.

–¿Es esto lo único que quieres de mí, Andrea? ¿Esto y nada más? ¿Y después? ¿Estarás satisfecha?

–Sí, lo estaré.

Sam le quitó la mano y se apartó.

–Quizás, pero yo, no. Si te tengo, te prometo que te querré tener más de una vez, hasta que me tenga que ir. Piénsate bien si de verdad quieres hacer el amor sabiendo que no habrá nada más entre nosotros.

Dicho esto, dejó la camiseta en la mesa y salió de la cocina.

Ella se quedó pensando en la verdad que entrañaban sus palabras. Si lo volvía a tener una vez, ¿se conformaría?

Sam tiró el móvil en el sofá y juró internamente por las obligaciones de su cargo.

Según su padre, la situación en Barak exigía que volviese inmediatamente. Sam había logrado negociar que se quedaría dos semanas en lugar de cuatro, con la excusa de que tenía que ocuparse de una inversión aún. Solo una semana con su hijo después de su regreso. Nunca le alcanzaría el tiempo.

Tiró en el sofá el periódico que tenía en el regazo. Se sentía como un niño con una pataleta. Y eso no le serviría.

–¿Algún problema, Sam?

Sam observó a Andrea entrar en la habitación y sentarse en el sofá, cerca de él. Llevaba un pijama de seda color champán. Aquella visión casi le hace olvidar sus problemas. Pero no quería que lo distrajera. Ahora que sabía que tendría que marcharse antes, tenía muchas cosas que hablar con ella.

–Me temo que tengo que acortar mi estancia. Me han llamado para que vaya.

–¿Esta noche? –preguntó ella, sorprendida.

–No, pero no me podré quedar tanto tiempo como pensaba. Debo volver dentro de dos semanas.

Andrea pareció relajarse y encogió las piernas encima del sofá. Estaba bebiendo un vaso de té helado.

–¿Te ha llamado Rashid?

–He hablado con mi padre. Quiere que vuelva.

–¿Siempre haces lo que te dice que hagas?

Sam había esperado su reproche, pero no su interrogatorio.

–Tengo obligaciones, Andrea. Seguro que lo comprendes, ahora que tienes un hijo.

–Yo no veo a Chance como una obligación. Lo veo como una alegría, no como un trabajo.

–¿Esperas que eluda mis responsabilidades?

–Lo que yo esperaría es que el ser príncipe te hiciera más feliz.

–¿Y en qué basas esa suposición de que no soy feliz con lo que soy?

–No pareces feliz, no como antes. Casi no te he visto sonreír, y mucho menos reír. De hecho, casi todo el tiempo estás serio. Ese no es el Sam que yo recordaba.

El jeque Samir Yaman había reemplazado al Sam que ella había conocido. Sam llevaba ahora una carga sobre sus hombros, la responsabilidad que debía asumir el hijo mayor del rey.

–Ese estudiante relajado que tú conociste, ya no existe.

–¡Oh! Yo creo que sigue ahí, muriéndose por salir a la superficie.

–Lamentablemente, ese no es el caso.

Andrea dejó el vaso sobre la mesa y dijo:

—Me daría mucha rabia que fuera así, Sam. También me espantaría que Chance tuviera que someterse alguna vez a semejante presión, que lo haga perder el gusto por la vida.

—Dudo que pierda esos atributos, teniendo en cuenta quién es su madre.

Andrea sonrió.

—Supongo que eso es un piropo.

—Sí. Me gusta tu espíritu libre, tu pasión por la vida.

—Y yo apreciaba tu pasión, también.

Sam pensaba que se refería a la pasión que habían compartido. Pero no quería recordarlo aquella noche, teniéndola tan cerca.

Sam carraspeó y se echó hacia atrás en el sofá, queriendo aparentar estar relajado.

—He aprendido a manejarme con las exigencias de mi posición. Soy quien soy.

—Es un título, Sam, no quién eres tú. Mi padre nunca intentó transformarme en alguien que no soy. Ni Paul. Dejaron que fuera yo misma.

—Si no recuerdo mal, Paul dijo una vez que a ti no había con qué atarte.

Andrea echó la cabeza hacia atrás y se rio. Esa risa lo llenó de vida a Sam.

—Sí, eso decía. Y tú decías cosas peores. Siempre me estabais tomando el pelo. Me volvíais loca...

—Eras un blanco fácil.

Ella sonrió.

—Un blanco movedizo, querrás decir. Sobre todo cuando veníais a hacerme cosquillas.

Sam sonrió al recordarlo.

—Creo que tienes rodillas muy sensibles.

Andrea se abrazó las piernas.

—Ni se te ocurra...

Sam se acercó a pesar de que una voz interior le decía que no lo hiciera.

—Sería gracioso saber si sigue siendo cierto.

—¡El mismo chulo de siempre!

—Antes, era el único modo de que hicieras lo que yo quería.

Andrea dejó de sonreír, y su expresión se suavizó, tomando la apariencia de una mujer más que deseosa de complacerlo en lo que le pidiera.

—Esa no era la única forma.

Sam volvió a recordar la noche del estanque. Ninguna mujer se había entregado con tanto abandono. Y teniendo en cuenta que era poco más que una niña, se preguntaba cómo sería entonces, que ya era una mujer.

Andrea le quitó un mechón de la frente y le preguntó:

—¿Piensas alguna vez en esa noche, Sam? No en Paul, sino en lo que sucedió entre nosotros.

A pesar de haber pasado siete años, los recuerdos aún asaltaban sus sueños.

—Sí.

—¿Has deseado alguna vez que no hubiera sucedido?

Sam le tomó la mano y le besó la palma.

—Supongo que si pudiera cambiar algo de aquella época, serían dos cosas.

Ella deslizó un dedo por su mejilla.

—¿Cuáles? —preguntó.

—Que pudiera haber salvado a Paul de su suerte. Y que pudiera haberme quedado.

La cara de Andrea se iluminó, como si le hubieran regalado las estrellas que contenían sus sueños.

Se inclinó hacia adelante y le dio un beso suave en la mejilla.

–Gracias –le dijo.

Él no se merecía su gratitud, ni ahora ni entonces.

–No ha cambiado nada, Andrea. No podemos repetir lo mismo. Me iré y te abandonaré otra vez.

Ella le tomó la cara y le dijo:

–Podemos recuperar el tiempo perdido. Hay muchas horas en catorce días.

«No las suficientes», pensó Sam. Ni la suficiente distancia entre ellos.

Le miró los labios. No podía dejar de mirar la boca de Andrea.

Sam se acercó y la besó apasionadamente. Por un segundo pensó que debería de estar sintiendo culpa, puesto que estaba prometido a otra mujer. Pero esa mujer era tan extraña para él como la posibilidad de dar las espalda a su país y a su herencia.

Solo podía sentir el dulce calor de la boca de Andrea, la suave caricia de su lengua, la gloria de su cuerpo enredado en el de él mientras la besaba más profundamente y la abrazaba más fuertemente.

La pasión que caracterizaba a Andrea salió a la superficie en aquel beso. Ella le acarició la espalda como si estuviera tratando de aprender de memoria cada sensación. Sam le agarró el cabello y la siguió besando. Ella subió una pierna encima de la de él y él le agarró la cintura. Se separaron un momento, pero solo un momento, para respirar antes de volver a besarse. Sam deslizó una mano por entre sus muslos y Andrea se revolvió como animándolo.

Pero la realidad le golpeó de pronto, y se dio cuenta de que si seguía, no iba a poder parar. Se olvidaría de todo y la llevaría a la cama. Y le haría el amor toda la noche, destruyendo su decisión de no volver a hacerle daño.

Dejó de besarla y tratando de tomar aire dijo:

—Sigues siendo demasiado difícil de resistir.

—Entonces, ¿por qué te molestas en ello?

—Tú sabes por qué. Porque yo...

—¿Tienes que volver al reino mágico? —ella se apartó y se sentó en la otra punta del sofá—. No tienes que recordármelo otra vez.

—Me alegra que finalmente empieces a comprender.

Andrea tomó un cojín y lo apretó contra sus pechos.

—Ahora que sabemos que te marchas, por enésima vez, he tomado una decisión.

—¿Qué?

—He decidido que vayas al campamento conmigo.

Sam sonrió, complacido.

—Bien. Podemos ir en la limusina en lugar de en tu camioneta.

Ella le tiró el cojín en la cara.

—¿Qué tiene de malo mi camioneta?

—Nada. Pero es para llevar comida para el ganado y heno, y para hacer viajes cortos. Pero podemos ir más cómodos. Y por si no lo recuerdas, nuestro hijo ha expresado su deseo de viajar en limusina. Puede llevarnos Rashid.

Andrea se mordió el labio inferior.

—Puede ser buena idea... —dijo—. En la limusina hay mucho sitio, sitio de sobra —sonrió—. Seguro que uno se puede tumbar, si quiere.

—Andrea... —le advirtió él.

Andrea alzó los brazos por encima de la cabeza, dando una buena visión de sus pechos debajo del satén. Luego se irguió y se puso de pie delante de él.

–Relájate, Sam. Te prometo que no te haré hacer nada que no quieras.

Eso era exactamente lo que temía él.

–¿Tienes un minuto, Andi? –le preguntó Tess al día siguiente.

Andi alzó la vista de las cosas que estaba preparando para el campamento.

–Sí, claro. ¿Qué ocurre?

–Tengo algo que decirte.

Andi dejó a un lado la manta de picnic y se preparó para que le diera un sermón sobre Sam.

–He aceptado que Sam venga conmigo, si eso es lo que te preocupa.

–Lo sé. Sam me lo ha dicho. Pero esto no tiene nada que ver con él.

Andi palmeó el colchón para que Tess se sentara a su lado. Parecía algo serio.

Tess se sentó a su lado y rodeó los hombros de Andi.

–Cariño, Riley me ha pedido que me case con él.

–¿Y qué es lo nuevo?

–Que esta vez he dicho que sí.

Andi sintió la pena de perder a alguien con quien podía contar incondicionalmente.

Pero disimuló su egoísmo con una sonrisa y palmeó la pierna de Tess.

–Bueno, ya era hora –le dijo.

Tess apretó el hombro de Andi maternalmente y dijo:

–Entonces, ¿te parece bien?

–¿Estás pidiéndome mi aprobación?

–Te estoy preguntando cómo te sientes con esto.

Andrea se levantó y se acercó a un escritorio que había en su habitación. Luego se dio la vuelta.

–Por supuesto que me parece bien. Me parece estupendo.

Pero no parecía contenta.

Se reprimió las lágrimas y respiró profundamente para alejarlas.

Tess se acercó a ella y puso las manos en los hombros de Andi.

–Sé que es mal momento, estando Sam aquí. Pero Riley se ha comprado una casa rodante nueva, y quiere viajar.

Andi se dio la vuelta.

–¿Quieres decir que estarás fuera todo el tiempo?

–Mucho tiempo. Nos gustaría ver el país en estos años dorados, antes de que seamos demasiado viejos para disfrutarlo.

Andi intentó sonreír, pero sus labios estaban rígidos.

–Eso suena estupendo, Tess.

Tess intentó sonreír también, pero pareció forzado también.

–Durante los veranos, Chance y tú podéis venir con nosotros, cuando no esté en el colegio.

–¡Oh, sí, Tess! Seguro que a Riley le encantará llevarnos cuando aún estéis de luna de miel.

–El año que viene, tonta. No vamos a casarnos hasta que se vaya Sam.

–¿Por qué? Sam puede ser el padrino de Riley. ¡No cualquiera puede presumir de tener un padrino príncipe! –bromeó Andi, pero se notaba tristeza en el fondo.

Tess quitó el cabello de Andi de sus hombros, un gesto tan familiar y entrañable que Andi casi se puso a llorar.

–Ya llegará tu momento, Andi. Solo tienes que

abrirte. Puedes hacerlo después de que se vaya Sam.

Al parecer, todo el mundo se obstinaba en recordarle que él se marcharía.

—El hecho de que Sam esté aquí o no, es indiferente. Excepto en lo concerniente a Chance. No hay nada más entre nosotros.

—Siempre habrá algo entre vosotros dos, Andi: un niño y dos mundos diferentes. Él no puede darte lo que necesitas. Pero algún día encontrarás un hombre que te lo pueda dar.

Andrea tenía ganas de gritar que ese hombre no existía, sobre todo en su mundo.

—Estoy satisfecha con mi vida, Tess. Mi trabajo y Chance son todo lo que necesito. Y me alegro por ti y por Riley. Tú eres la única madre que he conocido, y si no hubieras estado a mi lado cuando murió papá, y luego Paul, no sé qué habría hecho yo. Tú te mereces un poco de felicidad también.

Tess la abrazó.

—Siempre estaré contigo, cariño, si Dios lo permite —miró a Andi—. Como he estado en todas las penas y problemas, y cuando nació Chance... Y estaré cuando tu príncipe se vuelva a marchar.

«Su príncipe». Hacía mucho que sus sueños de un príncipe azul se habían desvanecido. El jeque Samir Yaman los había roto. Y podría destrozar su vida, si se lo permitía.

Pero no permitiría que destruyese su vida esta vez.

Como siempre, sobreviviría. Chance y ella lo superarían juntos. No necesitaba un príncipe, a uno al que probablemente amaría toda la vida.

Capítulo Cinco

Sam miró a Andrea por encima de la revista que había intentado leer durante el viaje al campamento.

Afortunadamente, se había retirado pronto la noche anterior, sin volver a mencionarle lo de hacer el amor. En aquel momento estaba sentada frente a él, mirando por la ventanilla.

Era extraño su silencio.

–¿Tienes miedo de que nuestro hijo se haya olvidado de su madre?

–Por supuesto que no. ¿Por qué iba a pensar eso? –preguntó sorprendida.

–Pareces nerviosa.

–¿Y no te parece normal? Quiero decir, voy a llevarte al campamento. Aunque Chance no se dé cuenta de tu parecido con él, otra gente va a dar por hecho automáticamente que eres su padre.

–No necesariamente.

–¡Oh! ¡Venga! Es igual a ti.

Sam se sintió orgulloso y sonrió.

–Tiene tu nariz.

Andi se tocó la nariz, como queriendo verificar ese hecho.

–Ahora sí. Pero es muy pequeño. Estoy segura de que tendrá tu nariz aristocrática cuando sea adolescente.

–¿Y no te importa?

–Tu nariz está bien. Muy sofisticada.

–Me alegro de que te guste.

–Casi todo lo tuyo me gusta, las partes que se ven y que no se ven, por lo que recuerdo. Porque hace mucho tiempo que las vi.

Sam se acomodó en el asiento y se reprimió las ganas de ofrecerle una inspección.

Se alegró de que hasta entonces no hubieran usado la intimidad de la limusina. Pero al volver...

–Parece que hemos llegado.

Andrea salió enseguida de la limusina.

Sam se dio prisa, temiendo que lo dejara solo. No sabía cómo se manejaría con las preguntas que pudieran surgir acerca de su relación con Chance. Pero dejaría que Andrea manejara la situación.

Sam alcanzó a Andrea cuando esta se detuvo delante de una cabaña de madera donde había varios adultos.

–Hola, señora Hamilton. Soy Trish –la mujer extendió la mano para saludarla.

–Encantada de conocerte, Trish –respondió Andrea cortésmente.

–¿No me recuerda? Nos conocimos cuando vino a ver el campamento.

–Lo siento. Ha sido un viaje muy largo.

Trish siguió hablando:

–Nos alegra de que haya podido venir hoy. Chance está muy excitado. Es un niño fantástico. Está encantado con el campamento.

–¿Dónde está? –Andrea miró alrededor.

–En el comedor, terminando de desayunar. Vendrá enseguida –Trish sonrió a Sam–. Usted debe de ser el señor Hamilton...

–Su nombre es señor Yaman –agregó Andrea rápidamente–. Amigo de la familia.

La mujer pareció incómoda por su indiscreción.

–Bueno, lo siento. Es que como Chance se parece tanto a usted...

Andrea sonrió nerviosamente.

–Lo sé. ¿A que es gracioso?

Sam se sintió molesto.

–El padre de Chance y yo somos del mismo país –explicó Sam, mientras le daba la mano a la mujer.

–Claro –dijo Trish después de saludarlo.

–¡Mamá! ¡Has venido!

Chance corrió hacia Andrea y la abrazó. Ella lo alzó y lo abrazó.

–Te he echado de menos, cielo. ¿Te lo estás pasando bien?

–Sí. Mucho. Bájame, mamá, antes de que me vean los otros niños.

Andrea lo bajó con pena, pero siguió con la mano en su hombro.

–Supongo que será mejor que tus compañeros no te vean en brazos de mamá... –susurró Andrea, con pena.

Chance miró a Sam.

–¿Cómo no me has dicho que venía el príncipe?

Andrea miró brevemente a Sam y luego contestó:

–Lo hemos decidido hace un par de días.

Sam extendió su mano.

–Espero que no te importe, Chance.

Chance mostró su aprobación con un movimiento de cabeza y un apretón de manos.

–Claro. ¿Has traído el coche?

–Está en el aparcamiento.

Los ojos de Chance se agrandaron, como los de Andrea, pensó Sam.

–¿Puedo traer a mis amigos para que nos des una vuelta?

–Ahora no, corazón –dijo Andrea–. Tal vez antes de que volvamos. Ahora mismo vamos a tener que participar en los juegos.

Andrea tomó la mano de Chance y se dirigió adonde estaba el grupo de padres.

Sam se quedó allí, de pie, mirando a madre e hijo alejarse sin preocuparlos que lo habían dejado detrás. No le gustaba sentirse alguien de fuera, bienvenido solo por su coche, un símbolo de su riqueza, y no como a un miembro de aquella familia.

Tal vez fuera mejor no decirle nunca a Chance que era su padre. Quizás debiera irse y no volver a mirar atrás, sabiendo que sería lo mejor para todos, especialmente para su hijo.

Pero era una elección difícil.

Entonces, de repente, Chance soltó la mano de Andrea y corrió hacia Sam. Se limpió la suciedad de la suela de los zapatos y lo miró.

–¿Puedo pedirte algo?

–Claro.

–Es una especie de favor.

Sam se agachó a la altura de Chance, y se ablandó internamente.

–Pídeme lo que quieras...

–¿Puedes hacer como que eres mi papá hoy?

A Andi no le importó que su hijo quisiera que él fingiera ser su padre, aunque lo fuera de verdad. Ni que Sam hubiera tenido su atención durante todas las actividades de ese día. Después de todo, era un príncipe. No le había preocupado que lo hubieran escogido para anclar la soga del juego de tira y afloja para el equipo de Chance, puesto que tenía el físico apropiado. Ni le había importado que Chance se lo hubiera presentado a todo el mundo, y a ella no le hubiera hecho ni caso. Además, cuando se había hecho daño en la rodilla en el juego de softball, la había buscado a ella para que le diera un beso en la herida.

No obstante, no podía evitar estar un poco celosa cuando Chance le había dicho a Sam que aquel día se lo había pasado mejor que nunca. Incluso mejor que cuando Andi lo había dejado participar con su potrillo en el desfile del Cuatro de Julio. ¿Cómo podía competir ella con eso?

No podía. Ni quería. En realidad, debería de haber estado fascinada de que padre e hijo se hubieran llevado tan bien.

Pero no podía estar feliz, sabiendo que en cuestión de días, Sam se marcharía.

Mientras Rashid daba una vuelta con Sam, Chance y los niños por el aparcamiento, Andie se quedó esperando. Les dio esos momentos juntos sin quejarse, sabiendo que serían unos de los últimos.

El coche paró, y los niños salieron corriendo hacia el comedor, para cenar.

Chance se quedó con Sam preguntándole cosas sobre una actividad de la fiesta.

Andi se acercó y acarició el cabello de su hijo, aún húmedo del baño de la tarde.

—Tienes que volver con los niños, cariño. La cena está lista, y nosotros tenemos que volver a casa a ocuparnos de los caballos.

Chance miró con decepción.

—De acuerdo. Pero, ¿puede recogerme Sam en su limusina el fin de semana que viene?

—No lo sé, cielo. Tendrás que preguntárselo...

—Estaré aquí sin falta —dijo Sam.

Andi abrazó a Chance y dijo:

—Sé bueno.

—Lo seré, mamá.

–Come bien y controla el nivel de azúcar.

–Sí, mamá.

–Y descansa...

–¿Puedo irme, madre? Tengo hambre.

«¿Madre?» ¿Desde cuándo había dejado de ser «mamá»?, se preguntó Andrea.

Después de dar un beso a Chance, Andi lo dejó marchar. Tendría que aprender a separarse de su hijo poco a poco, algo que parecía repetirse con los hombres en su vida.

Chance se dirigió a Sam y chocó los cinco.

–Hasta pronto, señor jeque.

–Hasta pronto –sonrió Sam.

Con un saludo con la mano, Chance se marchó hacia la cabaña.

Sam le señaló la puerta abierta de la limusina.

–¿Vamos?

–Supongo –respondió ella y entró en el coche.

Se quedaron en silencio un rato. Luego ella preguntó en tono de broma:

–¿Y? ¿Te lo has pasado bien, jeque Yaman?

–Sí.

–Me alegro. He notado que realmente te ha gustado ir a nadar.

–Mucho.

–Las mujeres deben de haber disfrutado viéndote nadar.

–No comprendo –respondió él.

–¿Quieres decir que no te has dado cuenta de que todas te estaban mirando cuando saliste del agua, como si fueras un dios árabe?

Sam se rio.

–Andrea, tus imaginaciones solo equiparan a tu amor por los caballos.

–No me lo estoy imaginando. Claro que ese bañador realza tu figura...

—Son sencillos, Andrea. Negros.

—A Nancy le han gustado.

—¿Nancy?

—Sí. La madre de Bubba. La divorciada que llevaba tacones con pulseras doradas y que estuvo rondándote todo el día.

—No la recuerdo.

—¡Oh, seguro!

Sam la miró.

—Estando contigo, es imposible que me fije en esa tal Nancy. Tu traje de baño también llamaba la atención. El azul hace juego con tus ojos. Muy bonito, por cierto.

Andi sintió ganas de reírse. Su bañador era un modesto dos piezas. Y la mayor parte del tiempo había estado con la camiseta puesta.

—Apuesto a que eso se lo dices a todas las mujeres de tu harén.

—No tengo ningún harén.

—¡Maldita sea! ¡Me has estropeado mis fantasías del desierto!

—Siento decepcionarte.

En realidad, no la había decepcionado. Aún. Pero la noche era larga, y ella tenía un objetivo.

—Hace calor aquí, ¿no crees?

—Yo estoy cómodo.

—Bueno, yo, no —dijo ella. Y se desabrochó la blusa, dejando ver el borde del sujetador—. Así estoy mejor.

—Le diré a Rashid que ponga el aire acondicionado —apretó el botón que había a su derecha y lo pidió. Luego agarró la revista que había estado leyendo antes.

Andi pensó en desabrocharse el botón de sus pantalones cortos vaqueros, pero se arrepintió.

—Y hablando de Rashid, ¿puede vernos?

Sam la miró con desconfianza.

—No, si el cristal está en su sitio. ¿Por qué lo preguntas?

—Curiosidad.

Sam murmuró algo en árabe que Andi no comprendió, y volvió a mirar la revista.

Y Andi volvió a sus pantalones cortos. Se los quitó. También se desabrochó el sujetador y se lo quitó por las axilas. Luego lo tiró al suelo, al lado de los shorts. Ahora solo llevaba una camisa sin mangas de algodón y unas braguitas negras diminutas. Si eso no lograba su atención, podía darlo por perdido.

Al ver que Sam no la miraba, decidió ocuparse ella misma del asunto.

Estaba harta de la farsa de todo el día de que era un amigo, porque era más que un amigo. Y antes de que se fuera quería experimentar lo que tuviera para ofrecerle.

Con aquel pensamiento, Andi se puso de rodillas y se arrastró hasta el asiento frente a ella, donde estaba Sam, y se movió entre sus piernas abiertas. Cuando alzó la mirada, notó un brillo de sorpresa en la expresión de Sam.

Ella agarró la revista y la tiró en el otro asiento.

Luego metió los dedos por el bajo de los shorts de Sam.

—¿Es tan interesante esa revista que no puedes prestarme atención un momento?

—¿Quieres solo que te preste atención, Andrea? Si es así, no hace falta que recurras a medidas como arrastrarte por el suelo.

—¿No te gusto de rodillas?

Sam le miró la blusa abierta, que mostraba buena parte de sus pechos.

71

—Me gustaría que volvieras a tu asiento y que te vistieses otra vez antes de que...

Al parecer, se estaba imaginando lo mismo que ella.

—¿Antes de que qué?

—Antes de que te vea Rashid.

—¿No has dicho que no podía ver?

—No creo que pueda, pero nunca he ido delante para saberlo.

Andi se subió a su regazo y se sentó a horcajadas.

—Esperemos que haya suerte y que no nos vea. Además, puedes decirle que tenías algo en el ojo y que yo me subí a quitártelo.

Él le rodeó la cintura.

—No creo que Rashid se trague esa excusa.

—Teniendo en cuenta al dueño del coche, supongo que Rashid habrá visto de todo.

—¿Qué dices?

—Tú con otras mujeres...

—Uso este coche para asuntos de negocios solamente.

Andi le lamió la oreja y susurró:

—Entonces, tal vez debamos ocuparnos de este asunto.

—Andrea, ¿por qué insistes tanto en esto?

Ella lo miró y dijo:

—Porque necesito saber si fue verdad lo que me hiciste sentir, si no hay hombre que pueda compararse contigo, o si solo son imaginaciones mías —le pasó la punta de la lengua por los labios—. Quiero saber si realmente eres tan estupendo.

Sam apretó más su cintura.

—¿Quieres decir que quieres compararme con otros hombres? ¿Ha habido muchos, Andrea?

Solo había habido otro hombre, una breve aventura que había sido más que decepcionante.

—Digo que ocurrió hace mucho tiempo y que necesito refrescar la memoria —se movió contra él y notó un leve bulto debajo de su trasero.

—¿Llevas cigarrillos en el bolsillo o es que te alegras de verme?

Sam sonrió.

—A veces puedes ser muy traviesa, Andrea.

—No lo sabes bien. Pero me gustaría demostrártelo.

Sam pareció indeciso. Andi se dio cuenta de cuándo había dado por perdida la batalla cuando exhaló un suspiro.

—Tal vez tenga que mostrarte unas pocas cosas.

Agarró sus caderas y la apretó contra él. Ella sintió su sexo. La movió hacia adelante y hacia atrás, contra su erección, provocando una deliciosa fricción erótica. Y Andi sintió calor en el exacto lugar que él le estaba frotando.

—Recuerdo mucho de lo que sucedió aquella noche —dijo él casi suspirando—. Recuerdo tu aspecto de inocencia, recuerdo tu piel bajo mis manos...

Metió sus manos debajo de su braguitas y acarició su trasero desnudo.

—¿Te acuerdas de mí tocándote de este modo? —preguntó Sam, sin dejar de frotarla contra su sexo con un ritmo regular.

Ella entrelazó sus dedos a su pelo.

—Tal vez.

Andi sintió el suave beso en sus pechos. Luego su lengua mordisqueando su pezón.

—Recuerdo tus gemidos de placer cuando te besaba de este modo, cómo me rogabas que continuase...

En aquel momento, ella le habría rogado que siguiera, si él hubiera parado.

–Ahora me empiezo a acordar, pero se me escapan los detalles...

En realidad, a ella no se le habían olvidado los detalles.

Sam empezó a mover sus caderas en sincronización con las de ella, aumentando el contacto entre sus cuerpos, que se amoldaban perfectamente el uno al otro.

–Me acuerdo de lo valiente que fuiste, cómo aguantaste el dolor...

El dolor no había sido nada, comparado con el placer. Y Sam seguía proporcionándole placer con aquellos movimientos eróticos, frotando el algodón contra la seda, creando una deliciosa sensación en el preciso lugar que lo necesitaba.

Sam le desabrochó dos botones más de la blusa. Ella sintió un aire fresco en sus pechos desnudos.

Andi cerró los ojos, arrullada por el sonido de su voz sensual.

–Recuerdo cómo temblabas debajo de mí. Lo tibio, húmedo y suave que estaba tu cuerpo. Y me recuerdo totalmente entregado a ti en aquel momento.

Ella recordaba aquella sensación de estar entregada a él por completo. La estaba repitiendo en aquel momento, mientras él le succionaba el pecho, acariciándola con su lengua. Pero solo duró hasta que él le ordenó:

–Mírame, Andrea.

Ella abrió los ojos lentamente y lo encontró mirándola intensamente.

–¿Te acuerdas de lo que se sentía estando tan juntos?

Sam movió las caderas y la hizo gemir.

–Sí, lo recuerdo –contestó ella.

–¿Recuerdas lo que te dije?

74

—Repítemelo, por las dudas.

—Te dije que nunca había perdido el control de tal manera. Que nunca había tenido aquellos sentimientos y que nunca había deseado tanto a una mujer.

Ella no pudo articular una palabra coherente, porque los movimientos de Sam no la dejaban pensar, solo sentir, aunque aun tuviera que usar las manos con ella, algo que ella deseaba.

Él siguió el asalto a sus sentidos, tocándola solo con las palabras y con aquellos movimientos eróticos.

—También recuerdo que cuando no pudiste más de goce, gritaste mi nombre.

Y eso fue exactamente lo que Andi hizo otra vez, cuando Sam la llevó a la cima del placer. Aquella vez vio estrellas literalmente, aunque no eran las mismas que las del cielo que los cubría.

Andi se derrumbó encima del pecho de Sam y tembló descontroladamente, mientras él la abrazaba estrechamente contra su corazón, que latía contra la mejilla de Andi.

Cuando el mundo volvió a aparecer a su alrededor, ella se sintió un poco tonta. También se dio cuenta de que Sam le estaba tapando la boca con la mano.

—Seguramente, Rashid lo ha oído —sonrió él—. ¿Quieres volver a gritar?

Andi agitó la cabeza, muda aún, a pesar de que Sam le había quitado ya la mano de la boca.

—¿Te he refrescado la memoria? —preguntó él.

—Totalmente —dijo ella.

En realidad, había hecho más que eso.

—Bien —Sam la puso a un lado y se sentó en el asiento de en frente.

Andi se quedó mirándolo.

–¿Y eso es todo? –preguntó, sorprendida.

–¿No ha sido suficiente?

–Quiero que termines esto, maldita sea.

–Está terminado, Andrea.

–¿Quieres decirme que quieres dejarlo ahí? Aunque tú no hayas...

–Eso no debería importarte...

Ella miró su evidente abultamiento en el short.

–Sí me importa. Lo quiero todo, y apuesto a que tú también.

–Tú quieres más de lo que yo puedo darte.

–Quiero sexo, Sam. Sexo, puro y duro en la limusina. No pido mucho.

–Quiero marcharme sabiendo que no he hecho nada que pueda hacerte daño.

–Si estás preocupado por la posibilidad de dejarme embarazada, estoy preparada para eso –agarró el bolso del suelo del coche, lo abrió y le mostró los preservativos que había comprado el día antes.

–Es una idea sensata, Andrea, pero, ¿has pensado cómo vas a proteger tu corazón?

Andi sintió rabia al sentir que él ponía el dedo en la llaga que tenía desde hacía siete años.

Al parecer, para Sam, seguía siendo la misma niña inocente que se había colgado de él.

–No lo has comprendido, Sam. No quiero nada más que un revolcón. Ninguna promesa de futuro. Ni siquiera te pido que duermas en la misma cama.

Era mentira. Pero su orgullo no le permitía admitir que quería más. Que quería estar con él el resto de su vida. Que quería que fuera parte de la vida de Chance. Pero lo que más deseaba era su amor, algo que sabía que jamás iba a tener.

Capítulo Seis

Él se había prometido no volver a hacer daño a Andrea. Pero eso había sido lo que había hecho, fingiendo que tocarla no había significado nada para él.

Habían hecho el viaje de regreso en silencio.

Cuando habían llegado, Andrea había recogido sus cosas y se había bajado sin decir una palabra. Pero no había vuelto a la casa.

Él sabía adónde había ido.

No podía dejar que hubiera tantas cosas sin decir entre ellos. Tal vez tuviera que explicarle nuevamente por qué no podía prometerle nada. Quizás tuviera que hablarle de su obligado matrimonio con Maila, para que pudiera comprender su resistencia a ella. Aunque para él la muchacha no significase nada, se sentía obligado por su honor a cumplir con su compromiso. Dudaba que Andrea lo comprendiese, pero de todos modos, tenía que saber la verdad.

Caminó por el sendero que conducía a los campos. El aire estaba cargado de niebla, como sus pensamientos.

Pensó qué le diría, pero cuando la encontró sentada en la manta, de cara al estanque, con las rodillas flexionadas y la cara iluminada por la luna menguante, se le borró todo.

Se arrodilló detrás de ella y la envolvió con sus brazos.

–Sabía que te encontraría aquí.

La sintió estremecer. Entonces, la abrazó más fuerte.

–¿Tienes frío? –le preguntó.

–No exactamente.

Sam se puso frente a ella y le tomó las manos.

No sabía por dónde empezar, pero decidió que empezar por el principio no estaría mal.

–Siento haberte abandonado sin ninguna explicación después del funeral de Paul. Temí no tener la fuerza suficiente para decirte que no, si me pedías que me quedase. Y sabía que debía marcharme.

Ella miró las estrellas.

–No hablemos de aquello esta noche. Hiciste lo que pensaste que debías hacer.

–También quiero disculparme por mi comportamiento en el coche. No he sido justo contigo.

Ella lo miró un momento:

–Me has dicho todo el tiempo que no me deseabas, así que no tienes nada de qué disculparte.

El dejó escapar un suspiro de frustración.

–Pero sí te deseo. Nunca he dejado de desearte.

–Tienes un modo muy extraño de expresarlo –dijo ella, con un brillo de alegría en los ojos, pero herida aún.

–Creí que era evidente –sonrió él.

Andrea sonrió.

–Bueno, tal vez fuese obvio desde un punto de vista físico. Pero eso no quiere decir nada.

–No tienes ni idea de cuánto significas para mí –le dijo él agarrando su cara con ambas manos–. Cuánto has significado siempre para mí. Pero no puedo prometerte nada.

–Te he dicho que no espero promesas –quitó las manos de su cara, y puso una de ellas encima de uno de sus pechos–. La vida es muy corta. Nadie puede predecir qué pasará mañana. Ambos lo sabemos. Yo solo te pido un aquí y ahora. Solo quiero estar contigo. Y cuando se termine, cada uno que siga con su vida, sabiendo que hemos compartido un poco de felicidad una vez más.

Sam pensó en lo que estaba diciendo y luego pensó en su contrato de matrimonio; su matrimonio de conveniencia. Verbal hasta aquel momento. Su padre había llamado justamente por ese inminente contrato. El padre de Maila se estaba impacientando con su ausencia; un hombre ambicioso, que deseaba vender a su hija por una unión que mejorase sus finanzas.

Maila era algunos años más joven que él y una extraña para Sam. La dos veces que se habían visto, apenas había hablado, y cuando lo había hecho, había sido para pronunciar sus promesas de que intentaría darle un hijo, aunque había tenido la sensación de que aquella perspectiva no era muy atractiva para ella.

Pero Sam ya tenía un hijo, un amado niño de una madre por la que sentía algo muy profundo. Una mujer que en aquel momento se le ofrecía sin condiciones. Y de momento no podía hacer otra cosa que olvidarse de sus obligaciones y centrar su atención en ella una vez más.

–¿Estás segura de que quieres esto, Andrea?

–¿Quieres decir que te lo estás pensando?

–Como te he dicho, temo hacerte daño.

–Solo me haces daño cuando actúas como si no hubiera nada entre nosotros, si me niegas la oportunidad de estar contigo en todos los sentidos.

–¿No te preocupa que te decepcione?

Andi se incorporó en la manta y empezó a desabrocharse los botones de su blusa una vez más.

Luego se la quitó. Luego se quitó los shorts y las braguitas.

–¿Te parezco preocupada?

–No, estás exquisita.

Sam sintió calor en su sexo. Sintió deseos de estar dentro de ella. Ese deseo le nubló la razón. Ya no podía resistirse a Andrea.

Se puso de pie y delante de ella se quitó la camisa. Cuando fue a desabrocharse el pantalón, Andrea le dijo:

–Déjame que lo haga yo. La otra vez no me diste la oportunidad. Si no me equivoco, no nos quitamos la ropa completamente.

–Es verdad. Pero teníamos prisa.

–Esta noche, no.

Cuando lo tuvo completamente desnudo, se miraron en silencio, hasta que Sam no lo resistió más. Tiró de ella y la abrazó. Se quedó así un momento, sintiendo la suavidad de su piel. Luego la besó con toda la pasión que le quemaba el alma, con todo el deseo que había guardado desde el momento en que habían estado juntos hacía siete años.

El beso que había nacido de la emoción de tenerla en sus brazos, se transformó en vehículo del deseo. Andrea se apretó contra él, disfrutando de la penetración de su lengua en su boca. Sam dejó de besarla y empezó a besarle el cuello hacia abajo.

Ella suspiró al sentir las caricias de su boca en sus pechos. Se estremeció cuando la lengua trazó un camino desde sus pechos a su vientre. Gimió cuando se puso de rodillas y la hizo suya con la boca.

Ella entrelazó sus dedos al cabello de Sam y se balanceó suavemente mientras él exploraba sus pliegues con su lengua, aferrándose fuertemente a sus caderas para sujetarla. Pero con cada sonido que se escapaba de la boca de Andrea, con cada temblor de su cuerpo, también él empezaba a perder estabilidad. Cuando ella se tensó y se convulsionó, él deslizó un dedo dentro de ella para prolongar su clímax, para experimentar con sus propias manos el placer que le daba.

Cuando sus rodillas empezaron a flexionarse, él la apoyó en la manta y la acunó hasta que pareció calmarse.

–¡Ha sido...estupendo! –balbuceó ella.

–He querido hacer esto desde la primera vez que estuvimos juntos –Sam le acarició el pelo y le dio un beso en la frente.

–¿Y por qué no lo hiciste?

–No quería impresionarte.

–Lo hubieras hecho –Andrea se separó de él y le dijo–: Túmbate boca arriba.

Ella lo besó de arriba abajo, volviéndolo loco de deseo.

Cuando llegó a su vientre, él puso una mano en su cabello sedoso.

–Esto no es necesario, Andrea.

Ella alzó la cabeza.

–Para mí, lo es. Pero para que sepas, no lo he hecho nunca, así que tendrás que tener paciencia conmigo.

A Sam le gustó saber que no había tenido tanta intimidad con ningún hombre. Pero cuando ella lo envolvió con el calor de su boca y probó sus límites, ya no pudo pensar en nada. No tenía experiencia, pero no se notaba.

Cuando estuvo a punto de derrumbarse, él le alzó la cabeza y la besó. Luego rodó con ella y se dispuso a penetrarla.

Pero antes Andrea dijo:

—No.

Sam suspiró.

—¿Has cambiado de idea de repente? —preguntó.

—Casi pierdo la cabeza. Se nos olvida algo. Por más que ame a Chance, no creo que sea buena idea darle un hermano.

Sam se tumbó, y maldijo su estupidez.

¿Cómo podía ser tan descuidado otra vez?

—Yo me ocuparé de ello —susurró ella.

Enseguida sintió el contacto del preservativo.

Sam la miró después. Ella estaba esperando que él diera el siguiente paso. Y no la decepcionaría.

Cuando Sam la volvió a tomar en sus brazos, Andi sintió la excitación de la anticipación del placer.

Él rodó con ella y la puso debajo. Abrió sus muslos con una pierna, y la penetró con un movimiento fácil. Ella tuvo un fuerte sentimiento de volver a estar donde debía, tan cerca de aquel hombre al que había tenido siempre dentro de ella, de su corazón.

Él se volvió a mover y entró más profundamente en Andrea. Ella gimió.

Sam se detuvo.

—¿Te he hecho daño?

—En absoluto.

—Bien. Te siento más de lo que recordaba —dijo él.

—Lo mismo digo —dijo ella con voz entrecortada por el placer.

Luego alzó las caderas para sentirlo más. Él se movió con ritmo regular, y ella trató de memorizar cada momento de placer. Sam intentaba controlar el placer para prolongarlo.

Ella sintió ganas de llorar de emoción.

–Ven conmigo –dijo Sam.

Y la puso encima de él, montándolo. Se miraron a los ojos.

Nunca se había imaginado que volvería a experimentar aquello, que Sam iba a hacerle el amor otra vez, que la acariciaría por dentro y por fuera, y que la llevaría nuevamente a la cima más alta cuando aceleró el ritmo.

Ella se aferró a sus sólidos hombros. Él le susurró algo al oído en inglés y en árabe. Y con un empuje final, pronunció su nombre repetidamente y se derrumbó.

Los sonidos de la noche que los acompañaban parecieron detenerse, o eran imaginaciones de Andi. Pero no había imaginado a Sam, el poder de su cuerpo, la suavidad de su tacto, el modo en que le había hecho el amor, como si ella significase algo para él.

Ella se giró y se puso boca arriba, separándose de él. Tenía que pensar, tenía que impedir dejarse llevar por las emociones.

¿Cómo había podido ser tan idiota? ¿Cómo se había podido imaginar que haciendo el amor con él podría borrarlo de su corazón? ¿Cómo se le había ocurrido que si lo dejaba entrar en su cuerpo iba a conseguir sacarlo de su corazón, cuando con ello no hacía más que perpetuarle en él?

–¿Te he decepcionado, Andrea?

Ella lo miró y le sonrió.

–No. En absoluto.

–Tal vez quieras las estrellas otra vez.

Andrea suspiró.

–Ya no, Sam.

–¿Ya no tienes sueños?

83

Claro que los tenía, solo que no quería creer lo que nunca podría ser.

—Quiero ser la mejor entrenadora de caballos de carreras.

—¿Como tu padre?

—Papá era bueno en lo que hacía, pero nunca aspiró a ser el mejor —contestó Andi.

—La gente sabrá que eres la mejor.

Andi se rio sin ganas.

—Si tú lo dices...

—Así será si me dejas intervenir.

Andrea lo miró con una chispa de orgullo y de enfado a la vez.

—Puedo hacerlo sola, Sam. Tengo que hacerme un nombre por mí misma. Es el único modo en que me lo ganaré.

—¿Y no aceptarás mi ayuda?

—Ya has hecho suficiente dejando que entrene a tu yegua.

—Será tuya cuando me marche, Andrea.

Al parecer, ese era el premio de consolación, pensó ella.

—No es necesario que lo hagas.

—Ya lo he hecho, y me ocuparé, pagando todos los gastos, para que compita cuando te parezca que esté preparada.

—Si insistes en que se quede aquí, a mí me gustaría que fuera de Chance.

—Como quieras.

Andrea se incorporó y se vistió antes de que hiciera algo estúpido, como rogarle que se quedase.

—¿Adónde vas?

—Supongo que Tess debe estar preguntándose dónde estamos.

—Me imagino que ya estará acostada, por la hora que es.

Andi se puso de pie. Sam seguía allí, desnudo, su piel oscura contrastando con la manta azul clara. Era una imagen tentadora. Pero era mejor que se marchase para poner un poco de distancia.

Andrea se agachó y le dio los shorts.

–Póngase esto, Alteza. A Tess no creo que le gusten los hombres desnudos en la cocina.

La sonrisa de Sam pareció encender la noche.

–¿Y cómo sabes que no ha tenido a ningún hombre desnudo en la cocina?

–¡Oh! ¡Déjate de tonterías! Supongo que ya sabes que Tess y Riley finalmente van a casarse.

–Pues no.

A Andi lo extrañó. Tess había estado muy abierta desde que había aparecido Sam.

–Bueno, van a casarse dentro de pocas semanas –suspiró–. No puedo ni imaginarme a Tess fuera de la granja.

–¿No van a vivir aquí?

–Quieren viajar por el país.

–Vas a echarla mucho de menos.

–Por supuesto. Y Chance también. Pero nos arreglaremos.

A Andrea le costaría aceptar otra pérdida, sobre todo después de la marcha de Sam.

–Quizás prefieras que te hable de cosas más gratas –dijo él, leyendo sus pensamientos.

Sam tiró de Andrea y ella se sorprendió al sentir que estaba excitado. Le gustó, porque estaba deseosa de olvidar las tristezas en sus brazos.

–¿No vas a hacerme cosquillas, verdad?

–No como te imaginas. Pero te aseguro que voy a ver el modo de hacerte sentir mejor.

Sam le besó el cuello.

–No todos los días se encuentra una a un buen

príncipe –dijo ella, mareada en sus brazos–. O tal vez no sea tan bueno...

–Vamos a averiguarlo.

Otra vez, la ropa de Andi terminó tirada en la hierba. Y al poco rato, Sam la hizo gemir y suspirar.

Nunca sería suficiente.

Sam estaba de pie, mirando a Andrea, que estaba durmiendo. Ella no sabía que estaba despierto. Llevaba horas levantado. Se había ocupado de los caballos, puesto que quería que Andrea pudiera quedarse más rato en la cama, después de la pasada noche.

En realidad debería de haberse sentido culpable por haberle hecho el amor hasta casi el amanecer. Pero no lo lamentaba. Lo único que lamentaba era que el tiempo con ella fuera limitado.

Se sentó al borde de la cama y siguió observando a Andrea, desnuda sobre su vientre.

Recordaba cada detalle de la pasada noche, de lo que había sentido. Había sido un volver a vivir las sensaciones del pasado. Y sabía que jamás podría enterrarlas por completo.

Miró el reloj y vio que eran cerca de las diez. Era mejor que la despertase, si no quería que se enfadara con él. Se acercó y deslizó un dedo por su columna vertebral y por su trasero. Ella se estiró y suspiró, soñolienta. Pero no estaba seguro de si tenía los ojos cerrados o abiertos, puesto que el pelo le tapaba la cara.

Finalmente alzó la cabeza, se quitó el cabello de la cara y lo miró.

–¿Qué hora es?

–Hora de que te levantes, me temo.

Se puso boca arriba sin importarle su desnudez. A Sam en cambio, no le resultaba indiferente su cuerpo desnudo.

Después de mirar el reloj, Andrea se incorporó de un salto.

–¡Oh! ¡He perdido casi todo el día!

–Necesitabas dormir.

Ella sonrió.

–Supongo que sí, teniendo en cuenta que he estado despierta casi toda la noche, gracias a ti.

Sam se inclinó y le dio un beso suave en los labios.

–No, gracias a ti.

Ella extendió sus brazos y le rodeó el cuello.

–Creo que he usado partes de mi cuerpo que no usaba desde hace años –dijo.

–¿Y te duele algo?

–Es un dolor agradable. Muy agradable.

Sin poder remediarlo, él le besó el cuello, y no pudo resistirse a besar sus pechos.

–Tal vez deba hacer algo para aliviar ese dolor.

–Lo siento. No tenemos tiempo ahora –respondió ella.

Se levantó de la cama, y lo dejó solo, contemplando el muro emocional que había construido entre ellos dos.

Después de ponerse la bata, Andrea lo miró y le dijo:

–Tengo que hacer que Sunny haga algunos ejercicios en el terreno si quiero ensillarla para fin de mes.

Sería mejor, pensó él. Si por él hubiera sido, se habría quedado todo el día en la cama, sin ocuparse de sus responsabilidades. ¡Qué fácil hubiera sido, ahora que él había redescubierto el placer de hacer el amor con Andrea! Pero no se tenía que olvidar de lo que tenía que hacer, no solo aquel día, sino dentro de varias semanas.

—Riley está en el granero. Me está ayudando a arreglarlo.

Ella agarró un cepillo del comodín y se cepilló el pelo con rabia.

—No puedo pagarle a Riley.

—Yo me ocuparé de eso.

Andrea dejó el cepillo a un lado y dijo:

—Bien, voy a darme una ducha.

Y se marchó.

Sam se extrañó de que ella no hubiera protestado por su ayuda económica. Tal vez empezara a comprender que su dinero podía ayudarla a ella y a su hijo.

Cuando volvió al granero, descubrió que Riley casi había terminado de quitar el lecho del primer establo para poner la moqueta de goma que iba debajo.

Riley se apoyó en su pala, luego se tocó el bigote.

—¿Andi sigue pegada a las sábanas?

—Está despierta ya.

El hombre chasqueó la lengua y echó otra palada de lecho en el carro.

—Se me olvida que no siempre comprendes el idioma. Supongo que es porque recuerdo cómo eras cuando vivía Paul. Se te veía más relajado. Relájate. Hasta en la forma en que hables.

Eso era antes de que tuviera el peso de un reino en sus hombros.

—Hace mucho que no vivo aquí.

Un silencio espeso se alzó entre ellos, hasta que Riley habló nuevamente:

—¿Te ha contado Andi que Tess y yo nos vamos a casar?

–Sí. Anoche. Enhorabuena a ambos.

–Tess me ha dicho que tú también vas a casarte al final del verano.

–Está arreglado así.

–Es una forma extraña de decirlo.

Sam lo veía como lo que era, un arreglo.

–Prefiero que no le hables de esto a Andrea hasta que tenga tiempo de decírselo.

Riley se encogió de hombros.

–Es asunto tuyo, supongo. Pero a mí me parece que ella merece saberlo –dijo Riley; luego pareció volver al trabajo.

Pero cuando Sam estaba por marcharse a juntar más madera para los establos, Riley lo detuvo.

–Sabes que el padre de Andi fue un buen amigo mío...

Sam se detuvo y lo miró.

–Lo recuerdo.

–Creo que tú le habrías gustado.

–Fue un buen hombre, según me han dicho.

–El mejor. Y Andi era todo para él. No digo que no quisiera al chico, porque no es cierto. Pero Paulie era más como su madre que como Bob. Andie es como su padre. Según él, era incapaz de hacer algo malo.

–Es una buena mujer.

–Por eso quiero decirte algo.

Ahora venía lo que realmente le quería decir, pensó Sam.

–Te escucho.

Riley se quitó la gorra y se pasó los dedos por su cabello canoso, luego se la volvió a poner.

–Chance es un buen chico. Se merece lo mejor. Se merece un padre como el de Andi. Yo he intentado estar a su lado cuando lo ha necesitado, para enseñarle lo que sé, que no es mucho. Pero soy demasiado viejo, y es por lo que te digo que si no puedes ocupar ese lugar, es mejor que dejes a Andi sola, para que pueda encontrar a alguien que lo pueda ocupar.

Sam odió internamente la intromisión de Riley. Pero comprendía que lo hacía por proteger a Andrea y a Chance. También se dio cuenta de que había bastante lógica en lo que decía.

—Tendré en cuenta tu consejo.

—Me alegro. Pero también sé lo difícil que es ignorar a una mujer como Andrea. Tess es igual. Con una fuerza de voluntad de hierro, cabezona, un poco salvaje, pero en el buen sentido. No es fácil dejar escapar a una mujer así.

Él lo sabía muy bien. Había sabido que tener una relación con ella iba a ser un gran error. Ahora le tocaría cortar los lazos cuando llegase el momento.

—Te prometo que haga lo que haga por mi hijo, será por el bien de todos.

—Cuento con eso, Sam —Riley dejó la pala a un lado, y se secó las manos en los vaqueros—. Tengo que hacer un par de cosas donde los Hammond, pero volveré al atardecer.

—Voy a intentar terminar este establo antes de que vuelvas.

—Sí.

Sam se echó a un lado para dejar salir a Riley, pero antes de que Riley llegase a la puerta, se dio la vuelta otra vez.

—Y una cosa más, Sam. Como yo era el mejor amigo del padre de Andi, quiero que sepas que ella es como una hija para mí —lo señaló con el índice—. Y si le haces daño a Andi, tendrás que vértelas conmigo.

Después de dicho esto, se marchó.

Sam no quería herir a Andrea, si podía evitarlo. Pero cuanto más íntima se hacía la relación con ella, más riesgo corría de hacerle daño. Y de hacérselo a sí mismo.

Capítulo Siete

Después del almuerzo, Sam fue al establo para seguir con los arreglos. Andrea solo había aparecido brevemente en la casa, había agarrado un sándwich y había vuelto a trabajar con los caballos, prácticamente sin mirar a su tía o a él.

Cuando Sam se fue acercando al granero, vio la camioneta del hombre llamado Caleb. Se acercó lentamente a la entrada al oír la risa de Andrea. Se detuvo allí para escuchar. Sabía que no tenía derecho a entrometerse, pero no podía dejar de intentar escuchar a través de la pared.

–Una cena me encantaría. Pero tendrá que ser dentro de un par de semanas. Chance estará en casa y mi invitado se marchará.

Al oír la palabra «invitado», Sam sintió una punzada de rabia. Le molestaba que lo considerase un invitado. Luego reflexionó. Claro que era un invitado, y no un miembro de la familia. Solo un amigo, un extraño para su hijo. El amante de Andi el tiempo que se quedase allí.

Aquel pensamiento le hizo avanzar, pero una vez más dudó cuando el hombre empezó a hablar.

–Te llamaré la semana que viene, a no ser que tú quieras que nos veamos antes.

Sam se retorció de celos. Esos celos lo hicieron entrar en el granero.

Andrea y Caleb estaban en el establo de la yegua.

Andrea se dio la vuelta y miró a Sam, luego sonrió.

–Hablando de Roma... Aquí está Sam –Andrea hizo un gesto hacia él–. Caleb, este es Sam, un amigo de la familia.

Sam le dio la mano, reacio, pero no le devolvió la sonrisa.

–Me alegro de conocerte, Sam –dijo Caleb–. Andi me ha dicho que eres una especie de príncipe.

–Un jeque –dijo él.

–Es genial –Caleb sonrió a Andrea–. Sigue así, Andi. Estoy muy contento contigo.

Sam se preguntó qué otra cosa de ella esperaba que le diera satisfacción...

Se apartó para dejar salir a Caleb.

Cuando estuvieron solos, Sam le preguntó:

–¿Vas a cenar con él después de que me vaya?

Andrea agarró una caja de plástico con suministros y caminó hacia el taller de herraduras.

–Eso parece.

Guiado de su envidia, Sam la siguió.

–¿Estará Chance?

–Sí.

–¿Le gusta a nuestro hijo ese hombre?

–No lo conoce mucho.

–Entonces, no sabes si será un pretendiente adecuado.

–No creo. Personalmente, no creo que sea un pretendiente adecuado, porque está casado y tiene dos hijos.

–¿Tiene esposa?

–Sí. Y estará con nosotros. ¿Estás satisfecho ahora?

Sam seguía reacio a confiar en el hombre.

–Desconfío de sus intenciones, aunque esté casado.

Andrea puso los ojos en blanco, luego se dio la vuelta y empezó a pasar grasa por la silla de montar.

–Mira, Sam. Caleb es un muchacho agradable. Realmente me ha hecho un favor dejándome entrenar a su caballo, y es lo único que me ha pedido.

–Hasta ahora.

Ella se dio la vuelta abruptamente:

–No sé por qué piensas que tiene otras cosas en mente. Ni siquiera lo conoces.

Él conocía a ese tipo de hombres. Y lo tentadora que podía ser Andrea, con aquella camiseta corta mostrando su vientre, el ombligo. El vaquero aquel estaría casado, pero era un hombre.

Sam pensó que no tenía ningún derecho a juzgar a nadie, después de lo que había hecho el día anterior.

–No volveré a mencionártelo –dijo Sam.

Pero pensaría en ello en siguientes días, y cuando estuviera en Barak. Pensaría en ella a menudo, y se preguntaría si habría encontrado a otro hombre.

Pero de momento era suya. Y no pensaba resistirse a ella, aunque apenas pudiera robarle unos momentos.

Sam miró a Andrea limpiar la silla. Se agachaba cada tanto, mostrándole un vaquero apretado en las caderas, revelando la forma de su trasero. Llevaba el pelo recogido, dejando al descubierto ese cuello que tanto le gustaba besar...

Andrea era una tentación permanente para él.

–¿Necesitas mi ayuda? –preguntó él.

–He limpiado tantas sillas, que podría hacerlo con los ojos cerrados.

–Supongo que puedes hacer muchas cosas con los ojos cerrados.

Andi se quedó petrificada cuando sintió el calor del cuerpo de Sam por detrás.

Sintió un estremecimiento al sentir que Sam le quitaba el pañuelo que tenía en el bolsillo de atrás del pantalón y se lo pasaba suavemente por el hombro y por un pecho.

–¿Quieres que veamos si puedes hacer cosas con los ojos cerrados?

Antes de que pudiera responder, Sam le tapó los ojos.

Ella se volvió a estremecer.

–¿De verdad vas a hacerme limpiar la silla con los ojos tapados? –preguntó ella, sabiendo que aquella no era la intención de Sam.

Sam le dio la vuelta y la apoyó contra la silla.

–Olvidémonos de la silla por ahora –Sam la besó suavemente, y le lamió el labio inferior–. Quiero que te concentres en lo que hago.

Ella sintió una ola de calor en su vientre, y luego entre sus piernas.

–He estado trabajando, Sam. Tengo calor y estoy sudada –protestó Andrea, sin convicción.

–Yo también. Pero tengo las manos limpias.

Sus manos eran maravillosas acariciándole los pechos.

–¿Y qué me dices de Tess? –preguntó ella.

Le preocupaba que los sorprendieran. Pero eso también aumentaba su deseo.

–Tess ha ido al mercado –susurró Sam, lamiéndole el lóbulo de la oreja–. Y Riley no vendrá hasta el atardecer.

Cuando ella se agarró a sus brazos para afirmarse, él se los quitó y los dejó a los lados de su cuerpo.

—No me toques todavía.

Luego le dio un beso en las palmas de las manos.

—Ahora puedes tocarme, Andrea. Recuérdame.

¿Cómo podía olvidarlo? Estaba harta de intentarlo.

Andrea exploró su cara, una cara que había invadido sus sueños muchas noches. Pasó un dedo por su nariz, dibujó sus labios. Acarició su mejilla. Daba igual que no pudiera verlo en aquel momento. Lo llevaría en la memoria.

Deslizó las manos por su cuello y llegó al pecho. Se detuvo allí al notar que Sam se había quitado la camisa. Su piel estaba húmeda y caliente. Acarició su vello, sus pezones, que se pusieron duros al tocarlos.

Siguió por su abdomen, y sus músculos se tensaron cuando trazó un círculo con el dedo en el ombligo. Cuando intentó deslizar un dedo por debajo de la cintura del pantalón, él le sujetó la muñeca.

—Levanta los brazos –le ordenó.

Ella lo hizo, y se echó hacia atrás, apoyándose en la silla para sujetarse. Él le quitó la camisa y la dejó desnuda de cintura para arriba. Le deslizó un dedo por el pecho, de hombro a hombro. Lo deslizó por sus pechos, acariciándolos con la punta de los dedos, haciendo círculos en sus pezones.

—Eres hermosa a la luz del día –dijo con voz sensual.

—Esto no es justo. Tú puedes verme y yo no.

—De momento, solo tienes que sentir.

No había problema, pensó Andi, mientras su

boca hacía suyo uno de sus pezones. Ella se entregó a las sensaciones.

Sam le acarició ambos pechos por igual, mientras ella le acariciaba el cuero cabelludo y seguía sus movimientos.

De pronto, Sam levantó la cabeza y le ordenó:

—Date la vuelta.

Andrea le obedeció.

Con su dedo, Sam hizo un sendero por su columna vertebral, primero con el pulgar, luego con la boca. Ella sintió un reguero de escalofríos. Era una exquisita tortura.

Ella estaba apoyada contra la silla, y le llevó un momento darse cuenta de que él había deslizado una mano entre ella y la silla. Sintió que le bajaba la cremallera del pantalón y se estremeció de anticipación por el placer. Él le bajó el pantalón hasta los muslos junto con las braguitas. Un aire caliente le acarició el trasero, al descubierto, pero no fue nada comparado con los besos que le dio Sam en la parte de abajo de su espalda, y los que luego le dio en el trasero.

Andi saboreó la sensación del tacto de su boca, gimiendo al sentir el suave mordisqueo de sus dientes que alternaba con las caricias de su lengua.

—Un postre delicioso —dijo él.

Ella no podía negarlo.

Después Sam subió con la lengua hasta su cuello. Lo besó mientras él metía la mano entre sus piernas. Desesperada de deseo, ella se frotó contra su mano, animándolo.

Andi no pudo reprimir un gemido cuando él quitó la mano.

—Paciencia —le dijo—. Ya voy a satisfacer tus necesidades, pero antes quiero ocuparme de algo.

Cuando escuchó el ruido de su cremallera seguido del ruido del papel, Andi se dio cuenta de que Sam había planeado aquello.

Había planeado volverla loca de deseo, a pesar de sus objeciones al principio. Y lo peor era que con aquello no iba a poder estar con otros hombres, porque ninguno podría compararse con él.

Pero de momento, solo quería disfrutar.

Él se apretó contra su espalda, y volvió a tocarla en el lugar que lo estaba esperando. Acarició sus pétalos húmedos hasta que encontró su centro. La acarició con dedos tiernos. Pronto ella se vio envuelta en un torbellino de placer, mezclado con el aroma a heno, a cuero y a Sam. Ella oyó su respiración agitada y los ruidos de los caballos, pero todos los sonidos, todos los olores parecieron desaparecer mientras él la acariciaba para hacerla estallar.

El estallido empezó a formarse lentamente, y lo único que supo ella era que lo quería dentro, ahora mismo.

Andi extendió las manos hacia atrás para sujetar sus caderas y apretarlo más contra ella. Él entró con un único y afilado empuje, y ella no pudo más, y estalló.

Giró la cara hacia él, y aceptó su profundo y penetrante beso. Su lengua la exploró con la misma avidez de su sexo, hambrienta, desesperada, mientras él se movía dentro de ella, sofocando sus gemidos cuando entró por completo.

La siguió acariciando aun después de que ella se hubiera derrumbado.

–Otra vez, Andrea.

–No sé si...

–Yo sí lo sé. Lo harás.

Sorprendentemente, ella pudo llegar a la cima otra vez, momentos antes de que Sam llegase también. Él agarró sus caderas y dejó escapar un gemido. Hundió la cara entre sus omóplatos y la abrazó fuertemente. Ella no podía decir cuál de los dos estaba temblando más. Estaban tan cerca que uno parecía terminar donde terminaba el otro.

—Me haces sentir lo que nunca he sentido. No he conocido nada como esto.

Andi tampoco. Ni lo conocería, pensó.

De pronto la asaltó la realidad. Alguien había aparcado en la casa, y por el ruidoso motor, era Tess.

—¡Tess! —exclamó.

Empujó a Sam para que se quitase y desató el pañuelo de los ojos. Se puso las braguitas, y buscó torpemente la camisa, que resultó estar cubierta de serrín y paja. Se la puso y dijo:

—Vístete. Puede venir aquí.

—Supongo que primero sacará la comida del coche —respondió él, vistiéndose tranquilamente.

—Puedes equivocarte.

Sam sonrió.

Sam Yaman estaba demasiado seguro, demasiado práctico en aquella situación, pensó Andi, cuando lo vio tirar el preservativo y el envoltorio en un cubo de basura y luego cubrirlo con un saco de comida de los animales.

—Todo está disimulado. Nadie sabrá qué ha sucedido aquí.

Andi se miró la ropa desarreglada y se imaginó qué pensaría su tía.

—Supongo que puedo decirle a Tess que hemos tenido un inesperado tornado atravesando el granero.

Sam pateó la puerta, lo que sorprendió a Andi. Tiró de ella y la estrechó en sus brazos.

–Después de todo, tenemos mucho que aprender el uno del otro –dijo.

–Me gustaría pasarme la vida aprendiendo contigo... –respondió Andrea.

Él se puso serio.

–¡Ojalá fuera posible!

Andrea sintió frío de repente y se soltó de su abrazo.

–No te preocupes tanto, Sam. Ya te lo he dicho. No espero nada. Solo estaba bromeando.

–¡No te imaginas cuánto deseo poder estar contigo! Pero no es posible.

Ella puso las manos en jarras y dijo:

–Siempre he pensado que todo es posible.

–En esto, no.

Ella se reprimió las lágrimas que pujaban por salir.

–¿Por qué? ¿Por tus deberes? ¿No te das cuenta de que podrías ser feliz aquí, con nosotros? He notado tu felicidad, Sam. Ahora sonríes más. Te lo pasas bien, sobre todo con Chance. Debes de estar ciego, si no te das cuenta.

Sam pateó el barril con comida para los animales. El ruido habría alertado a cualquiera, si hubiera habido alguien cerca.

–Por supuesto que estoy contento aquí. Pero eso no cambia mis circunstancias. Tengo que cumplir con mis obligaciones.

¿Cuántas veces más tendría que escuchar aquello?, se preguntó ella.

–¿Obligaciones con quién? ¿Con tu padre?

–Con mi... –desvió la mirada–. Sí, con mi padre. Con mi gente.

Andi se secó una lágrima y dijo:

–Bueno, estupendo. Supongo que eso no incluye a tu hijo.

«Ni a mí», pensó.

—Te he dicho que te daré todo lo que necesites.

—Dinero. Pero eso no comprará su amor, Sam Tu dinero y tu posición no comprarán tu felicidad tampoco.

Sin decir una palabra, Sam abrió la puerta y dejó sola a Andi, con su tristeza.

Si hubiera sabido Sam cuánto lo amaba... Si él se hubiera puesto a pensar en las posibilidades. Pero algo le impedía hacerlo.

Pero ella descubriría los secretos del jeque, aunque fuera lo último que hiciera antes de que se marchase.

Sam se pasó los días siguientes trabajando en el establo.

Su deseo y amor por Andrea ganaban, al menos de momento. Cuando tomase a Maila por esposa, si lo hacía, se condenaría a una unión sin amor. Y cuando la llevase a su cama, siempre se imaginaría a Andrea.

Eso sería muy injusto para Maila. Era una buena mujer. Se merecía a un hombre que pudiera darle más que él. Era una mujer culta que, como él, había aceptado la unión por obligación. Pero si Sam terminaba con aquel acuerdo, despertaría la ira y el desprecio de su padre.

Tendría que pensar qué era lo mejor para todos. Y eso no sería fácil. Y en pocos días, abandonaría a Andrea, a su hijo.

Sam se duchó y bajó. Encontró a Andrea hablando por teléfono.

—De acuerdo, cielo. Ahora duérmete tranquilo. Te veré mañana.

Sam se sentó en el sofá y cuando Andrea colgó,

le hizo señas para que se sentara a su lado. Parecía preocupada, aunque sonriese.

—Era Chance. Quería estar seguro de que lo íbamos a buscar en limusina.

Sam sonrió también para disimular su preocupación.

—¿Y le has dicho que sí?

—Sí.

Sam volvió a palmear el sofá para que se sentara a su lado.

En lugar de sentarse a su lado, Andrea, se sentó en su regazo. Él la abrazó fuertemente y disfrutó de su fragancia mezclada con perfume de champú, y de la suavidad de su cuerpo suave envuelto en satén.

—Estoy preocupada por Chance.

—¿No se encuentra bien?

—Dice que está bien, pero parece cansado.

—Supongo que estará cansado.

—Espero que sea solo eso.

Sam le dio un beso en la frente y le acarició el cabello.

—¿Qué te hace pensar que no es así?

—Intuición de madre. Es posible que esté un poco paranoica también.

—Te preocupa su salud, Andrea, simplemente.

—Lo sé. Pero cuando tenía casi tres años, se subió a una cerca y se cayó de espaldas. Al principio estaba bien. Pero luego, la siguiente mañana, se quejó del hombro. Lo llevé al médico y descubrimos que se había roto la clavícula. Tendría que haberlo llevado al médico esa misma noche.

Sam le alzó la barbilla y la obligó a mirarlo.

—Fue solo un error, Andrea. No quiere decir que no te ocupes de él.

–Lo sé, pero me sentí fatal, como si fuera una mala madre.

–Eres una madre maravillosa. No podría haber escogido mejor madre para mi hijo.

Andrea le dio un beso en la mejilla.

–Gracias –después de estudiarlo un momento agregó–: Y ahora, dime, qué te está preocupando.

Sam debería de haberse sorprendido de que ella lo conociera tanto. Pero en la última semana parecían haberse compenetrado muy bien.

–Me temo que tengo noticias más que insatisfactorias.

Andrea se puso rígida.

–¿De qué se trata?

–He hablado con mi padre hoy, y debo regresar a Barak el jueves.

–Se suponía que no te marchabas hasta el domingo –le dijo ella, con frustración y fuego en los ojos–. ¿Así que tu padre chasquea los dedos y tú vas corriendo? Me gustaría saber cuál es su secreto para hacerte hacer lo que quiere.

–Es complicado, Andrea. No puedo darme el lujo de ir y venir cuando quiero.

Andrea se bajó de su regazo y se sentó en el otro extremo del sofá.

–Me das pena, Sam. Debe de ser horrible tener ese peso, el no tener voluntad propia.

Sam sintió rabia.

–Tengo voluntad propia. Pero también tengo responsabilidades.

Andrea puso los ojos en blanco.

–Lo sé, lo sé. Pero, ¿y qué me dices de la responsabilidad hacia tu hijo? No has pasado nada de tiempo con él. ¿Es eso con lo que va a contar en el futuro? ¿Con un padre que puede ser que venga a verlo o no?

Sam bajó la cabeza.

–Lo he estado pensando. Solo puedo prometerte que estaré aquí todo el tiempo que pueda.

Andrea suspiró.

–¿No tenemos mucho tiempo para decidir cuándo se lo decimos, no?

–No.

Andrea se levantó del sofá.

–Supongo que lo haremos cuando llegue el momento –dijo.

Sam se puso de pie.

–¿A qué hora saldremos mañana para ir a buscar a Chance?

Andrea se cruzó de brazos.

–No iremos tú y yo, Sam. Irás tú.

–No comprendo –él frunció el ceño.

–He decidido que tú lo vayas a buscar solo. De ese modo, podrás tener tiempo para estar a solas con él y conocerlo.

–Pero tú...

–Yo lo veré cuando regrese. Yo lo tendré el resto de mi vida. Tú, en cambio, tienes poco tiempo.

Sam se dio cuenta de la difícil decisión que había tomado ella, y del dolor de cabeza que le estaba causando.

–¿Estás segura de que esto es lo que quieres?

–Sí, estoy segura.

–¿Quieres que yo le diga...?

–No. No quiero que le digas nada de que eres su padre. Creo que yo debería estar presente cuando lo sepa.

–Será un honor ir a buscarlo.

Andrea empezó a dirigirse a la escalera.

–Buenas noches, Sam.

–Estaré contigo en un momento.

—Me gustaría dormir sola esta noche. Estoy muy cansada —ella se dio la vuelta.

—Haré lo que me pides, Andrea. Pero me gustaría pasar esta última noche contigo, antes de que regrese Chance.

—Está bien así, Sam —dijo con voz cansada—. Los dos sabíamos que esto no sería eterno. Así que da igual que se termine ahora.

Él hubiera querido gritar que quería estar a su lado toda la vida. Que no quería que aquello terminase, pero se calló.

—Que tengas dulces sueños, Andrea.

Ella se rio forzadamente y le dijo:

—Ya no creo en sueños, Sam.

Capítulo Ocho

—¿Dónde diablos se han metido? —preguntó Andi, yendo de un lado a otro de la cocina.

El reloj de la cocina marcaba la tres de la tarde. Sam y Chance deberían de haber vuelto del campamento hacía tiempo.

—Tal vez hayan parado a almorzar en algún sitio —dijo Tess, sirviendo un vaso de té helado para Riley y otro para ella.

—Les he preparado el almuerzo en un paquete. Quería estar segura de que Chance comía los alimentos adecuados.

—Entonces, deben de haber parado a hacer un picnic —dijo Riley—. Sam parece una persona bastante responsable.

Andi se dio la vuelta y los miró:

—Sí, Sam parece responsable, pero no sé si lo conocemos tan bien.

Tess frunció el ceño.

—Andi, estás diciendo tonterías. Estamos hablando de Sam, el chico que vivió prácticamente cuatro años con nosotros. El mismo que ha estado trabajando en el granero en estas últimas dos semanas, como un peón.

—Está cambiado, Tess. No es el mismo. ¿Y si le ha dado por ir al aeropuerto y marcharse directamente desde allí? ¿Y si se lleva a Chance a su país?

Tess se levantó de la mesa de la cocina y sujetó a Andi por ambos brazos.

–¿Qué estás diciendo, Andi? No tiene sentido. Sam ha prometido que no hará algo así.

–Prometió muchas cosas, Tess, y no cumplió esas promesas. ¿Cómo quieres que me convenza de que no lo volverá a hacer?

Tess achicó los ojos y estudió a Andi.

–Confía en tu corazón, Andi.

Andi no se atrevía a hacer eso. Lo había hecho y se le había roto el corazón.

El teléfono la sobresaltó. Se apartó de Tess y descolgó al segundo timbre.

–¿Sí?

–¿Podría hablar con la señora Andrea Hamilton, por favor? –dijo una voz femenina.

Andrea suspiró.

–Depende de quién sea usted.

–Soy la señorita Murphy, del hospital de Lexington. La llamo por su hijo.

Andi sintió pánico.

–¿Ha habido un accidente?

Tess se acercó rápidamente a Andrea.

–No, un accidente, no. Un tal señor Yaman ha traído a Chance al hospital. El nivel de azúcar del niño está bajo.

–¿Se encuentra bien?

–Lo están examinando ahora. El señor Yaman me ha pedido que la llamase para informarle de lo ocurrido.

–Voy para allá –Andi colgó sin decir adiós.

Agarró las llaves colgadas al lado de la puerta de atrás y gritó a Tess mientras salía:

–Chance está en el hospital.

–Déjame que te lleve yo, Andi –dijo Tess mientras Andi atravesaba el jardín, hacia la camioneta.

–Te llamaré.

–¿Andi, estás segura?

—Estoy bien.

Andi recorrió la distancia de cincuenta kilómetros en un tiempo récord.

Entró en la sala de urgencias haciendo preguntas a todo el mundo. Finalmente, una enfermera la llevó a un cubículo separado por una cortina, al final de un corredor.

Entró y se encontró con una escena que la estremeció.

En medio de aquel ambiente aséptico, Sam estaba echado en una pequeña cama de hospital, al lado de Chance. El niño estaba acurrucado a su lado y con la cara apoyada en su sólido pecho.

Andi se sofocó un gemido al ver que un tubo llegaba hasta el bracito de Chance. Pero no pudo reprimir la emoción al verlos tan naturalmente unidos. Un hombre hermoso rodeando protectoramente a un niño igualmente hermoso mientras dormían. El mismo pelo, las mismas pestañas. Era un cuadro de paz que contrastaba con lo que los rodeaba.

Cuando Andi dio un paso hacia adelante, Sam abrió los ojos y sonrió. Suavemente quitó el brazo de debajo de Chance y se levantó de la cama sin molestar a su hijo.

Hizo señas a Andi de que saliera. Ella se debatió entre las ganas de abrazar a su hijo y escuchar lo que Sam iba a contarle.

—¿Qué sucedió? —preguntó, preocupada.

Sam se pasó una mano por la mejilla.

—Durante el viaje a casa se puso muy pálido. Le ofrecí zumo, como me dijiste, pero no lo quiso. Luego empezó a sudar y empezó a tener la respiración agitada. Estábamos cerca de Lexington, así que le dije a Rashid que nos trajese aquí. No supe hacer otra cosa.

–Hiciste bien, Sam.

–Nunca tuve tanto miedo, Andrea. Pero esto me aterró –dijo desviando la mirada–. Ahora me doy cuenta de lo que habrás pasado con esta enfermedad.

–De lo que ha pasado Chance –lo corrigió Andi.

–Es algo con lo que aprendes a convivir como madre de un niño enfermo. El amor por él es lo que me ha guiado.

–Creo que apenas estoy empezando a comprender lo que es eso.

Andi se reprimió la emoción que le producía el dolor de Sam.

–¿Lo ha visto el médico?

–Sí, hace unos minutos. Dice que su nivel de azúcar es estable, pero que prefiere que se quede unas horas para estar seguro.

Andi suspiró, aliviada.

–Es un procedimiento rutinario –dijo.

–¿O sea que ha sufrido esto alguna vez?

–Sí. Varias veces, al principio. Pero ahora hacía tiempo que no le ocurría.

–El médico dice que tal vez haya sido el cansancio de Chance lo que le produjo este episodio.

–No debería de haberlo dejado ir al campamento –se lamentó Andrea.

Sam la agarró del brazo y la llevó hasta la pared que había en el lado opuesto al cubículo.

–No te culpes, Andrea. Chance me ha contado cuánto ha disfrutado en el campamento. No había razón para que tú supieras que pasaría esto.

Andrea miró en dirección a la cortina entreabierta para ver si Chance seguía dormido.

–Debería de haberlo sabido.

Sam le quitó un mechón de la cara, húmedo de

las lágrimas que había reprimido en su viaje a Lexington.

—El médico ha dicho también que deberías pensar en conectarle a Chance una bomba medicinal en lugar de ponerse inyecciones.

—Siempre he querido hacerlo —dijo Andi—. Pero es muy caro. He estado intentando ahorrar para cubrir la parte que no paga el seguro.

—Yo me ocuparé de ello —insistió Sam—. No te preocupes por el dinero.

—¿Le has dicho a Chance que eres su padre? —preguntó, horrorizada.

—Se lo he dicho al médico, pero Chance no me ha oído, si eso te preocupa.

Andi se sintió muy egoísta de cuestionarle aquello en aquel momento.

—No estaba preocupada, exactamente. Solo que no me gustaría que Chance se enterase de algo tan importante estando enfermo.

—Yo no le he dicho nada, aunque me ha hecho muchas preguntas durante el viaje.

—¿Qué preguntas?

—Quería saber si yo conocía a su padre. Le he dicho que sí, pero que no mucho. Lo que es verdad, Andrea. Me doy cuenta de que no me conozco nada.

Andi le puso la mano en el brazo.

—Yo te conozco, Sam. Eres un buen hombre. Un buen padre.

Él la miró intensamente.

—¿Eso crees? Soy un padre que tiene que dejar a su hijo. No hay nada de bueno en eso.

—Disfruta del tiempo que te queda con él, para que pueda conocerte como su padre.

—Tal vez sea mejor que no lo sepa nunca.

«¿Mejor para quién?», pensó Andrea. Para él,

sí. Ningún lazo con su hijo. Solo dinero. Ningún compromiso con ella ni con su hijo.

—No hablemos de esto aquí. Quiero estar con Chance —dijo ella.

—Yo solo quería que supieras que tengo en cuenta el bienestar de nuestro hijo. Si eso significa renunciar a él, no dudaré en hacerlo.

Andi sintió un gran dolor.

—Si eso es lo que quieres.

—Te juro, Andrea, que no es lo que deseo en absoluto. Pero podría ser la mejor decisión para Chance.

Andrea estaba demasiado cansada para pelear, demasiado triste para hablar.

Y se marchó a ver a su hijo, la única constante en su vida.

Sam se pasó la mayor parte de la semana tratando de conocer a su hijo. Le enseñó a usar un martillo, sin dejar de prestar especial atención a su salud. Pero quería tratarlo como a un niño normal. Chance se comportaba como un niño igual a los demás, pero ahora que Sam había visto los efectos de su dolencia, estaba más preocupado.

Pero al menos Andrea era optimista, ahora que Chance había empezado a usar una bomba que hacía que la medicina fluyera por su cuerpo constantemente. Le había dicho a Sam que sus niveles de azúcar estaban mucho mejor, y que Chance tenía más energía que antes. Algo muy bueno, pensó Sam. Y él mismo lo veía.

En aquel momento Chance lo estaba ayudando a barrer el pasillo entre los establos. Con su mano pequeña, una diminuta versión de la de su padre movía la escoba que casi era de su altura.

–¿Me parezco a mi padre?

Sam calibró la respuesta.

–Sí, en parte.

–¿En qué?

–En el color del cabello y de la piel. Pero tus ojos son más claros.

El niño apoyó la escoba en uno de los establos.

–Tengo las pecas de mamá.

Sam se rio.

–Sí –respondió.

Chance pateó una pila de heno con la bota.

–Mi amigo Bobby dice que donde vives tú, no hay más que arena.

Sam también dejó la escoba.

–Es verdad, hasta cierto punto. Hay bastante arena. Pero también tenemos montañas y árboles. Y una universidad muy buena que construimos en los últimos años, y un hospital muy importante.

–Odio los hospitales.

–Seguro. Y no me extraña. Pero son necesarios.

–De todas formas, los odio –Chance miró a Sam–. ¿Toda la gente es parecida en tu país?

–La mayoría tiene la piel oscura, ojos oscuros y cabello oscuro. Pero son todos diferentes.

–¿Son simpáticos?

–Como en América, hay gente muy buena y gente no tan buena. Hay madres y padres, hermanos y hermanas que juegan juntos y se pelean. Maestros, doctores y constructores. Pero sobre todo, es un lugar muy pacífico para vivir.

–¿Vives en un palacio?

–Sí. Es propiedad de mi familia desde hace generaciones.

–¿Puedo ir a visitarte alguna vez?

Sam sintió remordimientos.

–Tal vez, cuando seas mayor.

El niño dejó escapar un suspiro.

—Me gustaría que te quedases aquí. ¿No te gusta América?

—Me gusta mucho. De hecho, he nacido aquí, en el estado de Ohio.

—Entonces, si eres americano, ¿por qué no vives aquí?

Sam había deseado innumerables veces vivir en América, pero tenía fuertes lazos con su país.

—No puedo vivir aquí porque mi padre es el rey de mi país y yo tendré que ocupar su lugar algún día.

—Podrías llamarlo y decirle que contrate a otra persona para que lo haga —dijo inocentemente Chance—. Una de las chicas del campamento nos contó que su padre no tiene trabajo. A lo mejor lo puede hacer él.

Sam se arrodilló al nivel de Chance con ternura.

—Es muy complicado, Chance. Yo he nacido para gobernar mi país, para ayudar a mi gente —quitó un rizo de la frente de Chance—. ¿Comprendes ahora por qué tengo que marcharme?

—Supongo, pero sigo queriendo que te quedes aquí —Chance rodeó el cuello de Sam con sus brazos, sorprendiéndolo y causando un tumulto de emociones en su corazón—. Me gustaría que fueras mi papá.

Andi se quedó de pie, fuera del granero, esperando oír la respuesta de Sam.

—Terminemos el trabajo, así no se nos hará tarde para cenar.

Se quedó apoyada en la pared del granero, con los ojos cerrados.

Sam había tenido la oportunidad ideal para decirle a Chance que era su padre. Tal vez estuviera esperando el momento en que ella también estuviera presente, como le había pedido. O tal vez Sam pensara seriamente en no decirle la verdad a Chance.

Y le preocupaba que Chance viviera una mentira. Si Sam insistía en no decirle la verdad, ¿debería decírselo ella?

Tal vez fuese mejor decírselo cuando fuera mayor. Pero seguramente sufriría la ira de su hijo por engañarlo. ¿Comprendería que su padre había pensado que era lo mejor?

—Estás un poco pálida, Andi. ¿Has trabajado mucho hoy?

Andi abrió los ojos y se encontró con Tess.

Andrea se separó de la pared, se cruzó de brazos y dijo:

—Sam se marcha mañana.

Tess palmeó el hombro de Andrea.

—Lo sé, cariño. Y quería hablar contigo acerca de ello.

—Se me pasará.

—Así será si haces lo que te digo.

Andi puso los ojos en blanco.

—¿Tengo que escuchar lo que me digas?

—Sí —se pasó la mano por el pelo cano—. Esta noche quiero que venga Chance a la casa del jardinero y que se quede a dormir conmigo. Eso te dará la oportunidad de despedirte de Sam adecuadamente.

—No creo que sea necesario.

—Sí, lo es. Tómate esta noche y pásala con él. Será un recuerdo imborrable, que guardarás en tu corazón y que sacarás en tiempos difíciles.

—No me hacen falta más recuerdos, Tess.

–Sí. Yo no podría haber vivido sin los míos estos años.

Andi la miró, confusa por la intriga que estaba creando Tess.

–¿Te refieres a algo ocurrido con otro hombre que no sea Riley?

–Sí –murmuró Tess–. Fue hace mucho tiempo. Él era un soldado, un muchacho muy apuesto, aunque yo no estaba nada mal entonces, tampoco. Me pidió que me casara con él antes de que se marchase a la guerra, y yo lo rechacé.

–¿Y no te lo volvió a pedir al regresar?

–No volvió jamás.

–¡Oh, Tess! –exclamó Andi, abrazando a su tía–. Lo siento.

–No lo sientas –dijo Tess cuando se separaron–. Te confieso que lamenté haberle dicho que no, pero aún lamento más que esas lamentaciones no me hayan dejado vivir mi vida todos estos años. No quiero que eso te suceda a ti.

Andi suspiró y se secó las lágrimas.

–Va a ser muy duro dejarlo marchar.

Sería peor que la primera vez, pensó Andrea.

Tess abrazó a Andi.

–Pero tienes que dejarlo marchar, por ti y por tu hijo. Tómate esta noche y demuéstrale que lo amas, porque sé que lo amas. Si él se marcha después de eso, es porque será mejor así.

Andi dudó. Pero la teoría de su tía tenía cierta lógica. Y decidió pasar una noche más con Sam, su amante, el amor de su vida.

Chance vino corriendo del granero gritando:

–¡Tengo hambre!

E interrumpió aquel emotivo momento.

Tess abrió los brazos y lo levantó en el aire.

–Comes como un alce estos días.

—Soy un alce —proclamó Chance, riendo.

Tess lo dejó en el suelo y sonrió.

—Te diré una cosa, señor alce, ¿por qué no te quedas conmigo en la casa del jardinero esta noche? Vendrá Riley y podremos jugar al parchís.

La cara de Chance se iluminó.

—¿Puede enseñarme Riley a jugar al póker?

Andi y Tess se rieron.

—Supongo que podemos hacerlo, cosita. Siempre que tu madre nos deje.

Andi fingió pensarlo y dijo luego:

—Siempre que no apostéis la casa y los caballos.

—Solo apostaremos monedas —dijo Tess. Y volviendo su atención a Chance le dijo—: Entonces, está todo arreglado. Después de cenar, jugaremos a las cartas.

—¿Puede jugar Sam también?

Tess miró a Andi significativamente.

—Creo que Sam tiene algunas cosas de que ocuparse, con tu mamá.

Sam deseaba decirle la verdad a Chance. Quería decirle que él era el padre que tanto deseaba tener. Pero no podía hacerlo.

Decírselo sabiendo que se marcharía, le parecía egoísta e injusto de su parte para con su hijo. Y no podría volver a verlo. Porque sabía que cada vez le costaría más marcharse.

Lo único que podía desear era que Andrea encontrase un hombre adecuado para Chance. La idea le produjo un gran dolor en el corazón.

«Es mejor», se repetía durante la comida, que tal vez fuera la última que compartiese con su hijo y con Andrea.

El dolor se acrecentó cuando siguió recogiendo

sus cosas. Había dejado lo más importante para el final: la pelota de béisbol, el regalo de Paul para su graduación, incluso el par de vaqueros que se había dejado la otra vez.

Todas cosas que representaban recuerdos.

Pero cuando abrió su maleta se encontró con algo arriba de todo, que llamó su atención.

La fotografía era igual a la que había visto de Andi, Paul y él mismo, pero en lugar de Paul estaba Chance. La había tomado Tess durante la semana, pero era una sorpresa que la hubiera revelado, y que hubiera ido a parar allí. Tal vez Tess la hubiera puesto en su maleta cuando él había ido a echar una última ojeada al establo. O tal vez no hubiera sido Tess, sino Andrea.

Andrea.

Deseaba desesperadamente ir a verla, estrecharla en sus brazos una vez más, hacerle el amor, y disfrutar unos momentos más de su presencia.

Pero no se merecía su atención. Y ella lo rechazaría si se atrevía a sugerírselo aquella noche.

Agarró la foto y la miró un momento, admirando la cara de la mujer que siempre había amado, del niño que había llegado a querer. Al día siguiente les diría adiós a ambos y volvería a su casa como si nada hubiera pasado. Sin embargo, todo era diferente, sobre todo el jeque Samir Yaman.

—Es una foto bonita, ¿verdad?

Sus manos se quedaron inmóviles al oír la voz de Andrea por detrás de él.

Puso la foto debajo de la ropa para protegerla y cerró la maleta, junto con el capítulo de su vida de lo que no podía ser.

—Es un tesoro que guardaré siempre en mi corazón. Gracias.

Ella se acercó.

–Es lo menos que podía hacer.

–Te lo agradezco mucho.

Un silencio incómodo se instaló entre ellos. Ella se quitó el pelo rojizo de la cara pero no lo miró.

Finalmente se acercó más y se puso frente a Sam.

Él abrió los brazos, y ella se entregó a su abrazo.

Andi puso la mejilla contra el pecho de Sam.

Ella le besó la mejilla y reunió el coraje necesario para decirle lo que había intentado evitar confesar.

–Te amo, Sam.

Él besó su frente con ternura.

–Y yo a ti

Ella sintió una gran felicidad que se instaló en el lugar de la herida de su corazón.

–Entonces, quédate conmigo. Sé parte de nuestras vidas.

–Sabes que no puedo hacerlo.

–Entonces, realmente no me amas.

Sam suspiró.

–Sí, te amo, más de lo que imaginas. Pero eso no cambia mi situación.

–Podría cambiarla, si quisieras.

–Ojalá eso fuera cierto –la llevó al borde de la cama y la hizo sentarse a su lado.

Le tomó las manos y le dijo:

–También amo a nuestro hijo, que es por lo que he decidido no decirle que soy su padre.

Exactamente lo que ella había temido.

–¿Y qué pasará cuando vuelvas?

–No volveré –dijo Sam con tristeza.

Andi sintió un gran dolor en el corazón.

—Pero tienes que volver. Chance te necesita. Yo te necesito.

—Tú necesitas rehacer tu vida sin mí. Tienes que encontrar a alguien que te quiera a ti y al niño. Alguien que merezca tu amor.

—No quiero a nadie más que a ti —dijo ella entre lágrimas.

—Eso lo dices ahora, pero cambiarás de parecer cuando me vaya.

Sam la abrazó fuertemente.

¡Ojalá ella hubiera podido absorber algo de aquella fuerza! ¡Ojalá hubiera sabido adónde conduciría todo aquello!

—No sé cómo hacer para dejarte marchar.

—Debes hacerlo.

Andrea alzó la cara y lo miró, decidida a volver a hacerle ver las cosas según su punto de vista.

—¡Aunque renunciaras a tu riqueza, a tu status, mira lo que recibirías a cambio!

—Lo sé muy bien.

—Entonces, ¿por qué tiene que ser así? ¿Por qué te tienes que marchar? ¿Qué me ocultas?

Sam se quedó en silencio un momento. Luego dejó escapar una exhalación y dijo:

—Tengo que casarme con otra mujer.

Capítulo Nueve

Sam sabía que para Andrea iba a ser un shock. Pero no había estado preparado para su reacción.

–¿Y lo has sabido todo este tiempo? –dijo Andrea con rabia controlada.

Sam hubiera preferido que le gritase. Era lo que se merecía.

–Sí. Pero debo explicarte de qué se trata.

–¡Ya lo creo que tienes que explicarme!

Sam no sabía por dónde empezar, puesto que no había excusa para su comportamiento.

–El matrimonio es un arreglo entre nuestras familias, nada más. Los detalles se concretarán cuando llegue. Pero te aseguro que no la amo, Andrea.

–Estupendo. Eso me hace sentir mucho mejor.

–También he decidido que hablaré con mi padre sobre este matrimonio cuando vuelva. Estoy pensando en no pasar por él.

–¡Muy valiente!

¿Cómo podía hacerle comprender que su corazón era de ella?, pensó Sam.

Se puso de pie y le agarró los brazos.

–He decidido que no puedo vivir con esa mentira, Andrea, después de lo vivido contigo. Maila es una buena mujer, y como tú, se merece un hombre que pueda entregarse a ella totalmente.

–¿Y cuándo has decidido esto, jeque? ¿Antes o después de hacer el amor conmigo?

Sam se molestó.

—No sé si recuerdas, que fuiste tú quien insistió en que te hiciera el amor. Yo siempre he sido débil en tu presencia. Siempre. Nunca he podido resistirme a ti, desde el día en que Paul me trajo aquí.

—O sea que es culpa mía que hayas engañado a tu prometida, ¿verdad?

—Es culpa mía por no ser más fuerte.

—Entonces contéstame, si no vas a casarte, ¿por qué no puedes quedarte con nosotros?

—¿Tengo que recordarte otra vez cuál es mi status?

Andrea se alejó unos pasos de él.

—No, por favor. Si me lo vuelves a repetir creo que voy a gritar. Pero me parece que no entiendes. No hay cosa más valiosa que el amor. Nada puede reemplazarlo. El amor de tu hijo. Mi amor. Pero si tus riquezas y tu título significan tanto para ti, entonces tienes razón, es mejor que te vayas.

Dicho esto, Andrea se dirigió a la puerta. Sam la alcanzó.

—Por favor, Andrea, quédate. Tomémonos este tiempo para hablar, para estar juntos. Esta noche es todo lo que nos queda.

—No, Sam, no lo haré. Te estoy dejando marchar. Desde ahora.

Andrea se daba cuenta de que había mucha verdad en las palabras de Sam de la noche anterior.

Ella había sido quien lo había tentado, quien había insistido en que hicieran el amor. Pero él había ocultado su inminente matrimonio.

La rabia y el dolor le habían impedido pasar más tiempo con él, pero habría sido peor verlo marchar esta mañana, si hubieran pasado la noche juntos.

Se había equivocado al confiar en él. Tal vez no la amaba realmente. Pero le había hecho el amor tan dulcemente, y le había dicho que la amaba.

A pesar de su rabia, del dolor, y del orgullo herido, no olvidaría el tiempo que había pasado con él.

Tampoco olvidaría la escena que tenía delante de ella. Chance estaba de pie, cerca del capó de la limusina. Sam estaba agachado a su lado, preparándose para decirle adiós. Estaban hablando en voz baja, y ella se acercó un poco más para oír.

—Tienes que prometerme que cuidarás a tu madre.

—De acuerdo —dijo Chance, reacio.

—Y tienes que prometerme que te ocuparás de Sunny ahora que es tuya. Es una buena yegua, y confío en que la cuides.

Chance frunció el ceño.

—¿Vas a decirle a mamá que me deje montarla alguna vez?

—Estoy seguro de que lo hará cuando llegue el momento.

Se quedaron en silencio un minuto. Luego Sam puso un brazo en los hombros del niño y dijo:

—Tienes que estar orgulloso de ser quien eres.

—Lo estoy. Les contaré a mis amigos sobre tu país, que no hay solo arena, y que la gente es simpática y que se parece a mí.

Sam sonrió débilmente.

—Y lo más importante: debes recordar que esté donde esté, haga lo que haga, tu padre siempre te querrá.

Andi desvió la mirada antes de que su hijo pudiera ver sus lágrimas.

–¿Cómo lo sabes? –preguntó Chance.

–Porque lo conozco. Estaría muy orgulloso de tener un niño tan fuerte e inteligente.

Andi miró a padre y a hijo.

Después de un momento, Chance abrazó a Sam y le dijo:

–Te quiero, Sam, como si fueras mi papá.

El corazón de Andi se derrumbó en aquel momento. Le hubiera revelado desesperadamente que Sam era su padre. Pero si Sam no iba a volver aquello confundiría más a su hijo. No obstante, se preguntaba si Chance no sabría inconscientemente quién era Sam. Le tocaría a ella contestar a sus preguntas, y ocuparse de su futuro. Esperaba ella también poder volver a amar alguna vez, aunque de momento fuera imposible.

–Es hora del desayuno, cosita –llamó Tess a Chance.

Chance salió corriendo, pero se detuvo y señaló la limusina.

–Un día voy a comprarme una como esa –dijo.

Sam se rio sinceramente. Andi hubiera guardado esa risa junto a los otros recuerdos.

Una vez que Chance entró en la casa, Andi se acercó a Sam.

–Supongo que es hora de que te marches, ¿no?

Sam la miró un momento. Luego le agarró la cara con ambas manos.

–Cuídate, Andrea.

–Estaré bien, Sam. Estaremos todos bien –dijo con fingida valentía.

–Te mandaré la información sobre el fideicomiso de Chance. Me ocuparé de que él y tú tengáis todo lo que necesitéis.

–Te lo agradezco –dijo Andi, pensando en que no le daría lo que más necesitaba.

Sam le besó los labios.

—Siento todo lo que te he hecho pasar. Pero no lamento lo que hemos compartido –le confesó Sam.

—Yo, tampoco –dijo ella, sinceramente–. Y jamás te olvidaré.

Sam la miró un momento.

—Debes olvidar, Andrea. Debes seguir adelante.

—Nunca podría olvidarte, Sam. Y me temo que tu hijo tampoco.

—Los recuerdos se le irán borrando a Chance. Y a ti también.

—Si tú lo dices...

Ella sabía que no lo olvidaría ni en años. Chance al menos era pequeño, y tenía mucho tiempo por delante. Pero no tendría el placer de conocer a su padre.

Andi se sobresaltó cuando Rashid puso en marcha el coche. Sam no la soltó.

—Haga lo que haga, esté donde esté, siempre estaré pensando en ti. Siempre te tendré en mi corazón y te amaré.

Andi pestañeó furiosamente, con los ojos llenos de lágrimas.

—No me hagas esto, Sam. Por favor, vete.

Sam la miró.

—Antes de marcharme, ¿puedo darte un beso más?

Ella asintió, aunque sabía que no debía hacerlo.

Su beso fue suave, blando, tibio, lleno de sentimiento. Pero no duró mucho.

Cuando se separó de ella le dijo:

—Que te vaya bien, Andrea.

Le dio otro beso suave y se metió en la limusina.

Andi se quedó un rato viendo marchar la limusina, hasta que las luces del coche ya no se vieron. Andi decidió guardar los recuerdos como un tesoro. Pero la vida debía continuar, sin Sam.

Pero tendría a su adorado hijo, el mayor regalo del mundo. El jeque le había hecho aquel regalo aunque no pudiera entregarle todo su ser. Y le estaría agradecida por ello toda la vida.

Sam estaba sentado en el aeropuerto, esperando embarcar. Miró con renovado interés a las familias que viajaban juntas. Vio sus caras de felicidad, los gestos protectores de los padres, el orgullo de las madres.

Un niño dijo:

—Perdone.

Y se sentó a su lado. Su madre lo miró, orgullosa.

Sintió la punzada de la pérdida. ¡Cuántas cosas perdería al perder la relación con su hijo! Algún día tendría otros hijos, y también los amaría, pero siempre se preguntaría qué habría pasado si hubiera tomado otra decisión.

—El avión está listo, príncipe Yaman —dijo Rashid.

—Estoy listo.

No era cierto. No estaba preparado para marcharse. No podía dejar de pensar en lo que dejaba detrás.

Mientras caminaban por un corredor hacia una plataforma donde los esperaba el avión particular, Rashid empezó a recordarle una serie de obligaciones de las que debería ocuparse al llegar. La lista siguió aun después de que se hubiera sentado en el avión.

–Su padre dice que tiene que presentarse inmediatamente en palacio para firmar el acuerdo.

–¿Mi padre estará allí?

–Sí, y también estará el padre de la novia y la novia.

A Sam no le gustó aquello. Hubiera preferido hablar con su padre a solas.

–¿Qué más?

–Mañana tiene que reunirse con el parlamento para discutir el tema de las elecciones.

–Lo sé.

–Y su padre quiere que hable con su hermano también.

Sam rechazó la bebida que le ofreció el auxiliar de vuelo.

–¿Cuál de ellos?

–Jamal. Al parecer, el joven príncipe está saliendo con una mujer en secreto, aunque no se conoce su identidad.

Se alegraba por Jamal. Le gustaba la idea de que su hermano pudiera elegir a su pareja.

–No quiero interferir.

Rashid frunció el ceño.

–Eso no le gustará a su padre.

–Comprendo. Ya lo hablaré yo con mi padre.

Rashid se quedó callado.

–También tiene...

«Un hijo que te necesita», pensó Sam. «Una mujer que te ama. Un lugar a su lado. Otro hogar. Otra familia».

Sam dejó de escuchar a Rashid. Solo podía escuchar las palabras de su hijo diciéndole cuánto le habría gustado que él fuera su padre. A Andrea diciéndole que lo amaba, que lo necesitaba. Que quería que se quedase.

El ruido de los motores del avión lo trajeron a la realidad.

«Debes volver» resonó en su mente. «Eres Samir Yaman, hijo primogénito del rey de Barak».

Pero otra voz le decía: «Eres el padre de Chance...»

No podía seguir luchando contra el desesperado deseo de volver junto a Andrea, de volver con su hijo, hacia una nueva vida.

Solo sería medio hombre si dejaba a Andrea. Y un ser humano indeseable, si abandonaba a su hijo.

—Dígale al piloto que pare y regrese al aeropuerto —le gritó a Rashid.

—¿Hay algún problema? —Rashid lo miró, preocupado.

El problema era que había estado ciego por sus obligaciones reales.

Como Sam no contestó, Rashid dio la orden al piloto.

Después de un momento, el avión dio la vuelta. Cuando llegaron a la terminal del aeropuerto, Sam dijo al auxiliar de vuelo:

—Abre la puerta —el auxiliar se acercó a él, pero no lo hizo.

—Abre la puerta —ordenó nuevamente.

El hombre obedeció y Rashid lo acompañó a la salida del avión.

—Jeque Yaman, ¿se ha olvidado de algo?

Sam lo miró fijamente.

—Sí, Rashid. Me he olvidado de quién soy, lo que deseo como hombre, y no como príncipe. Me he olvidado de las cosas importantes de la vida.

—¿Quiere decir que se va a quedar aquí?

—Sí, eso mismo. Me quedaré aquí con mi hijo y la mujer a la que haré mi esposa.

—Pero su padre...

—Me desheredará. Mi madre llorará, aunque tendrá la capacidad de comprender... Perderé mi posición como futuro rey... Pero haciendo eso ganaré cierta paz. Dime, Rashid, ¿puedes culparme por ello?

Rashid agitó la cabeza lentamente.

—Supongo que no. Pero me preocupa el futuro de nuestro país sin su liderazgo.

Sam pasó una mano por los hombros de Rashid.

—No te preocupes por eso. Omar está en la siguiente línea de descendencia y tiene aptitudes para ser rey. Servirá bien a nuestra gente.

Sam bajó las escaleras del avión, pero se detuvo cuando Rashid le dijo:

—¿No va a regresar?

Sam miró a su fiel compañero desde hacía siete años y le sonrió:

—Eso es decisión de mi padre. Y de los poderes de persuasión de mi madre.

Por primera vez en muchos años, Rashid sonrió.

—Yo no dudaría de los poderes de persuasión de su madre.

Sam bajó deprisa las escaleras y corrió a la terminal. Hacía años que no se sentía tan libre, ni sentía tanta alegría por la perspectiva de pasar su vida con Andrea y su hijo.

Si Andrea le permitía que volviera. Si no lo recibía bien al principio, él se ocuparía de convencerla. Mientras tanto, tenía mucho que hacer.

—Es la tercera llamada en tres días —dijo Andi a su tía, volviendo de hablar por teléfono.

—Más trabajo, supongo.

128

–Sí. Era Adam Cantrell. Quiere que me ocupe de un entrenamiento.

Tess se palmeó los muslos y se puso de pie.

–Era hora de que la gente se diera cuenta de lo buena que eres.

Andie se mordió el labio inferior y dijo:

–Pero, ¿cómo lo han sabido?

–Supongo que de boca en boca.

–O por Sam.

Tess frunció el ceño.

–¿Y por qué crees que Sam tiene algo que ver en todo esto?

–Porque me dijo que quería ayudarme en mi carrera, y esto tiene su marca.

–¿Y qué tiene de malo que haya utilizado sus contactos?

–Quiero hacer esto yo sola, Tess. Quiero ganarme la reputación yo misma.

–Y hablando de todo un poco, tendrás que agregar el granero a los establos, si las cosas siguen así.

Andi había pensado en eso desde que se había marchado Sam, cuando no había estado pensando en él.

–Lo sé. Pero quiero hacer algo de dinero primero.

–No es asunto mío, pero, ¿qué pasa con el dinero que Sam iba a poneros en el banco a ti y a Chance?

–Quiero ahorrar eso para la educación de Chance y los gastos de médicos.

–Si no te importa que te lo pregunte, ¿cuánto dinero es?

En realidad sí le importaba que se lo preguntase, aunque no debería de haber sido así. Después de todo, Tess había ayudado en la economía familiar cosiendo y trabajando a tiempo parcial en la tienda de alimentación. Nunca se habían ocultado nada desde el nacimiento de Chance.

–Digamos que nunca tuve tantos ceros en mi cuenta bancaria.

–¿Tanto?

El ruido de un camión les llamó la atención.

Andi fue a la puerta de atrás y miró por la ventana.

–Me pregunto quién es.

–No lo sé. Pero tiene un camión fabuloso.

Andi se ajustó la coleta y se quitó la paja de la camisa.

–Estoy hecha un desastre. Ve a ver qué quieren.

Tess se encogió de hombros.

–Si insistes... Pero si es guapo y soltero lo invitaré a beber algo.

–¡Ni se te ocurra! –exclamó Andi.

Andi observó desde la ventana. Un hombre joven dio un sobre blanco pequeño a Tess. El muchacho le pareció conocido, pero no podía ubicarlo.

Cuando Tess volvió a la cocina, Andi preguntó.

–¿De qué se trataba?

Tess le dio el sobre.

–Es para ti. Era el chico del maestro. Parece que ha conseguido un trabajo por aquí.

Incapaz de contener la curiosidad, Andi abrió el sobre. Había una tarjeta dentro.

–Es una invitación a una especie de Recepción en el Leveland Place. Ahora se llama Galaxy Farms.

–Creí que ese sitio estaba vacío.

Andi había creído lo mismo.

–Pero parece que ahora lo han ocupado. Lo debe de haber comprado alguien, aunque no pone el nombre del dueño del nuevo propietario.

—Alguien rico, sin duda –dijo Tess–. Ese lugar es el más grande de toda la zona.

—Sí.

—¿Y? –preguntó Tess, apoyada en la encimera.

—¿Y qué?

—¿Vas a ir?

Andi dejó la tarjeta en la mesa.

—No.

—¿Por qué no?

Porque no tenía ganas de hacer relaciones sociales de momento. Porque prefería estar con su hijo.

—Primero que es esta noche, y es un poco precipitado. Segundo, no tengo nada que ponerme.

—Seguro que tienes algo. El vestido negro que te pusiste en la subasta. Y tienes que ir porque será bueno para tu negocio. Seguro que habrá algún hombre apuesto... que quiera contratarte. Claro que tendrás que ponerte un par de rodajas de pepino en los ojos, para quitarte esas bolsas de debajo de los ojos.

—No están tan mal.

—No. Pero es evidente que no has dormido mucho.

Tess tenía razón. Había pasado muchas horas despierta. Pero no había estado sola. Sam había estado en sueños con ella.

Pero Sam se había ido y ella tenía que seguir con su vida.

—De acuerdo, iré. Pero no me voy a quedar mucho tiempo. Quiero estar aquí cuando Chance se vaya a dormir.

—Yo puedo acostar a Chance. Tú ve y pásatelo bien.

—Volveré a las diez.

—Bien. Pero no te esperaré levantada. Por si el

nuevo dueño es algún hombre atractivo, soltero y con dinero.

—Probablemente sea un arrogante borracho casado.

Tess se rio. Y Andi se arrepintió de haber decidido ir.

Pero bueno, se mezclaría entre la gente.

No había nadie por allí.

Tal vez la gente hubiera aparcado detrás del enorme granero, pensó Andi mientras aparcaba detrás de un camión que había a la puerta, el mismo camión reluciente que Donny Masters había llevado aquella mañana.

Confusa y algo preocupada, Andi abrió la guantera y sacó la invitación. La fecha y la hora eran correctas, solo que Andi había decidido llegar media hora más tarde para estar menos tiempo. No podía ser que la fiesta hubiera estado tan aburrida que todo el mundo se hubiera marchado temprano. ¿O sería que no había asistido nadie? No era posible.

Si así fuese, Andi se presentaría a los dueños, tomaría una copa con ellos y se marcharía.

Andrea salió de la camioneta jurando por la incomodidad de aquel vestido ajustado. ¡Cuánto odiaba aquel tipo de evento!

Mientras caminaba en dirección a la puerta de entrada, observó la iluminación de los árboles y plantas que rodeaban la casa de piedra. Impresionante.

Respiró profundamente y tocó el timbre. No oyó voces que vinieran del interior. Eso la extrañó y la preocupó. ¿Sería en el ruedo la fiesta?

Una mujer pequeña abrió la puerta. Evidentemente era una criada. Llevaba un uniforme negro y zapatos bajos.

Andi la miró con envidia, puesto que ella llevaba los odiados zapatos de tacón.

—Bienvenida —la saludó la mujer. Nos alegra que haya podido venir, señorita Hamilton.

¿Cómo conocía su nombre?

Al parecer, los dueños habían estado en todo.

—Gracias. Agradezco su invitación.

No veía la hora de acabar con aquello y marcharse a casa.

Una vez dentro, Andi observó el largo corredor mientras seguía a la criada. El lujo del suelo de terrazo color teja y las grandes arañas del techo evidenciaban que allí había dinero. Y los suntuosos muebles de la habitación a la que entraron también.

—¿La fiesta es en el establo? —preguntó Andi al no ver ninguna señal de comida y bebida.

La mujer sonrió.

—El señor vendrá enseguida, para contestar a sus preguntas.

—¿Quién?

—El dueño de la casa —dijo la mujer, y desapareció.

Andi se sintió incómoda con tantas intrigas. Su instinto le decía que se marchase de allí inmediatamente, pero había una cierta curiosidad que la traicionaba.

Aunque no presentía peligro inminente, miró hacia atrás, para ver si el camino hacia la puerta estaba libre, por si tenía que salir corriendo.

Mientras tanto, examinó la habitación, en busca de alguna pista que indicase quién era aquel misterioso señor.

De pronto descubrió un móvil cerca de la ventana.

Era una réplica de planetas rodeados de estrellas brillantes. Como una especie de granja galácticas. Muy curioso, pensó.

Incapaz de resistirse, Andi tocó el móvil y lo puso en marcha. El movimiento proyectó destellos de color alrededor de aquel espacio. Era precioso, pensó.

Al menos, el misterioso dueño tenía buen gusto.

—¿Sigues fascinada con las estrellas, Andrea? —oyó una voz.

Capítulo Diez

Su mano se quedó petrificada en el aire al oír aquella voz familiar. Aquella voz profunda grabada en su memoria, en su corazón.

Andi tembló. Un sonido agudo penetró en sus oídos. No podía ser. Su mente le estaba jugando una mala pasada. Sam se había marchado. Para siempre.

Pero la referencia a las estrellas...

Incapaz de darse la vuelta, buscó con la mirada alguna señal en la habitación de que no estaba totalmente loca. Algo que le indicase que no había perdido el contacto con la realidad.

Y al final lo encontró.

En una mesa de roble que había cerca, encontró una foto de un hermoso niñito, con su tierna madre y un padre moreno y atractivo, abrazados el uno al otro. Para cualquiera que mirase la fotografía, sería una familia feliz. La familia que Andi siempre había deseado, y que aún deseaba.

Cerró los ojos y respiró profundamente. Inmediatamente aspiró la fragancia del hombre al que había dicho adiós hacía seis días. Seis largos días que habían sido una tortura.

—No has contestado a mi pregunta, Andrea.

¿Cómo iba a contestar a su pregunta si no era capaz de articular una palabra?

¿Cómo era posible que no fuera capaz de darse la vuelta para verificar que aquello era verdad?

Él le acarició el brazo con la punta de los dedos, y ella se estremeció como si estuviera totalmente desnuda. En cierto modo lo estaba, emocionalmente, por su inesperado retorno.

—Debo de estar soñando —dijo ella con voz temblorosa, insegura, esperanzada.

La tibia respiración de Sam abanicó suavemente su cuello y su mejilla.

—Esto no es un sueño, Andrea.

Finalmente, ella se dio la vuelta y se encontró con sus intensos ojos negros.

—¿Qué estás haciendo aquí, Sam?

Él sonrió débilmente.

—Yo soy el nuevo dueño de esta propiedad.

Era todo surrealista, pensó ella.

—¿Quieres decir que has comprado este lugar?

De pronto se dio cuenta de que Sam había puesto a trabajar su dinero y sus medios, para darle a ella y a su hijo lo que necesitaban, sin pedírselo. Y lo más probable sería que no hubiera vuelto para quedarse.

—Si crees que Chance y yo vamos a vivir aquí, te...

Sam alzó un dedo para silenciarla.

—Espero que Chance y tú decidáis vivir aquí.

—Ya tenemos un sitio donde vivir, así que no haremos tal cosa...

—Conmigo.

—Con... —Andrea tragó saliva—. ¿Contigo?

Sam le acarició la mejilla con los nudillos. Andi quiso cerrar los ojos, pero temió que al hacerlo, Sam se evaporase.

—Por supuesto que mantendremos la casa de tu padre para Tess y el señor Parker, y para nuestro hijo, si prefiere vivir allí.

Andi no comprendía.

—No comprendo.

—Es muy sencillo, Andrea. Me he dado cuenta de que mi lugar está aquí, contigo y nuestro hijo.

¿Cuánto tiempo había tenido que esperar para oír aquello?

—Pero, ¿y el deber de heredero?

—Mi deber es la responsabilidad que tengo contigo y con Chance. Admito que he tardado un tiempo en darme cuenta, pero ahora que lo he hecho, espero que confíes en que pienso quedarme. Para siempre.

¡Oh, cómo habría querido creerlo! Pero era demasiado bonito para que fuera verdad.

—Si haces eso, Sam, habrás dividido tu lealtad. Perderás a tu familia.

Sam le rodeó la cintura y tiró de ella hacia él.

—Tú eres mi familia ahora, Andrea. Y eso es lo que importa en este momento. Lo demás, esperemos que se arregle con el tiempo.

—¿Estás seguro, Sam? ¿Estás seguro de que esto es lo que quieres hacer? ¿Estar con nosotros todos los días? ¿Sin que nadie te sirva? ¿Solo con tu trabajo diario?

Otro pensamiento se le cruzó por la cabeza.

—¿Y qué vas a hacer aquí? —preguntó Andrea.

—Trabajaré duramente para hacerte feliz. Convertiré este lugar en un establecimiento con todas las comodidades para entrenar caballos. Con tu maestría y mi buen ojo para elegir el ganado, podremos salir adelante con éxito.

Andi no pudo contener su excitación, a pesar de su precaución.

—¿Crees que podríamos dedicarnos a la cría?

Sam sonrió pícaramente y dijo:

—Te lo iba a proponer como primera medida.

Andrea le pellizcó el brazo.

—Me refiero a la cría de caballos.

—Supongo que a eso también —le dio un beso suave en los labios–. ¿O sea que te parecen acertadas mis sugerencias?

¡Qué fácil sería decir «sí»! Después de todo, ¿no era lo que siempre había soñado? ¿Que Sam volviera?

Ella se apartó levemente y dijo:

—Todos estos días me moría por que volvieras, pero lo estaba superando. Igual que lo hice la otra vez. Pero si alguna vez decides marcharte de nuevo, no sé si podré sobrevivir.

—No sucederá.

Sam parecía tan sincero... Pero había una pregunta más que la preocupaba.

—¿Y qué me dices de la mujer con la que se suponía que tenías que casarte?

—He hablado con ella, y se siente muy aliviada. Al parecer, se ha enamorado de otro hombre. Eso me ha alegrado.

Andi también se alegraba. Pero tenía más preguntas.

—¿Y tus padres? ¿Qué opinan de que te quedes en América?

Sam suspiró.

—Mi padre no se lo ha tomado muy bien. Mi madre está triste por mi decisión, pero me ha dicho que sabía que, puesto que había nacido en América, una parte de mí siempre estaría en este país.

Andi se dio cuenta de que había muchas cosas que aún no sabía de él.

—¿Tienes doble nacionalidad?

—Técnicamente, sí. Mis padres estaban viajando por los Estados Unidos en calidad de diplomáticos, asistiendo a reuniones de jefes de estado. Mi madre insistió en acompañar a mi padre a pesar de que le faltaban pocas semanas para dar a luz. Y yo nací anticipadamente en suelo americano. Esa es la razón por la que estudié en la universidad de aquí, para experimentar la vida de este lugar.

—Pero siempre has preferido el país de tu padre.

—Siempre lo he considerado mi país, sin tener en cuenta dónde había nacido. Si a mi padre le parece bien, iré a visitarlos a menudo, con Chance y contigo. Pero mi verdadero hogar está contigo y con mi hijo.

¡Sam parecía haber pensado en todo! Y entonces, ¿por qué seguía teniendo miedo ella?

Como si hubiera intuido su reticencia, Sam le tocó la cara y buscó sus ojos.

—Confía en mí, Andrea. Te doy mi palabra de que no te volveré a dejar. Jamás.

—¿Me lo prometes?

—Con toda mi alma.

Aquella vez el corazón de Andrea sintió que él lo decía totalmente convencido.

Abrió sus brazos y sonrió, con los ojos bañados de lágrimas.

—Bienvenido a casa, Sam.

En una explosión de pasión, Sam la besó.

Ella no pudo respirar, ni pensar. Pero no quería pensar. No quería hacer otra cosa que no fuera estar con él, que comprobar que aquello era verdad. Que Sam era real.

—Ven conmigo —susurró suavemente él, y le tomó la mano. Ella lo siguió como si no tuviera voluntad propia.

Caminaron a través de otro vestíbulo y llegaron a un atrio lleno de plantas, al final de la casa. A través de una pared de cristal se veía un gran jardín con una fuente iluminada con luz azul. Sam la llevó a un sofá.

Cuando se sentaron, Andi alzó la cara para admirar el techo de cristal, por el que se veía el cielo de estrellas.

—¡Esto es tan hermoso, Sam!

—Este es nuestro nido bajo el cielo –dijo con voz sensual Sam–. El lugar donde podemos hacer el amor sin preocuparnos por el tiempo.

Ella sonrió.

—¿Y qué? ¿No volver al estanque? No podemos hacer eso. Echaría de menos que nos piquen los bichos.

Sam se rio.

—Eso no lo echaré de menos, pero no veo razón por la que no podamos ir de visita allí, para recordar –de pronto se puso serio y le tomó las manos. Se las llevó al corazón y las dejó allí–. Me honras solo con tu presencia, Andrea, pero más me honrarías si aceptases ser mi esposa.

«Esposa», esa palabra le produjo un cosquilleo. Siempre había dicho que no quería ser la esposa de nadie. Pero se había estado mintiendo. Solo había querido ser la esposa de Sam, su compañera en la vida.

Pero aunque se moría por decir «¡Sí!», se contuvo.

Se acercó más a él, le lamió la oreja con la punta de la lengua y preguntó:

—¿Dónde está la criada?

—Se marchó en cuanto te recibió.

—Bien. Porque realmente quiero que me convenzas de que vale la pena que acepte tu proposición.

Él sonrió.

—Eres muy obstinada...

Ella le desabrochó el primer botón de la camisa y le dio un beso en el cuello.

—Estoy decidida, pero no soy obstinada, como verás pronto.

—Como quieras... –él intentó apagar la luz de la lámpara de pie, pero ella lo detuvo.

—No. No quiero que sea a oscuras esta vez. Quiero verte a la luz.

Sam se puso por detrás de ella y le bajó la cremallera del vestido.

—Lo que quieras tú, Andrea. Todo lo que desees... Solo tienes que pedírmelo y haré lo que me digas. Esta noche, soy tuyo. Y lo seré siempre, a partir de esta noche, si lo deseas.

Ella deseaba dormir con él todas las noches, despertarse con él todos los días, trabajar con él no solo para construir un negocio con éxito, sino un hogar con amor para su hijo.

Pero aquella noche quería concentrarse en demostrarle a Sam cuánto lo amaba.

Después de desvestirse, se echaron en el sofá, frente a frente.

Empezaron a explorarse con tiernos contactos y terminaron con fervorosas caricias. Se complacieron con manos ardorosas. Luego las caricias dieron lugar a besos íntimos en todos los rincones de sus cuerpos.

Andi rodó con Sam y lo puso boca arriba y ella se puso a horcajadas, para tomar las riendas de la situación. Pero de pronto se dio cuenta de lo que debían hacer.

—¿Tienes preservativos, Sam? –preguntó.

Sam se apretó contra ella.

—¿Te parece que estoy loco, si te digo que esta noche no los usemos?

—¿Quieres decir...?

—Que no quiero nada entre nosotros. Pero solo si tú estás de acuerdo.

—Pero podría...

—Podrías quedarte embarazada otra vez. Lo sé —le agarró la cabeza y la besó. Luego le dijo—: No hay nada que desee más que tener otro hijo contigo. Uno al que conozca desde el principio.

La última prueba de su compromiso con ella, pensó Andrea. Nunca más dejaría que criase un niño sola. Nunca la abandonaría.

En lugar de contestar con palabras, ella alzó la cadera, y luego presionó hacia abajo. Se miraron a los ojos, y unieron sus cuerpos.

Pareció que nunca hubieran hecho el amor antes, al menos eso le pareció a Andi. Cada sensación le pareció nueva, mientras Sam se movía dentro de ella. Cada palabra apasionada que le decía le parecía oírla por primera vez.

El mirar su cara de placer no hacía más que aumentar su goce y su deseo.

Cuando ninguno de los dos pudo aguantar más, se derrumbaron, abrazados, después de unirse en un acto de amor incomparable.

Cuando Andi se derrumbó encima de su pecho, Sam le comentó:

—No me has dado una respuesta.

—Creo que tenemos que preguntárselo a alguien más primero.

—¿A nuestro hijo? —preguntó Sam, alzando una ceja.

—Sí. Aunque no creo que se oponga después de saber que eres su padre.

—No veo el momento de decírselo.

—Mañana por la mañana.

—Preferiría decírselo esta noche.

Andi alzó la cabeza y lo miró, sorprendida.

–¿Esta noche?

Sam le agarró un pecho.

–Bueno, dentro de un rato. Supongo que todavía tengo que convencerte más para que me aceptes.

Andi se movió contra él. Sam gimió.

–Creo que sí.

Cuando llegaron a la granja, eran casi las once de la noche. Sam se dio cuenta de que posiblemente su hijo estaría en la cama, pero no había podido dejar de hacer el amor con Andrea y ni acortar los momentos de intimidad entre ellos; y a ella tampoco le había importado disfrutar de esos momentos.

Afortunadamente las luces de la cocina estaban encendidas.

Cuando llegaron a la puerta, Andrea le dijo:

–Espera un momento. Quiero divertirme un poco.

Sam le agarró el trasero y la abrazó, impresionado al notar que ese breve contacto lo hubiera excitado nuevamente.

–¿No temes que Tess pueda vernos? –le preguntó Sam.

–No me refería a ese tipo de diversión. Quiero tomarle el pelo a Tess. Y en cuanto a vernos... no creo que ella se sorprenda de nada.

No, no se sorprendería Tess, pensó Sam. Pero de momento no revelaría ese hecho.

Andrea abrió la puerta y vio a Tess y a Riley Parker sentados a la mesa.

–¡Eh! Vosotros dos... Quiero que conozcáis al nuevo dueño de Galaxy Farms –agarró la mano de Sam y tiró de él.

Al verlo, Tess y Riley no parecieron sorprendidos, como se había imaginado Sam.

—¡Hombre, Sam! ¡Bonita noche! ¿Verdad? —exclamó Riley.

—Realmente, muy bonita —dijo Tess con una sonrisa.

Andrea miró a Sam. Luego a Tess y a Riley. Y volvió a mirar a Sam con desconfianza.

—¿Estos dos lo sabían todo?

—No seas tonta, Andi —contestó Tess—. Si Sam no me lo hubiera dicho, no te habría insistido tanto para que fueras a la fiesta.

Andrea abrió la boca para protestar.

—Eso no es justo...

—Pero necesario —respondió Tess.

Sam envolvió a Andrea con sus brazos por detrás.

—Voy a intentar enmendarlo —dijo Sam.

—Ya puedes empezar... —dijo Andrea.

—¿Se ha ido a la cama nuestro hijo? —preguntó Sam a Tess.

Tess hizo una seña con la cabeza hacia el pasillo.

—Acabo de acostarlo. Podría haberle dicho que tal vez tuviera una sorpresa esta noche, pero no sabía cómo iba a reaccionar nuestra chica...

Sam estaba esperando su sólida respuesta todavía.

—¿Crees que estará despierto?

—Probablemente —dijo Riley—. Debe de estar contando su fortuna. El niño se ha llevado todas mis monedas en el póker. Es muy espabilado para las cartas.

—Y si no está despierto, tienes que levantarlo —dijo Tess—. Seguramente no querrá perderse esto.

Andrea miró a Sam.

144

—Tess tiene razón —dijo Andrea.

—Ve delante —Sam le indicó las escaleras.

Cuando llegaron a la primera planta, Andrea abrió la puerta de la habitación del niño. La luz del pasillo iluminó el cuerpo de su hijo, de espaldas, mirando a la pared. Andrea se sentó en la cama, encendió la lámpara de la mesilla y le sacudió suavemente el hombro.

—Chance, cariño, ¿estás despierto?

—Ahora, sí —contestó, irritado y soñoliento. Se dio la vuelta y se frotó los ojos—. ¿Qué sucede mamá?

—Tienes visita.

—No puede ser Santa Claus, porque no es Navidad —levantó la cabeza, y cuando vio a Sam, se le iluminó la cara de alegría. Se incorporó de repente—: ¡Sam! ¡Has vuelto!

Sam se sentó al otro lado de su hijo y respondió:

—Sí, he vuelto.

Chance sonrió.

—Sabía que vendrías. Todas las noches he rezado y he pedido que volvieras. También se lo he pedido al tío Paul, por si Dios y él son buenos amigos.

Andrea le acarició la mejilla.

—Estoy segura de que lo son, cielo. Tu tío Paul siempre fue un buen amigo.

—El mejor —dijo Sam.

Él estaba seguro de que Paul hubiera aprobado su amor por Andrea.

Andrea miró nerviosamente a Sam, luego miró a Chance.

—Tenemos algo muy importante que decirte, cariño. Algo que espero que comprendas.

—¿Qué es?

—Bueno, Sam no es simplemente un amigo... Es tu...

—Padre —sonrió Chance—. Lo sé, mamá. En el campamento, le he apostado a Billy Reyna que Sam era mi verdadero padre

Sam se quedó perplejo. Al parecer, habían subestimado a su hijo.

—¿Lo has sabido todo este tiempo, entonces? Chance asintió.

—Sí, claro. Pero, ¿por qué habéis tardado tanto en decírmelo?

—Es una historia muy complicada, Chance —respondió Andrea.

Sam tomó la mano de Chance.

—Esperamos a que el momento fuese oportuno, hasta que yo supiera seguro que podría quedarme contigo para siempre.

Los ojos de Chance se agrandaron.

—Entonces, ¿te vas a quedar?

—Sí. Si os parece bien a ti y a tu madre.

Chance miró a Andrea.

—¿Sí, verdad, mamá?

—Sí —dijo ella—. Y una cosa más. Tu padre quiere que me case con él para que formemos una familia.

—¡Guau! —gritó Chance.

—Supongo que eso es un «sí».

—Sí, lo es —el niño frunció el ceño—. Siempre que no os beséis y que hagáis todas esas cosas... —aclaró.

—Intentaremos reprimirnos —dijo Andrea. Luego se rio—: Al menos cuando estés tú.

Lleno de alegría y amor, Sam abrazó al niño y le dijo:

—Te doy las gracias por comprender, hijo mío...

El niño se emocionó.

146

—¿Puedo llamarte «papá» ahora?

—Es mi más grande deseo, que me llames así.

Chance lo abrazó.

—Realmente, me alegro mucho de que hayas vuelto, papá —le dijo.

Sam se emocionó al oír la palabra «papá».

—Y yo estoy feliz de haber vuelto.

—¿Puedo irme a dormir ahora? —dijo Chance con un bostezo—. Voy a levantarme temprano para llamar a Billy.

Andrea le revolvió el cabello.

—Por supuesto. Que tengas dulces sueños. Te veré por la mañana.

—¿Estarás aquí por la mañana, papá?

—Sí. Estaré todas las mañanas, a partir de ahora.

Epílogo

Andi y Sam acababan de llegar a su nuevo hogar, donde celebraban un banquete.

Andrea había estado nerviosa durante la boda, no por la ceremonia en sí misma, que había sido en una pequeña capilla de la zona. ¡Había deseado tanto que llegase aquel momento! Su nerviosismo procedía de la perspectiva de conocer a la familia de Sam. Pero solo irían su madre, su hermano Omar y los dos hijos de este. La esposa de Omar estaba esperando otro hijo, por lo que no había viajado. Y el padre de Sam no había querido ir.

Andi se había sorprendido de saber que todos habían aceptado ir. Era una pena que no hubieran tenido tiempo de conocerse antes. Pero como se habían dado las cosas, la familia real no había podido llegar a tiempo a la boda.

Aunque Andrea le había hecho muchas preguntas a Sam acerca de su cultura, no sabía cómo actuar, ni qué decir. Después de todo, estaba entrando en un mundo diferente, el mundo de su marido. Y quería caerles bien, y complacerlos, por Sam.

–Solo tienes que ser tú misma –le dijo él, como si leyera sus pensamientos.

–Espero que sea suficiente –respondió Andi con una sonrisa forzada.

Él le dio un beso en la mejilla.

–Piensa que eres la mejor para mí –le dijo.

Andi se sintió apoyada por sus palabras, y se relajó un poco. Pero cuando entraron a la carpa que habían instalado en el atrio, llegó el momento del juicio final.

Esperaba que no la encontrasen inadecuada...

El salón brillaba con luces en el techo, que completaban la iluminación de las mesas con velas.

Había mesas llenas de comida. Los segundos platos por un lado, los canapés y postres, por otro. En la entrada del toldo había una tarta inmensa, adornada con flores, y a su lado, una tarta de chocolate para el novio, con una pelota de béisbol en el centro y una foto de un joven, el responsable de su unión.

—Gracias, Paulie —susurró Andi y sonrió a la foto.

Aunque no estaba físicamente presente, Andi estaba segura de que su hermano debía de estar mirando desde las estrellas y probablemente diciendo: «Pobre Sam. Ahora tendrá que aguantarte».

—Era hora de que llegaseis. Creí que habíais parado en algún sitio para empezar la luna de miel —los saludó Tess en voz alta.

Varias personas se dieron vuelta al oírla.

Andi se puso colorada. Sam entró en la carpa con ella. La mayoría de los invitados eran personalidades locales, clientes y familia.

No obstante, Andi no veía a nadie que pudiera ser la madre de Sam, aunque había visto a dos niños de piel aceitunada corriendo entre la gente, y había pensado que serían los sobrinos de Sam. Chance estaba demasiado entretenido para darse cuenta de que habían llegado los novios. Y a Andi no le importaba. Lo que quería en aquel momento era que conociera a sus primos.

Después de numerosos saludos, deseos de felicidad y abrazos, Andi siguió a Sam hacia la mesa principal y aceptó el champán que él le ofreció.

Con el rabillo del ojo, vio a una mujer alta y elegante, con un traje largo azul marino, y el pelo recogido. No le quedó duda de que aquella era la madre de Sam. El parecido era notorio. Cerca de ella, había un hombre con un traje árabe tradicional, y Andi supuso que sería el hermano de Sam.

Sam avanzó con ella.

—Ven, te presentaré a mi familia —le dijo.

Andi sorbió un largo trago de champán y lo acompañó.

Su corazón palpitaba aceleradamente.

Cuando llegaron hasta los extraños, Sam dijo:

—Es un honor presentaros a mi esposa, Andrea. Andrea, esta es mi madre, Amina, y este mi hermano, Omar.

Omar la saludó con un cortés movimiento de cabeza. Se parecía a Sam. La madre de Sam sonrió, sorprendiendo a Andi.

—Mi hijo ha hecho muy bien, por lo que veo —dijo la mujer—. Nos sentimos muy contentos de que entres a formar parte de nuestra familia, Andrea —dijo con tono amable y sofisticado, y con un acento muy musical.

Andi extendió la mano y Amina la tomó sin dudarlo.

—Soy muy feliz de ser parte de la familia —respondió Andrea.

La expresión seria de Omar de pronto se ablandó y dibujó una sonrisa.

—Yo te doy la bienvenida también, Andrea. Debes de valer mucho para haber atrapado al soberbio de mi hermano.

—Mira quién habla, Omar... —dijo Sam—. Si no hubiera sido por la amabilidad de Sadiiqa de aceptarte por esposo, estoy seguro de que seguirías alternando con la jet set de Europa, seduciendo mujeres.

—Ya está bien —dijo Amina, con una sonrisa—. ¿Queréis que Andrea piense que he criado a dos diablos? —dijo con una mano en el corazón—. Perdónalos, Andrea. Aunque hayan pasado muchos años, se comportan como dos niños.

Andi se rio.

—Lo comprendo perfectamente.

Y así era. Años atrás, Sam y Paul se habían comportado del mismo modo. Era maravilloso volver a ver la misma escena.

Omar hizo un gesto hacia el otro extremo del salón.

—Creo que debo ir a ver a mis niños, Jassim parece enfadado. Seguramente se debe de haber peleado con su hermana.

—Seguramente tu hija se ha defendido —dijo Amina—. Es tan fuerte como un muchacho. Me enorgullece decirlo.

—Evidentemente, tú le has enseñado bien, madre —dijo Sam en tono de broma—. Omar, ¿podrías decirle a Chance que su madre lo llama?

—Sí, claro —Omar asintió.

Después de que Omar se marchase, Amina miró a Andi y le dijo:

—Me lo he pasado muy bien, visitando a tu tía. Ha compartido conmigo algunos trucos de la cocina del sur. Pero no sé si comprendí bien la receta de las verduras con vinagre.

Tess había acortado rápidamente el puente cultural con su cocina de campo, pensó Andrea.

—Yo en su lugar, no me preocuparía. No es mi plato favorito, exactamente.

Amina tomó las manos de Andi, se separó de ella y la miró de arriba abajo.

–Tu vestido es hermoso.

Andi se miró el vestido de novia.

–Es muy sencillo, como yo.

Amina soltó las manos de Andi y palmeó suavemente su mejilla.

–Hay mucha belleza en la simplicidad. No hay más que mirar al cielo para darse cuenta de ello. Las estrellas son hermosas en su simplicidad.

En ese momento, Andi se sintió identificada con la madre de Sam. Tal vez congeniaran, después de todo.

–Estoy de acuerdo –dijo Sam.

Amina miró seriamente a su hijo:

–Samir, no voy a disculparme por la ausencia de tu padre. Solo te pido paciencia –se dirigió a Andi una vez más–. Es un hombre muy cabezota, pero quiere mucho a su familia. Él ve esto como la pérdida de su niño.

–No tiene por qué ser así, madre –dijo Sam.

Amina puso la mano en el brazo de Sam.

–Lo sé, hijo querido. Estoy segura de que tu padre se dará cuenta de lo mismo... Espero que puedas reconciliarte con él en la boda de tu hermano, dentro de tres meses. ¿Vas a venir?

Sam frunció el ceño.

–¿Qué boda?

–La boda de Jamal.

Sam se frotó la mejilla con la mano y dijo:

–¡Ah! Supongo que ha revelado el nombre de la misteriosa mujer.

Amina desvió la mirada y se apretó las manos nerviosamente.

–Sí, así es. Y espero que te agrade.

–¿Quién es la mujer?

–Maila.

Andi dejó escapar una exhalación de sorpresa.

Sam pareció asombrarse también, pero además pareció algo molesto.

–Así que, padre me ha reemplazado por Jamal. Muy fácil.

–Te equivocas, Samir –le reprochó Amina–. Jamal y Amina están juntos por deseo propio, sin un arreglo previo. Es una boda por amor en todo el sentido de la palabra.

–Me alegro –dijo Sam.

Andi también se alegraba. Le gustaba la idea de que dos personas se enamorasen. A veces no se podía negar el destino.

–¿Le has contado a padre lo de Chance? –preguntó Sam.

Andi no había sabido si Amina sabía que Chance era su nieto, pero no había querido preguntarle. Sam sabría cómo manejar ese asunto.

–He decidido que sería mejor que conociera a su nieto en persona –dijo Amina–. Yo también estoy esperando una presentación oficial. Y creo que ha llegado el momento.

–En ese momento, Chance corrió hacia Andi y le rodeó la cintura.

–Ese hombre me ha dicho que querías que viniese, mamá, pero estoy jugando con aquellos niños del país de papá, y nos lo estamos pasando muy bien. ¿Puedo volver?

–Todavía, no –contestó Andi. Y dio vuelta a Chance para que quedara frente a Amina–. Primero, quiero presentarte a alguien.

Amina se agachó hasta la altura de Chance.

–Chance, yo soy tu *jadda*.

Chance frunció la nariz.

–¿Mi qué?

–Tu abuela –dijo Sam–. Mi madre.

Chance sonrió, entusiasmado.

–¿De verdad? No tengo ninguna abuela...

Amina lo abrazó y dijo:

–Pues ahora tienes una, ciertamente, pequeño.

Andi pensó que a Chance no le iba a gustar que otro pariente se refiriese a él como «pequeño», pero Chance siguió sonriendo.

–¿Vives en el país de mi papá? –preguntó el niño.

–Sí. Y espero que vengas a visitarme algún día –le acarició la cara maternalmente.

–Los niños con los que estás jugando son tus primos, y su padre es tu tío Omar.

Chance miró a Andi:

–¿Como tío Paul?

–Sí. Como tío Paul –dijo Andi.

–¡Guay! –exclamó el niño. Miró hacia donde estaba Omar con sus hijos–. ¿Puedo ir a jugar con mis primos ahora? Quiero llevarlos al granero para que vean a Sunny.

–De acuerdo, pero ve con un adulto –respondió su madre.

–Iré yo –dijo Amina–. Pero antes, ¿quién es Sunny?

–Mi caballo –dijo Chance, tomando la mano de Amina–. Te va a encantar, abuela. ¿Puedo llamarte abuela?

–¡Oh, por supuesto! ¿Sabes que te pareces mucho a tu padre cuando...?

Al ver a Amina rodeando los hombros de Chance, al ver a los niños corriendo, contentos, mientras se alejaban, Andi se dio cuenta de que no había mucha diferencia, después de todo. Una familia era una familia, al margen de las diferencias culturales. Y esas diferencias hacían que los momentos fueran más especiales. Después de todo, el amor no conocía fronteras.

–¿Te importaría escaparte un momento conmigo? –susurró Sam.

–Supongo que no hay problema. Pero pronto tendremos que cortar esa enorme tarta.

–La tarta puede esperar un momento. Ahora quiero estar a solas con la novia.

Andi salió de la carpa con Sam y caminaron hacia el atrio. Una vez allí, Sam la besó.

Cuando Andi estuvo a punto de mandar al diablo la tarta e ir con él arriba, Sam dejó de besarla.

–Estoy perdiendo el control –dijo.

–¿Me has visto oponerme a ello?

–No, pero creo que te he oído gemir.

Andrea le pegó en la mano que Sam había puesto en su trasero.

–Estoy segura de que no será la última vez esta noche.

–Me hubiera gustado que me dejases llevarte a algún lugar de luna de miel –dijo Sam.

–Sabes que no podemos ahora mismo. Tenemos que estar aquí para la boda de Tess y Riley, la semana próxima. Y tengo que seguir con el entrenamiento de Sunny, y con los otros diez caballos que hay en el granero. Además, tenemos una cama estupenda arriba, con una enorme bañera de hidromasajes en el cuarto de baño. ¿Qué más quieres?

–Supongo que tienes razón –dijo Sam, algo decepcionado–. Y supongo que ahora tampoco es momento para gastos. He gastado mucho en esta casa, y hasta que veamos algún beneficio, tendremos que arreglarnos con lo que me queda de mis inversiones, puesto que mi padre me ha retirado su apoyo.

–¡Ahora tenemos tantas cosas, Sam! Nos irá bien. Y sé cuánto te duele la actitud de tu padre. Pero estoy de acuerdo con tu madre. Se le pasará.

–Admiro tu optimismo, pero conozco muy bien a mi padre.

–Yo también pensé que nunca volveríamos a estar juntos... Y mira...

Sam le tomó las manos y le besó las palmas.

–Yo pensé lo mismo –respondió él.

–Además, una vez que lo veamos cara a cara, cuando se dé cuenta de cuánto nos amamos, se convencerá de que tenía que ser así. Y estoy segura de que su nieto se lo meterá en el bolsillo.

–Y hablando de niños, ¿crees que habrá otro niño en un futuro cercano?

–Eso espero. Pero no esta vez.

–O sea que no estás...

–Embarazada. No. Al principio, me sentí decepcionada, pero luego decidí que ya ocurrirá cuando tenga que ocurrir –ella tiró de él y lo abrazó–. Estoy segura de que tú te emplearás bien a fondo para lograrlo.

–Creo que esta noche practicaremos bastante.

–No veo la hora de intentarlo.

Sam suspiró.

–Me gustaría darte todo lo que quiera tu corazón –le dijo.

Andi apoyó su mejilla en su pecho.

–Me has dado todo, Sam. Un hogar maravilloso. Una familia. Un hijo maravilloso. Pero, ¿sabes una cosa?

Andi miró a los ojos a su marido, y ya no vio ningún misterio allí.

–El mejor regalo que me has hecho es tu amor. Sin eso, todo el oro del mundo no vale nada.

Sam besó suavemente sus labios.

–¡Qué razón tienes, Andrea! –y suspiró.

DESEO

KRISTI GOLD

LA CASA DE LAS FANTASÍAS

Capítulo Uno

Maison de Minuit. Casa de la Medianoche.

El nombre en sí no parecía precisamente un buen augurio, pero la imponente plantación de Luisiana simbolizaba para Selene Albright Winston el primer paso serio hacia la libertad.

Armándose de valor, Selene bajó del coche y recorrió con pasos titubeantes el sendero de losas de piedra que llevaba hasta el porche. Ni siquiera el susurro del viento al mecer lánguidamente las hojas de los árboles ni el canto esporádico de alguna cigarra lograba interrumpir el inquietante silencio que envolvía el lugar. Festones alargados de musgo negro colgaban de los robles centenarios, de ramas retorcidas que crecían en el jardín como siniestros centinelas con el aparente objetivo de ahuyentar a los intrusos. El césped estaba crecido y salpicado de malas hierbas, y en los parterres que bordeaban el jardín no había flores, sino arbustos marchitos. Era evidente que el lugar había visto mejores tiempos.

Selene se detuvo a unos metros del porche para estudiar el edificio que también parecía abandonado. La fachada amarillo pálido de la mansión, inspirada en el estilo dórico del arte griego clásico, mostraba señales inequívocas de envejecimiento, y lo mismo era el caso de las contraventanas y las seis enormes columnas dóricas que soportaban la estructura del espectacular edificio, todas ellas pintadas de negro. Selene supuso que el interior estaría en mejores condiciones, ya que en caso contrario ni siquiera el más curioso se atrevería a entrar en aquel lugar. De hecho, su primera reacción fue dar media vuelta y largarse de allí cuanto antes. Pero no esta vez.

Cuando pisó el primer peldaño, la madera crujió bajo sus pies como si estuviera a punto de partirse. Sin embargo, el repentino asalto a su psique resultó mucho más inquietante.

Ojos. Un par de ojos azules helados. Una mirada intensa.

Selene cerró la mente y los ojos hasta que la imagen desapareció, pero cuando pisó el segundo peldaño, la visión regresó, dejándola sin respiración y sin confianza en sí misma. No quería que eso sucediera. No quería volver a sentir lo que durante tantos años había logrado mantener a raya.

Respiró profundamente y el escudo mental invisible que había creado hacía tantos años para su propia protección no le falló cuando pisó el tercer y último escalón del porche.

Tras una ligera vacilación, dio unos golpes en la puerta negra desconchada y después se alisó con la mano el vestido rojo entallado y sin mangas que llevaba. A pesar de que la tela era ligera, tenía la sensación de estar cubierta por un abrigo de invierno en el insoportable calor húmedo de las marismas de Luisiana. Llevaba el pelo recogido en una coleta, que tampoco lograba aliviar el implacable calor del mes de junio.

Volvió a llamar, y poco después escuchó el sonido de pasos al otro lado de las inmensas puertas de madera. No tenía ni idea de quién abriría la puerta, no sabía si sería amigo o enemigo, o quizá incluso el propietario de los inquietantes ojos azules que se le habían quedado clavados en la mente.

Por fin la puerta se abrió y apareció una mujer de unos sesenta años. Tenía los ojos negros y la mirada afable, y llevaba el pelo negro y canoso muy corto.

—¿Puedo ayudarle? —preguntó la mujer.

—¿Es usted la señora Lanoux? —preguntó Selene a su vez.

—Sí. ¿Y usted es?

Al menos no se había equivocado de sitio.

—Selene Winston. Hablamos por teléfono. Vengo por las obras de rehabilitación.

La mujer movió la mano en el aire.

—No la esperaba hasta mañana.

Cuando hablaron el viernes anterior, Selene juraría que habían quedado para verse el lunes. Quizá debería volver al hotel donde llevaba hospedada diez días desde su repentina huida de Georgia y esperar. O quizá debiera considerar el malentendido como un claro aviso y salir corriendo de aquel lugar tan aislado y misterioso.

—Si no es un buen momento, puedo volver mañana.

—En absoluto. Es un placer tenerla aquí —le aseguró la mujer, haciéndose a un lado e invitándola a pasar—. Bienvenida a *Maison de Minuit...*, señorita Winston, ¿no es así?

—Winston es mi nombre de casada, pero estoy divorciada —dijo Selene, estremeciéndose por dentro al advertir la nota de amargura de su voz—. Prefiero que me llame Selene.

—Y usted puede llamarme Ellen. Pase, por favor.

En cuanto entró en el amplio vestíbulo, Selene

se dio cuenta inmediatamente de dos cosas: la casa no era mucho más fresca que el porche, y la luz apenas se filtraba por las contraventanas que la aislaban del exterior. En el vestíbulo se respiraba un ambiente lúgubre, marcado por el olor a madera vieja y a moho.

Selene siguió a Ellen por el vestíbulo hasta un pequeño recibidor tan oscuro como la entrada, de cuyas ventanas colgaban gruesas cortinas de terciopelo azul que impedían el paso de la luz. Las antigüedades de estilo federal americano databan probablemente de finales del siglo dieciocho y sin duda valían una fortuna. Nada que Selene no hubiera visto, o tenido, en su vida anterior, una vida que por fin había abandonado de manera definitiva. Además, siempre le habían gustado las antigüedades y siempre tuvo especial interés en descubrir la historia que escondían.

–Ésta es una de las zonas comunes –dijo Ellen–. Y como el resto de la casa, necesita una reforma en profundidad. Por dentro y por fuera. Tendrá que conseguir presupuestos para un nuevo sistema de refrigeración, y probablemente para un tejado nuevo, lo que significa que tendrá que buscar al contratista adecuado.

–Un momento –dijo Selene–, no sabía que se trataba de una reforma tan importante.

–Querida, puede contratar a quien desee –dijo la mujer–. A no ser que tenga un problema para supervisar a los trabajadores.

En absoluto. Selene se había ocupado del servicio de su casa durante años, y además no tenía dónde ir. Sólo a su casa anterior, y eso estaba totalmente descartado.

–Puedo hacerlo si tengo un presupuesto suficiente.

—El dinero no es problema —le aseguró la mujer.

Era evidente que Ellen Lanoux tenía medios suficiente a pesar de que no se parecía en absoluto a las acaudalas matriarcas que había conocido toda su vida, entre las que estaba su propia madre. Aunque la envergadura de la reforma le parecía excesiva, Selene se recordó que había ido allí a buscar trabajo y que su objetivo de momento era ganar dinero y ser independiente para empezar una vida nueva.

Ellen se apartó unos mechones húmedos de la frente y la invitó con un ademán.

—Sígame y le enseñaré la casa —dijo, yendo hasta unas enormes puertas dobles al final del vestíbulo—. Ésta es con diferencia la parte más espectacular de la casa.

Con gesto teatral, Ellen abrió las puertas para revelar un salón circular de grandes dimensiones dominado por una ancha escalinata en espiral cubierta por una alfombra roja que subía hasta la segunda planta. La mirada de Selene fue subiendo hasta el techo donde había unos frescos que mostraban unos querubines de alas doradas revoloteando en un cielo azul salpicado de nubes blancas y una lámpara de araña con colgantes de cristal que servía de eje central. Selene había visto aquel tipo de salón antes, pero sólo en fotografía, algo que no se podía comparar con la experiencia de verlo con sus propios ojos.

—Es absolutamente impresionante.

Ellen sonrió con orgullo.

—Eso fue lo mismo que pensé yo la primera vez que lo vi —dijo, y señaló enfrente—. Por ahí están la cocina y el comedor. Podemos verlos más tarde. Ahora le enseñaré la segunda planta.

Mientras seguía a Ellen por las escaleras, Selene tuvo la sensación de estar ascendiendo hacia el cielo, un trozo de cielo tranquilo y sereno en medio de la oscuridad.

Al llegar arriba, Ellen se detuvo y señaló hacia la izquierda.

—Este pasillo conduce a la parte delantera de la casa donde hay dos habitaciones. Una era el antiguo cuarto de niños, y la otra ha sido transformada en un despacho privado —explicó, enfatizando lo de «privado».

—¿Y por ahí? —preguntó Selene, refiriéndose al pasillo que se abría a la derecha.

—Por ahí están el resto de los dormitorios, incluido el suyo si llegamos a un acuerdo.

—¿Tengo que vivir aquí?

—Mientras está aquí, el alojamiento y la comida están incluidos.

Eso le facilitaría las cosas, pensó Selene, ya que no tendría que conducir los quince kilómetros que separaba la plantación de la ciudad ni buscar un lugar para vivir. Siguió a Ellen por el pasillo, hasta que giró a la derecha por otro estrecho pasillo con las paredes cubiertas con paneles de madera e iluminado por esporádicas lámparas de pared.

Sólo habían recorrido unos pasos cuando Selene se fijó en una estatua de bronce de tamaño natural al fondo del pasillo. Una criatura demoníaca con cuernos, dientes y garras afiladas y que sujetaba a una mujer con expresión aterrorizada y prácticamente desnuda. Era una imagen que contrastaba fuertemente con los ángeles que parecían vigilar con mirada celestial la rotonda de la planta inferior. Una ilustración clásica del bien y el mal, la oposición entre el cielo y el infierno, pensó Selene.

De repente se vio sobrecogida por otra visión. En ésta, al contrario de lo sucedido con las primeras que tuvo en las escaleras del porche, fue como si estuviera viendo a alguien desde fuera, como siempre le había ocurrido en el pasado. Era la imagen de una mano masculina, grande y alargada que se deslizaba por su brazo y descendía por la espalda, la cintura y las nalgas, hasta que parpadeó y la imagen se desvaneció. No tenía ni idea de dónde se había originado, ya que parecía no haber nadie más que Ellen y ella.

—Es bastante grotesca —Ellen interrumpió sus divagaciones, volviéndose hacia ella con otra sonrisa—. Yo lo llamo Giles, por el anterior propietario. Al pobre le encantaba, pero siempre tuvo fama de excéntrico.

Más que excéntrico, Selene lo hubiera llamado aterrador.

—Me sorprende que no se la llevara cuando se fue —comentó Selene.

Ellen se echó a reír.

—Estoy segura de que le habría encantado, pero, desafortunadamente, no cabía en el ataúd.

Selene se estremeció. ¿Era ése el origen de la visión, las cavilaciones mentales del fantasma? Era algo que no le había ocurrido nunca. Normalmente canalizaba los pensamientos de personas vivas.

—Siento oír que ha fallecido.

—No lo sienta —dijo Ellen—. Tenía casi noventa años, y francamente, era demasiado cascarrabias para morir. De hecho, tenía una querida cuarenta años más joven que él. Ella fue la que lo mató.

—¿Ella lo mató? —Selene empezaba a tener serias dudas sobre aceptar aquel trabajo.

Ellen acudió a la cabeza y volvió a reír.

—No intencionadamente. Digamos que los hombres Morrell han hecho de su virilidad un arte exquisito. Desgraciadamente, Giles no conocía sus limitaciones.

–Al menos murió feliz –comentó Selene con sarcasmo–. ¿Ocurrió en esta casa?

–No, murió en Francia

Selene se relajó visiblemente, hasta que Ellen añadió:

–Pero este lugar tiene fama de ser un imán para las tragedias. Quizá una fama bien merecida.

Estupendo. Justo lo que Selene quería oír: la mansión tenía fantasmas que iban a disfrutar atormentándola. Pero sólo si ella lo permitía, algo que no pensaba hacer si podía evitarlo.

Dieron unos pasos más hasta que Ellen se detuvo delante de una puerta cerrada.

–Ésta será su habitación –señaló con la mano hacia el final del pasillo–. Ahí hay una habitación de invitados que de momento está cerrada. El propietario actual la tiene cerrada con llave y prefiere que no entre nadie.

Selene contuvo el aliento un momento.

–Pensé que usted era la propietaria.

–Oh, querida, siento haberle dado esa impresión –se apresuró a desmentir Ellen–. Adrien Morrell, el nieto de Giles, heredó la plantación. Yo soy su ayudante –explicó, y con una cínica sonrisa, añadió–: Y su ama de llaves, su criada y su cocinera. También le doy consejos de vez en cuando, aunque él no me los pida.

Selene empezaba a sospechar que la casa tenía un pasado importante, y no estaba segura de querer conocerlo.

–¿El señor Morrell vive aquí?

–Ése es su dormitorio –dijo Ellen, indicando la puerta que había enfrente de la habitación cerrada–. Es la habitación principal, contigua a su dormitorio, pero le prometo que no la molestará

–¿Dónde duerme usted? –preguntó Selene.

–Mi habitación está junto a la cocina. Y ésta es la suya –Ellen abrió la puerta y la invitó a pasar

Al igual que el resto de la casa, el dormitorio estaba decorado con antigüedades, entre las que había una enorme cama de estilo victoriano en madera de cerezo y con una colcha de encaje blanco. El suelo de madera noble, que había visto tiempos mejores y perdido el lustre original, estaba cubierto con varias alfombras de colores. Enfrente de la puerta había unas cortinas blancas que Ellen descorrió. Después abrió las puertas dobles que daban a una terraza orientada a las marismas de la zona posterior de la mansión. En la habitación había varios ventiladores, incluidos dos en el techo, pero que apenas podían aliviar el intenso calor.

–Me temo que no tiene cuarto de baño –dijo Ellen–. Tendrá que utilizar el del pasillo.

Fantástico, pensó Selene. Ahora tendría que compartir el cuarto de baño con un desconocido. Y un hombre, nada menos. Claro que no sería la primera vez que compartía el cuarto de baño con casi un desconocido, aunque éste fuera su marido. Porque en los meses anteriores al final de su matrimonio, Richard dormía en otra habitación y vivía en su propio mundo, un mundo que no incluía a su esposa.

–Supongo que también lo utilizará el señor Morrell.

–Oh, no. El joven señor Morrell hizo instalar un cuarto de baño en su habitación antes de mudarse. Desafortunadamente, fue la única mejora que ha llevado a cabo.

Al menos no la molestaría.

–En ese caso podría vivir aquí.

Ellen retorció las manos varias veces antes de decir:

–Entonces el trabajo es suyo, si lo quiere.

A Selene le pareció que era demasiado fácil.

–¿No quiere ver mi currículum antes de tomar una decisión? O al menos déjeme preparar una especie de presupuesto por mis servicios.

–No será necesario. Le prometo que cobrará mucho más que lo que recibiría por este tipo de trabajo. Tendré todos los detalles esbozados en un contrato que el señor Morrell redactó personalmente.

–¿No desea consultarlo con él primero?

–No es necesario. Él confía en mi decisión, y estoy segura de que usted hará un buen trabajo.

¿Podía permitirse el lujo de decidir algo tan importante en el momento? O mejor, ¿podía permitirse el lujo de no aceptarlo? Tenía una licenciatura en decoración e interiorismo que nunca había utilizado y un currículum profesional prácticamente inexistente.

–Pendiente de la redacción del contrato, acepto el trabajo.

Ellen pareció muy complacida.

–Estupendo. ¿Cuándo puede instalarse aquí?

–Ahora mismo si le parece bien. Estoy alojada en un hotel en St. Edwards; tendré que ir a recoger mis cosas.

Muy pocas cosas. Selene había abandonado casi todas sus pertenencias, a excepción de los duros recuerdos de un matrimonio fracasado.

–Hoy sería perfecto –dijo Ellen, yendo hacia la puerta–. Primero le enseñaré el contrato, y mientras va al pueblo, veré si puedo concertarle una cita con él.

Él sería el señor Morrell, pensó Selene.

–Estoy impaciente por conocerlo –dijo Selene, aunque sólo fuera por curiosidad.

–Hay una cosa que debe saber de Adrien –continuó la mujer, retrocediendo por el pasillo–. Es un hombre difícil. Lo conozco desde hace años, y sé que la mejor manera de tratarlo es no dar su brazo a torcer.

–Lo recordaré –dijo Selene.

En el trayecto de vuelta al hotel, Selene empezó a tener serias dudas sobre la decisión que acababa de tomar. Aunque era una oportunidad que se había presentado en un momento de incertidumbre respecto al futuro. Además, seguramente el propietario sería un viejo cascarrabias y excéntrico como su abuelo y lo mejor sería ignorarlo.

–¿Quién demonios es, Ellen?

Adrien vio inmediatamente la sorpresa y el destello de culpabilidad en los ojos negros de la mujer.

–¿La has visto?

Sí, la había visto. Desde la ventana. La vio apearse del coche, y también vio la breve vacilación y la cautela al subir las escaleras del porche. Vio la melena rubia recogida en una coleta que descendía en suaves rizos por la espalda, y la esbelta garganta, la piel pálida y perfecta, la longitud de las piernas y la curva de las caderas. Oculto entre las sombras de la segunda planta, la vio caminar por el pasillo, y se imaginó acariciando la piel desnuda de la mujer. Una reacción que no le gustó en absoluto, pero que no fue capaz de reprimir.

–¿Qué quería? –preguntó, echándose hacia delante y haciendo rodar un bolígrafo sobre la superficie de la mesa.

–Trabajo.

–Supongo que le has dicho que se ha equivocado de sitio.

–En absoluto –Ellen se adentró en el despacho sin dejarse intimidar–. Se llama Selene Winston, y la he contratado para supervisar los trabajos de rehabilitación.

–No te he dado permiso para contratar a nadie.

Ellen plantó las palmas de las manos en la mesa y se apoyó en ellas.

–Alguien tiene que seguir adelante con los planes antes de que la casa se nos caiga encima.

Maldita metomentodo.

–Esta decisión es mía, no tuya.

–Ése es el problema, que no tomas ninguna decisión. Por eso necesitamos a alguien que se ocupe de restaurarla para que puedas venderla y marcharte de aquí de una vez.

En ese momento no quería irse. La casa se había convertido en su refugio y su infierno particular.

–¿Cómo la has encontrado?

–Puse un anuncio en el periódico de St. Edwards y ella ha sido la única en responder. Tú mismo dijiste que querías a alguien que diera a la casa un trato personal. Si no, habría contratado a una empresa de Baton Rouge hace meses.

–¿De dónde es?

–De Georgia. Está divorciada. Por el coche que conduce y la ropa que lleva, supongo que tiene dinero, o lo ha tenido. Mientras trabaje bien, su pasado no me interesa.

A Adrien sí. No quería una mujer que nunca se había quitados los anillos de diamantes para trabajar.

–¿Qué experiencia tiene?

Ellen se encogió de hombros.

—¿Por qué no se lo preguntas tú mismo? Tú eres el emprendedor que todo lo sabe y todo lo ve.

Si Ellen fuera otra persona, ya la habría despedido.

—Me da exactamente igual. No tengo intención de permitir que se quede.

—Todo te da exactamente igual, Adrien —le recordó Ellen, incorporándose. Después suspiró—. Ha pasado más de un año. Tienes que continuar con tu vida.

Una vida llena de remordimientos, que se había estancado por su culpa. Y a él le gustaba así.

—Dile que no la necesitamos.

—Ya lo creo que sí —afirmó Ellen—. Selene se queda, o yo me iré con ella.

Más amenazas vacías que no eran nuevas. Adrien sabía que Ellen no se iría a ningún sitio porque no quería dejarlo solo. Pero para mantener la paz, al menos por fuera, decidió darle el gusto.

—Está bien. Haz lo que quieras. Pero asegúrate de que no se cruza en mi camino.

—Se lo puedes decir tú personalmente. Se alojará aquí mientras duren los trabajos. Le he asignado el dormitorio contiguo al tuyo —dijo Ellen en un tono que no admitía protesta, y sin mirarlo, dio media vuelta y fue hacia la puerta.

Adrien se cubrió la cara con las manos y se apoyó en el respaldo del sillón. No quería a esa Selene Winston cerca. Incluso si era una mujer atractiva y sensual. Incluso si él, que llevaba meses totalmente vacío por dentro y sin sentir nada, ahora, al verla, parecía despertar de un largo letargo y algo volvía a resucitar en su interior, al menos a nivel carnal.

Pero no tenía la menor intención de acostarse

con una mujer de la alta sociedad de Georgia. Quería que se fuera. No sabía exactamente cómo lo haría, pero lo conseguiría. Sin duda.

La entrevista con el propietario no se materializó. Selene regresó a la plantación y cenó sola con Ellen. Tampoco lo vio antes de retirarse a su habitación, aunque en un momento oyó sus pasos en el pasillo, seguidos del suave sonido de una puerta al cerrarse. Después, el crujido de los listones de madera continuó durante un rato, como si estuviera paseando por su habitación.

Ellen se metió en la cama pero tampoco pudo dormir. El calor era insoportable y ni los ventiladores ni las ventanas abiertas proporcionaban ningún alivio. Aunque se dio un baño antes de acostarse, a ese paso pronto necesitaría otro. No entendía cómo la gente había sobrevivido antes de la invención del aire acondicionado. Ella estaba a punto de desfallecer.

Lo que ahora necesitaba era un poco de aire fresco. Se levantó y, descalza y con el camisón blanco sin mangas que llevaba, salió a la terraza y se apoyó en la barandilla de hierro forjado desde donde se divisaba el bosque que rodeaba la parte posterior de la casa.

La temperatura había bajado a un nivel más confortable y soplaba una suave brisa que mecía las ramas de los árboles. Selene contempló la luna unos momentos y después se concentró tratando de escuchar el sonido del río Mississippi que descendía no muy lejos de allí. Pero de los árboles sólo llegó el susurrar de las hojas y el crujir de las ramas. Sin duda las marismas estaban pobladas de desagradables criaturas, seguramente algunos linces y caimanes al acecho de sus presas, y sin duda más de una serpiente deslizándose entre las ramas.

Una fugaz imagen apareció en su mente, otra fotografía mental de alguien observándola, seguida de una voz masculina, grave y áspera, que dijo:

—¿El calor no le deja dormir?

Capítulo Dos

Selene giró hacia la derecha y vio un cuerpo moreno sentado en un sillón de mimbre en un extremo de la terraza, a poca distancia de ella.

–Me ha asustado –dijo, llevándose una mano al escote del camisón y sujetándose con la otra a la barandilla.

–Ya lo veo –dijo él con sarcasmo.

Estupendo. Un encuentro a medianoche con un impresentable.

–Supongo que usted es el señor Morrell.

–Correcto.

Al menos era un hombre de carne y hueso, no una aparición fantasmagórica.

Armándose de valor, se acercó a él, y a la luz de la luna pudo distinguir algunos detalles. Como que tendría unos treinta y tantos años, y no era el carcamal que ella había imaginado. Con una corta melena morena y ligeramente ondulada, el hombre tenía los labios rectos y duros, y cuando lo miró a los ojos, Selene tuvo la certeza de que se trataba de los mismos ojos que aparecieron en su mente al llegar aquella tarde a la plantación. Ojos azules, ojos de depredador, ojos que no parecían de este mundo.

También vio que no llevaba camisa, y recordó que ella sólo llevaba un camisón de algodón que apenas la cubría. No precisamente la ropa más adecuada para la primera reunión con su jefe, pero ella no lo había elegido.

–Soy su nueva empleada, Selene Winston –dijo ella, dando el último paso hacia él y tendiéndole la mano.

–Sé quién es –dijo él, mirándola de arriba abajo con descaro antes de detenerse en la mano extendida.

Tras una ligera vacilación, la envolvió con los dedos y le dio un apretón. Selene se tambaleó por la intensidad del contacto y el intenso y terrible dolor que emanaba de él. Un dolor profundo que parecía no tener fondo.

Rápidamente soltó la mano y dio un paso atrás, como si le hubiera dado un calambre. De hecho, así fue. Selene había vivido con el «don» desde siempre, sin permitir que nadie sospechara siquiera que lo tenía. Las hijas de la alta sociedad de Georgia no leían los pensamientos ajenos, sino las páginas de sociedad. Pero en todos aquellos años su telepatía sólo se había manifestado a través de imágenes y esporádicamente de palabras, pero nunca fue capaz de canalizar sentimientos. Hasta ahora.

–Encantada de conocerlo –murmuró por fin cuando logró recobrar el aplomo.

Él no respondió, pero continuó mirándola fijamente. Selene quiso salir corriendo, a pesar de que en realidad se sentía atraída irremisiblemente hacia él, hacia su aura y hacia su dolor.

Buscó algo que decir a pesar de lo embarazoso de la situación.

–Me gustaría conocer sus ideas y planes para la rehabilitación, aunque no ahora, claro. Necesitaría algo para tomar notas. Mañana, u otro día, cuando prefiera.

Cielos, estaba divagando como una idiota.

–Sólo debe saber una cosa. Exijo perfección.

En eso no había problema. Selene sabía exactamente a qué se refería. Siempre tuvo la vida perfecta con la familia perfecta. Estudió en los colegios perfectos y se casó con el hombre perfecto. El cerdo mentiroso perfecto, se corrigió para sus adentros.

–Haré todo lo que esté mis manos para complacerle.

Él entrelazó las manos y las apoyó en el vientre.

–Eso está por ver. No soy de fácil complacer.

A Selene no le sorprendió en absoluto la afirmación. Más aún, estaba de acuerdo con él. Aunque, después de la reacción que tuvo al estrecharle la mano, quizá tuviera sus razones.

–¿Tiene alguna preferencia en particular?

El hombre inclinó la cabeza y estudió su rostro.

–¿Respecto a qué?

Otra imagen se coló en su mente. La de un cuerpo desnudo. Su cuerpo desnudo.

Selene no lograba entender por qué su infalible capacidad para bloquear ese tipo de cosas le había fallado. No comprendía que él tuviera fantasías sexuales con ella, a quien sólo acababa de conocer. Y más inquietante aún, no lograba explicarse por qué eso la excitaba.

–A cómo quiere realizar la rehabilitación –dijo ella cuando se disolvieron las imágenes.

–Prefiero no involucrarme en eso, a no ser que usted no tenga idea –dijo él, moviéndose inquieto en la silla.

El grosero comentario la irritó profundamente y la puso en alerta.

–¿Qué le hace pensar que no tengo ni idea?

–No me ha dado ninguna prueba para hacerme creer lo contrario.

–Tengo una licenciatura en diseño de interiores; también he supervisado equipos de trabajo y he redecorado mi propia casa en el pasado.

—¿Y eso era antes o después de la partida de tenis con sus amigas en el club de campo?

A Selene le molestó más el tono condescendiente de sus palabras que el hecho de que tuviera razón. Así había sido su vida anterior.

—Creo que fue el día que tome el té con las Hijas de la Confederación —dijo, arrastrando las palabras con el típico acento sureño—. Justo antes de asistir a clase de buenos modales y trato refinado para ocasiones especiales, como cuando te las tienes que ver con zopencos groseros y maleducados. Aunque me temo que en este momento he olvidado todo lo que aprendí.

Él pareció estar a punto de sonreír, pero no llegó a hacerlo.

—¿Me está llamando zopenco, señora Winston?

—Oh, no, señor Morrell. No sería apropiado.

Recorriéndola una vez más con los ojos de arriba abajo, el hombre se levantó despacio. Tal y como ella había imaginado, debía medir casi un metro noventa, y tenía el pecho plano, bien definido y cubierto de una suave capa de vello moreno. Su proximidad la enervó y le cortó la respiración, y su olor resultaba intoxicante. Era un olor que insinuaba sensaciones misteriosas y experiencias prohibidas.

Si su intención era intimidarla, lo estaba consiguiendo. Pero Selene no iba a permitírselo. Ni a él ni a ningún otro hombre. Por eso en lugar de retroceder, concentró su atención en el par de ramas de parra entrelazadas que le rodeaban el poderoso bíceps, con un letrero en el centro: Imperium.

—Un tatuaje interesante. Mi latín está un poco

oxidado. ¿Qué significa? –preguntó, y alzó la mirada hacia él.

–Poder absoluto –respondió él, que estaba mirándola fijamente.

Tanto sus palabras como su abrumadora presencia la paralizaron, a pesar de que supo lo que él estaba a punto de hacer. Si no se iba, él la besaría.

Obligándose a volver a la realidad, Selene cruzó los brazos para protegerse y dio un paso atrás.

–Yo no creo que el poder sea absoluto, señor Morrell –dijo y, reuniendo la poca fuerza que le quedaba, le dio la espalda y se dirigió a su dormitorio.

Pero sólo había recorrido unos pasos cuando él dijo:

–Hay poderes absolutos, Selene. Y lo sabe.

Selene no se atrevió a mirarlo ni a responder. Se metió en su habitación y cerró las puertas, pero no pudo apartarlo de sus pensamientos, ni tampoco librarse del persistente calor que continuó haciéndola arder por dentro y que nada tenía que ver con la época del año.

Selene se metió en la cama y trató de dormir. Trató de pensar en algo que no fuera él, pero la imagen de Adrien Morrell fue lo último que vio antes de que el sueño la venciera por fin.

En cuanto Selene salió del cuarto de baño del pasillo a la mañana siguiente, supo que él había estado allí. Enseguida aspiró el olor de su colonia, pero sobre todo sintió su presencia. Una sensación intangible que la consumía.

Miró a la derecha para ver si las puertas del dormitorio del hombre estaban abiertas, pero lo primero que vio fue la diabólica estatua al fondo del pasillo del sátiro con la mujer.

«Sátiro Giles, te voy a cambiar de sitio en cuanto pueda», se dijo. Tenía que llevarlo a otro lugar, donde fuera, pero lejos de ella. De hecho, si la estatua no fuera tan pesada y ella tuviera fuerzas para arrastrarla la arrojaría a la ciénaga más cercana.

Volvió a su dormitorio, se quitó la bata y se puso unos pantalones blancos de lino y una camiseta de punto sin mangas y bajó a desayunar. Al cruzar la rotonda camino de la cocina, se detuvo delante de un cuadro colgado en la pared: era un retrato de una joven de ojos verdes con larga melena negra que, a juzgar por la postura, sentada y con las manos recatadamente unidas sobre el regazo, y la ropa, un vestido de encaje blanco con falda ancha y larga hasta los pies, Selene imaginó que había vivido allí hacía muchos años. Pero al leer la inscripción en la base del marco sintió un escalofrío.

Grace. Ahora duermes con los ángeles.

Quizá fuera una de las tragedias de las que le habló Ellen el día anterior. A pesar de lo desconcertante que era, Selene tenía especial interés en conocer mejor el pasado de la plantación, aunque sólo fuera para satisfacer su propia curiosidad. ¿Y qué mejor fuente de información que la mujer que era la mano derecha del propietario?

Selene entró en la cocina y encontró a Ellen junto a la vieja cocina blanca preparando unos huevos revueltos y tarareando una alegre canción.

–Buenos días –dijo Selene, sentándose en una silla.

–Buenos días –respondió Ellen, volviéndose a

mirarla un momento sin dejar de cocinar–. ¿Ha dormido bien?

–Bastante bien. Tardaré un poco en acostumbrarme al lugar.

Principalmente en acostumbrarse a la idea de que Adrien Morrell dormía en la habitación de al lado. Durante toda la noche había estado escuchando el sonido de sus pasos dando vueltas por su dormitorio de manera intermitente, como si no pudiera dormir. Igual que ella.

Ellen le puso el plato de huevos revueltos con bacon delante, pero Selene no tenía hambre. Sólo necesitaba un café. O varios.

–Tiene una pinta deliciosa, pero por las mañanas no suelo tener hambre. Y además quiero empezar pronto.

Ellen volvió a la mesa con una taza de café y se sentó frente a ella.

–Si se queda un rato, podrá conocer al señor Morrell cuando baje a desayunar.

–Lo conocí anoche –dijo Selene, y esperó unos segundos a que pasara la aparente sorpresa reflejada en el rostro de la mujer–. Anoche, en la terraza de nuestras habitaciones.

–¿Qué tal fue?

Como ella jamás hubiera pensado.

–No demasiado mal. Me preguntó sobre mi experiencia profesional y me dio la impresión de que no quiere que le molesten con los detalles de la rehabilitación.

Ellen suspiró.

–Quiere que lo dejen en paz.

Selene tuvo la misma impresión la noche anterior.

–¿A qué se dedica exactamente?

–A sanear empresas en quiebra y venderlas. Así

24

ha sido como convirtió su herencia en una pequeña fortuna. Es muy bueno en lo que hace, o lo era hasta... –Ellen se interrumpió.

–¿Hasta que qué?

–Hasta que decidió dejarlo todo durante una temporada –terminó la mujer en un tono que daba por zanjada la conversación.

Selene quería saber más, pero tuvo la sensación de que Ellen no iba a revelar nada más, y prefirió cambiar de conversación.

–Si puedo utilizar un teléfono, me pondré en contacto con varios contratistas locales y concertaré algunas reuniones.

Ellen bebió un sorbo de café.

–Tendrá que encontrar a alguien en Baton Rouge, porque aquí no habrá nadie dispuesto a venir a la plantación. La gente es muy supersticiosa y creen que el lugar está maldito.

Sin saberlo, Ellen acababa de darle a Selene una buena oportunidad para preguntar sobre el retrato de la rotonda.

–Ese retrato que hay cerca de la escalinata, ¿tiene algo que ver con alguna de las tragedias de las que me habló?

–No estoy muy segura –respondió Ellen–. Seguramente sí, pero no conozco más detalles sobre ella.

Selene terminó el café y se levantó.

–Voy a la ciudad a ver a algunos contratistas. Quizá encuentre alguien que no sea supersticioso.

–Buena suerte –dijo la mujer.

Selene tenía prisa por irse. Presentía la inminente llegada de Adrien y no quería volver a verlo, esta vez a plena luz del día y dejando ver toda la fascinación y obsesión que tenía con su nuevo jefe. Porque tenía que reconocer que estaba totalmente fascinada e intrigada por él. El hombre tenía muchos secretos, de eso estaba segura, secretos que probablemente nunca llegaría a conocer.

También sabía que esos secretos eran la causa de su dolor, y la realidad le había enseñado que muchas veces las personas que estaban perdidas no deseaban ser salvadas. Tenía el presentimiento de que Adrien Morrell no tenía ningún deseo de que le salvaran de su dolor y su soledad.

Solo en su despacho de pie junto a la ventana, Adrien observó a Selene Winston alejarse en su coche. La curiosidad lo llevó directamente a su habitación, para ver si se había ido definitivamente. En su experiencia, todo el mundo se iba tarde o temprano.

Pero no en este caso. El camisón blanco que llevaba la noche anterior estaba doblado al pie de la cama. Aunque la tela revelaba pocos detalles, habían sido suficientes para tenerlo en vela toda la noche. Se acercó a la cama y acarició la tela, que era tan suave como su piel. Eso lo sabía, aunque no la había tocado. Todavía. Pero lo haría.

Había tomado una decisión: atraerla a su mundo con un plan cuidadosamente meditado que la llevaría hasta la oscuridad que él había creado. Quizá al principio ella tuviera reticencias, pero estaba seguro de que se entregaría a él sin reservas.

Selene le proporcionaría una válvula de escape a sus remordimientos; sería una forma de olvidar temporalmente lo que no había hecho. Y más significativamente, lo que había hecho... a Chloe.

**

26

Quince minutos más tarde, Selene entraba en St. Edwards y aparcaba delante de Antigüedades Abby´s, un local que había visitado varias veces durante su breve estancia en la ciudad, y empujaba la puerta de cristal.

Al oír la campanilla de la puerta, la propietaria, Abby Reynolds, una mujer de cuarenta y tantos años, de pelo castaño y afables ojos avellana, levantó la cabeza y le sonrió.

—Hola, señora Winston. Creía que se había ido.

—Resulta que voy a quedarme una temporada —dijo Selene, yendo hacia ella por el pasillo totalmente a rebosar de antigüedades—. ¿Recuerda el anuncio que me enseñó? Es una plantación no muy lejos de aquí, y me han contratado para supervisar una restauración completa.

—*Maison de Minuit* —dijo la mujer con cierta aprensión, mirándola con el ceño fruncido—. Será un reto importante.

—Si, lo sé, y por eso he venido —Selene dejó el bolso en el mostrador y unió las manos—. ¿Conoce algún contratista que esté dispuesto a ocuparse de ello?

La mujer negó con la cabeza.

—Aquí no encontrará a nadie dispuesto a ir allí.

Lo mismo que Ellen le había dicho poco antes.

—¿Qué tiene ese lugar que todo el mundo lo evita como si fuera una leprosería?

—Bueno, tenemos el caso de los amantes que murieron allí, y después de ellos fue la mujer que practicaba vudú. Y el loco de Giles Morrell, que afortunadamente no vivió aquí mucho tiempo. Elija.

Selene se preguntó si Grace sería uno de esos amantes.

—¿Conoce más detalles? Como nombres y cosas

así. Le gustaría saber más sobre la historia de la plantación.

–Yo sólo llevo aquí un par de años –dijo Abby–, pero he oído a la gente hablar, aunque todos tienen mucho miedo. También está la mujer que desapareció misteriosamente hará la como un año.

–¿Qué mujer? –Selene apenas podía ocultar su inquietud.

–Por lo visto Adrien Morrell estuvo encerrado con ella más de un año prácticamente sin salir. Ralph Allen, que solía ir a entregar paquetes todas las semanas, dice que la vio un par de veces en una ventana del piso de arriba.

Selene no podía creer que Adrien tuviera a una mujer misteriosa rara en un dormitorio. Era una idea totalmente ridícula. Pero sin embargo...

–¿Y se fue?

–Sí. Nadie la vio, pero por lo visto desapareció. Y de repente la entrega de paquetes también se interrumpió. Ralph asegura que una mañana al pasar por allí vio el coche del forense.

–¿La joven murió?

Abby cambió el peso de una cadera a la otra, claramente incómoda.

–No hay pruebas de nada, pero el señor Morrell tiene dinero de sobra para comprar el silencio de quien sea, así que supongo que todo es posible. Si la quería muerta, podía haberlo encargado.

Selene no veía a Adrien como un asesino, pero lo cierto era que no sabía nada de él, a excepción de que era un hombre muy atractivo y con una fuerte personalidad.

–Quizá se fue por voluntad propia.

–O quizá era un fantasma –dijo Abby, sonriendo–. De todas maneras, si me entero de alguien que conoce la historia de la plantación, la avisaré.

Selene rebuscó en su bolso hasta encontrar un bolígrafo y un trozo de papel, donde anotó un número de teléfono que entregó a la mujer.

–Éste es el número de mi móvil. Puede llamarme a cualquier hora.

Abby sacó una hoja de debajo del mostrador y empezó a escribir.

–Le daré la dirección de una amiga mía, Linda Adams. Vive en Baton Rouge y es especialista en restauración de antigüedades –le dijo, entregándole la hoja–. Su marido es contratista, y ha trabajado en la restauración de algunas casas históricas de la zona, así que es probable que él esté dispuesto a ayudarla.

–Muchas gracias –dijo Selene, guardando la nota en su bolso–. Iré a verles hoy mismo.

Después de despedirse, Selene subió a su coche para ir a Baton Rouge, pero antes de arrancar oyó un nombre de mujer. El nombre no le sonaba de nada, pero la voz que habló sí.

Era la voz de Adrien Morrell.

–¿Quién es Chloe?

Selene observó la expresión primero de incredulidad y después de cautela de su interlocutora.

–¿Dónde ha oído ese nombre? –preguntó Ellen.

–En la ciudad –dijo Selene sin atreverse a confesar que había sido en su mente.

Ellen la miró con suspicacia.

–No puede ser. En la ciudad nadie sabía nada de ella.

–Creen que aquí vivía una mujer llamada Chloe con el señor Morrell, y que se fue. Algunos dicen que murió.

Ellen dejó el tenedor, apartó del plato y unió las manos delante de ella encima de la mesa.

—Primero, no debe creer todo lo que le digan, Selene —le advirtió—. Y segundo, no sé quién le ha hablado de ella, pero yo en su lugar, no volvería a mencionar su nombre. Nunca.

Selene no podía ignorar el tono categórico de la mujer, ni su ira, y prefirió cambiar de conversación.

—He ido a Baton Rouge y he hablado con una mujer que está dispuesta a ayudarme con la restauración del mobiliario. Su marido vendrá a hacer un presupuesto sobre la casa, pero está ocupado hasta la semana que viene.

Ellen sonrió, agradecida.

—Ha conseguido muchas cosas en un día.

—También he ido al registro y me han dicho que si tienen los planos de la casa, tardarán unos días en localizarlos. ¿Sabe si aquí hay alguna copia que pueda utilizar?

—Estoy segura de que Adrien tiene que tenerlos, aunque tendrá que preguntarle a él —le informó—. También es probable que haya documentos antiguos en el desván. Si le interesa, es la puerta que está al final de pasillo, más allá del despacho. Puede explorar todo lo que quiera, si se atreve, claro.

—Creo que lo haré en los próximos días.

Cuando terminó de cenar, Ellen se puso en pie.

—Tengo que hablar con Adrien antes de que se retire.

Probablemente para hablarle de su nueva empleada, pensó Selene. Pero no le importaba. De momento no había hecho nada malo aparte de mencionar el nombre de Chloe, un asunto sobre el que sin duda Ellen sabía mucho más de lo que estaba dispuesta a contarle. Un misterio que podía quedar sin resolver a menos que ella tomará la decisión consciente de lo contrario.

No, se dijo. No se metería en la mente de nadie para obtener una información que de otro modo le era negada. Lo había hecho con anterioridad, y había sufrido enormemente por ello. Si descubría algo, no sería por adentrarse en los pensamientos de Adrien.

Adrien no se molestó en levantar los ojos del periódico cuando Ellen dejó el plato cubierto delante de él.

—Si está fría, no me eches la culpa. Deberías venir a cenar como todo el mundo.

—Estoy seguro de que está bien —dijo él.

Ellen permaneció en el sitio, evidentemente con ganas de hablar.

—¿Quieres saber qué ha estado haciendo nuestra invitada?

Adrien lo sabía perfectamente: tenerle todo el día obsesionado y excitado aún sin ser consciente de ello.

—Te lo dije, sus planes no me interesan.

Aunque estaba muy interesado en ella.

—Preguntar por el pasado de la casa. Tú podrías ayudarla.

Adrien sólo deseaba ayudarla con una cosa y no tenía nada que ver con el pasado, sino con el futuro inmediato. Después de doblar el periódico lo dejó a un lado.

—¿Qué me sugieres?

—Primero necesita los planos de la casa.

Adrien abrió un cajón y sacó un tubo de cartón.

—Toma —se los ofreció.

—Dáselos tú. Tampoco te costaría tanto ser un poco amable con ella.

Si Ellen supiera lo mucho que deseaba ser «amable» con ella, probablemente retiraría la sugerencia.

–Lo pensaré. Pero ahora tengo trabajo. ¿Algo más que necesite mi atención?

–Tus modales –dijo la mujer, girando sobre sus talones y saliendo del despacho.

Adrien quedó pensativo. Quizá Selene quisiera pasar un rato con él aquella noche. Si quería explorar la historia de la casa, él podía ayudarla, y ofrecerle otro tipo de exploración mucho más sugerente y placentera.

Capítulo Tres

Cuando Selene subía por la escalinata hacia su habitación, una extraña sensación la hizo aminorar el paso. Al doblar la esquina del pasillo a oscuras, de repente se detuvo en seco y se llevó la mano a la garganta. A poca distancia de allí estaba Adrien Morrell, de pie, mirándola intensamente con las manos en los bolsillos. Llevaba unos pantalones de tela negros y una camisa gris y estaba inmóvil como la estatua que había a su espalda.

—¿Ya se va a la cama?

—He tenido un día muy ajetreado —dijo ella, tratando de mantener la compostura—. Estoy cansada.

—¿No le apetece una pequeña aventura?

La pregunta la pilló tan desprevenida que Selene tardó unos momentos en responder.

—¿Qué clase de aventura?

Adrien dio un paso lento hacia ella.

—Ellen me ha dicho que le interesa la historia de la casa. Tengo algo que puede satisfacerle. Se lo enseñaré.

El énfasis en «satisfacer» la afectó profundamente. Selene consultó el reloj, más por nervios que por estar interesada en la hora.

—Es tarde.

—No se arrepentirá —dijo él, bajando el tono de voz, y señaló con la cabeza hacia el despacho en el extremo opuesto del pasillo—. Está en mi despacho.

Selene se estremeció, pero el despacho parecía un lugar bastante seguro. Tenía dos opciones: confiar en él o utilizar su don para adentrarse en su mente. Utilizó brevemente la segunda, pero no encontró nada similar a imágenes suyas como su prisionera ni de sufrir algún tipo de daño en sus manos. Al menos todavía no.

–Usted primero –dijo ella sin pensarlo más.

Si iba a trabajar con él, tenía que confiar con él, a menos que le demostrara que no lo merecía. Y antes de que fuera demasiado tarde para largarse de allí.

Adrien la llevó hasta su despacho y cerró la puerta tras él. Por un momento, Selene luchó contra el impulso de dar media vuelta y salir huyendo. Estaba atrapada. Él podía hacer lo que quisiera con ella, y probablemente Ellen no oiría sus gritos pidiendo a auxilio. Sin embargo, no tenía ninguna vibración extraña ni la sensación de que algo horrible se avecinara. Cuando lo miró, él estaba observándola con una ligera sonrisa. La primera que le había visto hasta ahora.

–¿Qué quería enseñarme?

–Un diario –dijo él, metiéndose las manos en los bolsillos.

Selene sabía que para recrear el pasado no había nada más valioso que los escritos personales.

–¿Dónde está? –preguntó sin poder ocultar el entusiasmo que le producía el nuevo descubrimiento.

Adrien cruzó el despacho a la derecha, abrió una puerta y encendió una luz.

–Ahí arriba.

Selene se acercó a la puerta y vio una angosta escalera tenuemente iluminada, y por un momento titubeó ante la idea de acompañar a su jefe a un lugar tan aislado.

–Parece que ahí arriba puede haber algún que otro murciélago –comentó.

–Murciélagos no, pero seguro que arañas sí. ¿Le dan miedo las arañas, Selene?

Los insectos nunca habían sido sus animales favoritos, pero desde luego no sufría de aracnofobia.

–No. Siempre y cuando mantengan las distancias.

–Y yo, ¿le doy miedo?

Una excelente pregunta que Selene debía plantearse muy seriamente.

–¿Alguna razón para que deba dármelo?

–En absoluto.

Sonaba convincente, pero ¿podía creerlo? Normalmente Selene confiaba en sus instintos, y ahora le decían que el hombre no tenía ninguna intención de hacerle daño. Respecto a sus otras intenciones, aunque cuestionables sin duda, se dijo que tendría que arriesgarse y mantener un férreo control sobre sí misma.

–Usted primero –dijo ella, señalando la escalera.

Él dio el primer paso y, al verla vacilar, le ofreció la mano.

–Me aseguraré de que no se caiga.

Selene no temía caerse; años de clases de ballet le ayudaban a moverse con seguridad y elegancia. Lo que temía era tocarlo otra vez y volver a experimentar el impacto emocional de la primera vez. Sin embargo, en lugar de insistir en poder hacerlo sola, aceptó la mano que le ofrecía, y esta vez el contacto le envió una intensa oleada de calor por todo el cuerpo. A medida que fue subiendo las escaleras detrás de él, la sensación se hizo más fuerte, hasta que llegaron al rellano donde él la soltó.

El rellano daba a otra habitación de menores dimensiones donde había una estantería con libros antiguos, una mesa de caoba y un sillón cubierto con una tela de satén rojo. Todo estaba cubierto por una fina capa de polvo y en el techo había telarañas, pero aparte de eso no parecía un lugar amenazador.

—Antiguamente esto era la *garçonnerie* —dijo él—, un refugio de hombres, probablemente utilizado por un propietario anterior.

—¿Su abuelo?

—No —dijo Adrien, pasándose una mano por el pelo—. A Giles no le gustaba estar mucho tiempo en un sitio. Tenía unas ansias desmedidas de conocer mundo. Un rasgo que he heredado de él, por cierto.

—¿Le gusta viajar?

—Mucho, aunque hace un tiempo que no lo hago —se dirigió a las estanterías y la miró—. He estado por todo el mundo. Europa. África. América Central. España es uno de mis lugares favoritos.

—No me lo diga —dijo ella, acercándose a la mesa y apoyándose en ella—. Ha corrido en los encierros de Pamplona.

—No, la verdad. Me parecen una crueldad para los pobres toros. Estoy convencido de que muchas veces los animales son más humanos que las personas.

Un punto a su favor, pensó Selene.

—O sea, que le gustan las emociones fuertes siempre y cuando no impliquen crueldad hacia los animales.

—En el pasado, sí —dijo con expresión de pesar y tono lacónico, sin dar más explicaciones.

—Yo he estado varias veces en Europa —dijo ella para romper el silencio—. Principalmente en Londres.

—¿Se ha lanzado alguna vez de cabeza desde un acantilado? —preguntó él.

—No me gustan las alturas –rió ella.

—¿Ha estado alguna vez desnuda en una playa desierta contemplando el amanecer?

Sólo en sus sueños más descabellados.

—Me temo que no.

—Debería experimentarlo alguna vez.

Poco podía imaginar él que la estaba llevando en un viaje imaginario a través de sus recuerdos, demasiado intensos para apartarlos de su mente. Selene sintió la brisa del mar en la piel desnuda y el sol en la cara; inhaló el aroma del mar y sintió las caricias de las manos masculinas en la cintura, curvándose en el abdomen y más abajo.

—He estado en lugares donde sólo dependes de ti mismo y de la naturaleza –dijo él–. Es muy emocionante.

—Ya soy mayor para eso, y mis costumbres están demasiado arraigadas para cambiarlas –rió ella.

—¿Cuántos años tiene?

—Treinta y dos. ¿Y usted?

—Treinta y cinco. ¿Qué edad tenía cuando se casó? –preguntó él, recorriendo el perímetro de la habitación y mirándola de vez en cuando, como si fuera una salvaje criatura nocturna acechando a su presa.

Era evidente que sabía muchas más cosas de ella que ella de él.

—Veinticuatro. Me divorcié hace un año.

Adrien se detuvo y se apoyó en una de las estanterías a poca distancia de ella.

—¿Lo pidió usted o lo pidió él?

Por mucho que deseara conocerlo mejor, Selene estaba cada vez más incómoda con la conversación. Hablar de su pasado con Richard siempre le resultaba difícil.

—Quizá podríamos ver el diario –sugirió.

–Si es lo que desea.

Adrien se dirigió directamente a ella con pasos lentos, y la mirada de Selene recorrió con interés la boca masculina, la suavidad de los labios que contrastaba con la rigidez de la mandíbula y el hoyo en el mentón. Sólo cuando él esbozó una sonrisa se dio ella cuenta de que él había reparado en su interés.

Cuando llegó a la mesa, Selene contuvo la respiración, y lo vio pasar a su lado y abrir un cajón del que sacó un pequeño diario negro que sin duda tenía muchos años.

Adrien rodeó la mesa y se lo ofreció.

–He marcado lo que puede interesarle.

Selene tomó el diario y lo abrió por la cinta de satén rosa que marcaba la página indicada. En la parte superior de la página, una fecha: julio de 1875.

–Léalo en voz alta –dijo él.

–¿Usted no lo ha leído? –preguntó ella, mirándolo.

–Sí, pero quiero oír su voz.

La voz de él era tan sensual y sugerente que Selene no pudo oponerse. Dejó el diario sobre la mesa mientras él paseaba de nuevo por la habitación. Después de aclararse la garganta, Selene empezó a leer.

–«Esta tarde he vuelto a ver a Z. en la cabaña abandonada cerca de la ciénaga. Si mi padre descubre que me veo con su enemigo, se pondrá furioso. Si supiera lo que he hecho, seguramente lo mataría».

Selene se detuvo y miró a Adrien, que estaba a menos de medio metro de él.

–¿Quién escribió esto?

–No lo sé. Lo encontré hace unos meses.

–¿Cree que puede ser la mujer del retrato, Grace?

–Es posible –dijo él–. Continúe.

Selene siguió leyendo, empujada por la necesidad de saber más sobre la cita de la escritora anónima.

–«Le he entregado libremente mis afectos, y he aceptado sus besos. Z. me ha hablado de lo que hay entre un hombre y una mujer, y me ha dicho cosas que ninguna mujer decente consideraría. Sin embargo, yo le he escuchado y le he suplicado que me enseñe» –Selene alzó la vista y descubrió a Adrien aún más cerca de ella–. Me siento un poco como un voyeur.

–A mí me parece una visión muy interesante sobre las costumbres del pasado, pero si le hace sentir incómoda –dijo él en un tono ligeramente desafiante–, démelo y yo lo leeré.

–Lo haré yo –dijo ella, escuchando el reto en su voz–. «En sus brazos soy una libertina. Apenas me reconozco. Le he permitido que me quite la blusa y me acaricie los senos. Nunca antes he sentido tanto placer. Nunca antes me he sentido tan desinhibida y tan libre. Y deseaba más. Deseaba todo lo que él quisiera darme».

Selene se interrumpió al sentir una mano en el hombro. La mano de Adrien, que se deslizó despacio por el brazo desnudo.

–Continúe –dijo él en un susurro a su lado–. Se pone mucho mejor.

Selene había perdido toda capacidad de razonamiento y decisión.

–«Me ha levantado la falda y ha deslizado la mano bajo la enagua. Me ha acariciado en el lugar más secreto, de formas que jamás había imaginado. Mi cuerpo ya no era mío, le pertenecía por completo a él».

Adrien eligió ese momento para deslizar la mano por la cadera femenina y rozarle ligeramente la pelvis antes de detenerse en el bajo vientre, a la vez que se pegaba contra ella por la espalda.

Selene apenas tuvo fuerzas para cerrar el diario y musitar:

—Es suficiente por hoy.

Pero no le apartó la mano, no le regañó ni se movió.

—No es suficiente.

Como si la tuviera sujeta con una liana invisible y hubiera tirado de ella, Selene se volvió despacio hacia él y supo exactamente lo que él quería hacer cuando la imagen se presentó en su mente una décima de segundos antes de que bajara la cabeza.

En cuanto sus bocas se rozaron, Selene entró en un campo de minas sensorial, bombardeada por su olor a limpio y a colonia, por el sabor a whisky en sus labios y por la sugerente incursión de su lengua. Y de repente, fue como si se fundiera en su cuerpo y en su alma, sintiendo también el placer masculino además del suyo. También supo que él necesitaba más de ella.

A pesar de todo, Selene no tenía intención de detenerle ni rechazarlo, pero la conexión mental y el contacto físico terminaron cuando él se separó de ella y se pasó una mano por la mandíbula.

—Disculpe —dijo—. No sé qué me ha pasado.

Selene era consciente de que lo sabía perfectamente. El beso formaba parte de un plan de seducción cuidadosamente pensado y ella se había metido en la trampa sin dudar.

Recogió el diario de la mesa.

—Leeré el resto en otro momento, y olvidaremos lo que acaba de ocurrir.

Él retrocedió unos pasos y metió las manos en los bolsillos de nuevo.

–Eso, intente olvidarlo.

«Yo no podré».

Selene vio el pensamiento masculino con total claridad.

–Necesitamos mantener una relación profesional –dijo ella, dando media vuelta para marcharse.

–Ya es un poco tarde para eso, Selene –dijo él con una sonrisa que hizo añicos su determinación–. Tenga.

El suave sonido de su nombre en los labios masculinos actuó como un potente imán que la hizo volverse hacia él.

Adrien le ofrecía un tubo de cartón.

–¿Qué es eso?

–Los planos de la casa –dijo él.

Selene estiró el brazo para hacerse con ellos.

–Gracias.

–Y permítame aclarar una cosa. Yo no la contraté, lo hizo Ellen. Por lo que a mí respecta, trabaja para ella, no para mí, lo que significa que no tenemos una relación profesional. De hecho, si de mí dependiera, usted ya no estaría aquí.

A Selene la incredulidad prácticamente la impedía hablar.

–¿De eso se trata? ¿Quiere echarme?

–Al principio ésa era mi intención, pero ahora ya no. Debo reconocer que me gusta tenerla aquí.

Sin responder, Selene se volvió y bajó con pasos rápidos las escaleras buscando el refugio de su habitación. Allí se metió en la cama y abrió el diario por donde lo había dejado.

Hoy nos hemos vuelto a ver en la cabaña, a pesar de que soy consciente del riesgo que implica. Pero no puedo mantenerme alejada de él. Me ha besado una y otra vez y

41

*yo temblaba de placer, deseando sus caricias. Después me
ha tomado la mano y me ha hecho sentir su deseo. Me ha
dicho que cuando esté preparada unirá su cuerpo al mío.
Yo he insistido que ya lo estoy y le he suplicado que lo hiciera. Al principio se ha negado, pero cuando he abierto
los brazos, ha sido como desatar algo incontrolable en él.
Se ha quitado la ropa y después ha hecho lo mismo con la
mía, y me ha tendido desnuda en el camastro. He sentido un ligero dolor, como él me ha advertido, pero no se podía comparar con el placer que me ha ofrecido después.*

*En ese momento he sabido que era suya para siempre,
y que él siempre será mío.*

*Pero temo que lo nuestro puede terminar de forma te-
rrible, porque al salir de la cabaña he visto a uno de los
hombres de mi padre cerca de la ciénaga, y me he dado
cuenta de que me han descubierto. No imagino el destino que nos aguarda a mi amante y a mí cuando regrese
mi padre mañana de Savannah. Sólo sé que pase lo que
pase, cada momento que he pasado en brazos de Z. ha
merecido la pena. Él es mi único y verdadero amor.*

Selene cerró el diario, apagó la luz e intentó
dormir. Pensó en los amantes misteriosos y cues-
tionó el poder de un hombre sobre una mujer
hasta el punto de que ella lo arriesgara todo para
estar con él. Quizá incluso su propia vida.

No cabía duda de que Adrien Morrell la había
hechizado. Ahora de ella dependía recuperar su
libertad y su voluntad antes de que se viera atrapada en las garras de la obsesión y le permitiera
hacer de ella lo que quisiera.

Selene estaba convirtiéndose rápidamente en una
obsesión que no lo dejaba vivir.

Adrien tenía un plan y hoy había dado el primer paso para conseguirlo. Esperaba más resistencia, y sin embargo ella reaccionó con sorprendente entusiasmo. Desgraciadamente, incluso aquel mínimo contacto lo había excitado intensamente.

Después de desnudarse por completo, apuró el vaso de whisky y se acercó a la ventana para ver si Selene había salido a la terraza como la noche anterior, pero sólo encontró un espacio tan vacío como su alma.

Apagó las luces, se tumbó en la cama y se pasó una mano por el abdomen. Saber que Selene estaba sólo a unos metros provocó en él una fuerte erección, pero apretó los dientes y decidió no ir a ella. No lo haría hasta tener una invitación, algo que esperaba conseguir muy pronto.

Sentado en el mismo sofá de mimbre de la terraza donde lo había visto en su primer encuentro, Adrien parecía un rey dispensando sus favores a su corte. Totalmente absorta, Selene lo observó a distancia, esperando a que él hablara, a que pronunciara su nombre.

Éste se limitó a mirarla y mover ligeramente la cabeza, la indicación para que ella avanzara lentamente hacia él envuelta en el silencio que los rodeaba. Selene se dio cuenta de que no se oía ningún ruido, ni del roce de la brisa en las hojas ni de los cantos de las cigarras y los grillos. También vio que él estaba totalmente desnudo y excitado.

Sin dudarlo, se quitó el camisón blanco por la cabeza y lo dejó en el suelo. Después, tomó la mano que él le ofrecía y se sentó a horcajadas sobre él. Cuando él la alzó y entró en ella, Selene dejó escapar un gemido apenas audible. Las sensaciones eran muy fuertes, indescriptibles, y ella deseó más; deseó aliviar el dolor que adivinaba en su cuerpo y borrar los años de decepciones y dolor. Empezó a moverse con una lenta cadencia, y en ese momento se convirtió en una mujer que no reconocía. Una mujer desinhibida que buscaba tanto el placer del hombre como el suyo propio.

Sin embargo, no había ruidos, ni respiraciones entrecortadas ni jadeos de satisfacción. Sólo el silencio más absoluto. Adrien dejó de moverse y enterró la cara entre sus senos.

Selene quiso preguntarle por qué se había detenido, pero no podía hablar. Sólo pudo levantarle la cabeza y obligarlo a mirarla. Una vez más vio el inmenso dolor reflejado en su rostro antes de que éste se desvaneciera por completo, seguido de un destello de luz blanca que la cegó.

Selene se obligó a abrir los ojos y se incorporó. No estaba en la terraza, sino en la cama. Y no estaba desnuda, sino con el camisón puesto. Era evidente que estaba soñando. Un sueño que parecía muy real.

Entonces se dio cuenta. No, no era un sueño. Era una fantasía.

La fantasía de Adrien.

Selene se dejó caer sobre el colchón y rodó sobre la cama. Sin querer, Adrien había invadido su mente llevando con él unas imágenes eróticas que ella no podía olvidar. No podía entender por qué tenía un acceso tan directo a sus pensamientos, o por qué eran tan fuertes. También reconocía lo que él había hecho, porque había experimentado todas las sensaciones masculinas a través de la maravillosa e inquietante conexión que ahora compartían.

Sin embargo, algo lo hizo detenerse antes de alcanzar el clímax que estaba buscando. Otro repentino destello de luz blanca atrajo la atención de Selene hacia las puertas de la terraza. Había tormenta, y creyó ver una sombra que se movía en la oscuridad al otro lado de las cortinas. Había alguien al otro lado de su puerta, y Selene supo exactamente quién era.

Tenía que confirmarlo, y por eso se levantó y abrió ligeramente las cortinas. Adrien estaba allí, apoyado en la barandilla con la mirada perdida en la lejanía. Los esporádicos relámpagos fueron revelando las formas de un cuerpo ligeramente ladeado hacia ella, maravillosamente desnudo y mostrando todo su esplendor.

La lluvia empezó a caer lentamente, pero él no se movió, aparentemente ajeno al juego de luces y sonido que le rodeaba. Las gotas de agua descendían en suaves regueros por su cuerpo, por los brazos musculosos, la espalda y la curva de las nalgas. Adrien alzó la cabeza, deslizó ambas manos por el pelo y permaneció así, dejando que la lluvia lo bañara, como si fuera una especie de ritual de purificación.

Selene continuó mirándolo, absorta por la imagen que se dibujaba contra el cielo tormentoso... hasta que él la miró.

En ese momento, otro relámpago le iluminó la cara. Y Selene vio el destello de remordimientos, y el deseo en sus ojos. Y también algo que no estaba muy segura de desear. Su destino.

Capítulo Cuatro

Hacía dos días que Selene no había visto a Adrien, y al bajar a desayunar encontró una nota de Ellen en la cocina diciendo que no volvería hasta la noche. Selene aprovechó el momento para hacer la llamada que debía haber hecho hacía días.

—¿Diga? —dijo su hermana Hannah al otro lado de la línea.

—Soy yo, Hannah.

—Ya era hora de que llamaras. He estado muy preocupada por ti —dijo su hermana menor.

—Perdona, he estado ocupada. ¿Cómo te encuentras?

—Aparte de tener cinco kilos más encima de la vejiga, dos semanas de espera hasta el parto y a mamá enfadada porque he decidido tener al niño en casa, estoy bien —le aseguró, divertida—. Ahora me toca a mí. ¿Dónde demonios estás, Selene?

—Estoy en Luisiana, supervisando los trabajos de rehabilitación de una plantación.

Al otro lado de la línea se hizo un largo silencio.

—¿Qué pasa, que el cerdo de Richard te ha dejado sin blanca? —preguntó Hannah por fin.

—No, en absoluto. Me pasa un bonito cheque todos los meses, pero necesito el trabajo porque quiero ser independiente y rehacer mi vida. Espero que lo entiendas.

—Lo entiendo perfectamente, Selene —le aseguró Hannah–. Aunque no puedo decir lo mismo de mamá. Tienes que llamarla y explicárselo, para que deje de llamarme ella a mí todo el día.

Su madre apenas entendía nada que no tuviera que ver con su sofisticada vida social y sus compromisos.

–Lo haré, pero entretanto dile que estoy bien y que ya la llamaré. ¿Qué tal va tu embarazo?

–Perfectamente. Doug me trata como a una reina. No me puedo quejar.

Selene siempre había enviado la relación de su hermana con Doug. En los cinco años que llevaban casados, el marido de Hannah había sido un santo, pendiente de ella en todo momento. Sus padres, por supuesto, se habían opuesto al matrimonio de su hija menor con un mecánico, pero la rebelde Hannah ignoró por completo los planes de sus padres para su futuro.

Selene se arrepentía de no haber sido tan fuerte como ella y haber accedido a las presiones de sus padres para que se casara con Richard antes de estar preparada. Aunque pensándolo bien, nunca había estado preparada para casarse con Richard. Su matrimonio fue un error desde el primer día.

–Te prometo que estaré allí cuando des a luz, Hannah. Avísame para que me dé tiempo a llegar.

–Genial. Selene, sólo tengo una pregunta más. ¿Eres feliz?

Era una pregunta que Selene casi nunca se planteaba.

–Sí –le dijo–. Por primera vez en mucho tiempo me siento libre.

–Me alegro –dijo Hannah con sinceridad–. Espero que hagas nuevos amigos, e incluso conozcas a alguien.

Selene soltó una carcajada.

–Sólo hace un año que me he librado de un hombre. No quiero a otro tan pronto

–Tampoco tienes que casarse con él –bromeó Hannah–. Pero está bien tenerlo a mano para otras cosas.

Unas cosas en las que Selene estaba pensando mucho últimamente, gracias a Adrien Morrell.

–De hecho, he conocido a alguien.

–¡Bien! ¿Quién es?

–El dueño de la plantación. Es muy guapo, aunque un poco misterioso.

–Guapo está bien, pero lo de misterioso es excelente. ¿Ya lo habéis hecho?

–No hemos hecho nada –a excepción de un beso y una fantasía compartida–. Sólo digo que me parece interesante. Puede que no salga nada.

Sobre todo teniendo en cuenta que prácticamente llevaba dos días totalmente desaparecido.

–Haz que salga algo, Selene. Llevas sola mucho tiempo.

Selene lo sabía perfectamente. Sin embargo, tenía el presentimiento de que incluso si se arriesgaba con Adrien, seguiría estando sola. O peor, incluso en peligro físico, no únicamente de que le rompieran el corazón.

–Ya cometí un grave error con Richard, y no pienso repetirlo –dijo.

Hannah dejó escapar un suspiro.

–No seas tan cauta, Selene.

–¿Qué tiene de malo ser cauta?

La puerta de la cocina se abrió a su espalda y la voz masculina habló desde el umbral:

–Ir a lo seguro no suele ser muy gratificante.

Selene apretó el móvil incapaz de atender a las palabras de su hermana.

—¿Sigues ahí? —preguntó Hannah al no obtener respuesta.

—Sí. Oye, ahora tengo que colgar. Te llamaré la semana que viene.

Selene colgó y giró la silla hacia la puerta. Adrien estaba allí, con una camisa blanca, unos pantalones de tela negros y una sonrisa en la cara. ¿Cuánto rato llevaría allí escuchando?

—Empezaba a pensar que vivía de manera permanente en su despacho —comentó ella con voz un tanto vacilante, por decir algo.

—Sólo salgo cuando tengo algo importante que hacer.

—¿Importante como qué?

—Otra aventura. Con usted.

Selene no estaba segura de poder soportar otra de sus aventuras, sobre todo después de lo experimentado dos noches antes, en su despacho y en su mente.

—¿Ha terminado el diario?

—Sí, pero no quedaba mucho.

—Lo sé, lo he leído. Pero no significa que no haya más diarios.

—¿Tiene más?

—No, pero sé dónde está la cabaña. Quizá haya algo más allí.

—¿Dónde está? —el interés de Selene se reflejaba claramente en su voz.

—En la parte de atrás de la finca. Yo le llevaré.

Selene titubeó un momento.

—Si me indica el camino, estoy segura de que sabré encontrarla.

—Quiero enseñárselo yo —insistió él.

A Selene no le cabía ninguna duda, como tampoco de que podría enseñarle otras muchas cosas si ella se lo permitía. E incluso hacerle sentir lo que no había sentido nunca.

No seas tan cauta, Selene.

Recordó las palabras de su hermana. Quizá Hannah tuviera razón, y además ella estaba cansada de ir a lo seguro.

—Me encantará ir con usted —dijo, poniéndose en pie—, pero todavía tengo que hacer algunas cosas.

—Yo también —dijo él—. La veré esta tarde a las cinco en la puerta de la cocina.

—De acuerdo. Allí estaré.

De pie junto a la puerta de la cocina, Adrien la esperaba vestido con una camiseta negra sin mangas que dejaba ver el tatuaje con la inscripción latina y unos vaqueros también negros, desteñidos en algunas partes interesantes. Cuando lo vio, Selene sintió ganas de echar a correr, pero no para huir, sino para meterse directamente entre sus brazos.

—No lleva ropa adecuada —dijo él, después de mirarla de arriba abajo.

Selene miró la camiseta de tirantes, los vaqueros cortos y las zapatillas que llevaba.

—Hace calor, y llevo los pies bien protegidos.

—Hay mucha maleza y arbustos, pero ahora no hay tiempo para que vuelva a cambiarse. No queda mucho rato de luz. Tendrá que arreglárselas así. Yo le ayudaré —dijo él.

Tomaron el sendero que llevaba hacia la ciénaga, pero el camino pronto desapareció bajo los tupidos arbustos y las altas hierbas que crecían entre los árboles centenarios. La humedad era muy alta y el calor insoportable, pero a Adrien no parecía afectarle.

Selene avanzó, notando los rasguños del brezo en las piernas y las picaduras de los mosquitos por todo el cuerpo, pero se negó a quejarse y continuó avanzando tras él. Hasta que no pudo evitar un arbusto de espino que se estiraba hacia el camino y le rodeó la pierna, clavándose con saña y dejando un profundo arañazo en la pantorrilla. Entonces no pudo evitar un bufido de dolor con los dientes apretados.

Sin avisar, Adrien se volvió y la levantó en brazos.

—¡No es necesario! —exclamó ella—. Me las estaba arreglando bien.

—La estaban cortando viva. Cállese y disfrute del paseo —refunfuñó él.

Selene decidió no protestar, y pasó un brazo por la nuca masculina. Un destello dorado llamó su atención, y con la mano libre tiró de la cadena de oro que colgaba del cuello del hombre con curiosidad. De debajo de la camiseta salió un medallón también de oro.

—¿Qué es?

—Un talismán chino —dijo él—. El símbolo de la serpiente.

Selene no pudo evitar una mueca divertida.

—Y seguro que tiene algún tipo de significado fálico —comentó, socarrona.

Adrien la miró brevemente.

—En realidad simboliza la intuición y la perfección. Y la fuerza de voluntad.

Justo lo que Selene necesitaba en ese momento, sobre todo cuando él la miró. O cuando ella clavó los ojos en los labios masculinos y deseó besarlos para comprobar si eran tan sensuales y excitantes como ella recordaba.

—Ya hemos llegado —dijo él, interrumpiendo sus ensoñaciones.

Adrien la depositó en el suelo delante de la cabaña de madera que se alzaba en un claro entre los árboles. Abrió la puerta y entró antes que ella, para abrir la contraventana de una de las ventanas de la cabaña y dejar entrar los rayos de luz. Entrando detrás de él, Selene fue a la ventana que se abría enfrente, pero tuvo la mala suerte de clavarse una astilla en el pulgar al ir a abrirla.

—Mierda.

El taco escapó de sus labios sin poder reprimirlo. Se volvió y encontró a Adrien mirándola divertida.

—¿Qué?

—No sabía que las damas sureñas conocieran esa clase de palabras.

—Tengo un libro de palabrotas y me gusta practicar de vez en cuando —respondió ella.

—Me alegra saber que no tengo que cuidar mi lenguaje cuando estoy en su compañía. Ahora déjeme ver eso.

Selene sacudió la cabeza.

—No tiene importancia; es sólo una astilla. Me la quitaré cuando volvamos a la casa.

—Yo lo haré —dijo él, cruzando hasta ella y sacando una navaja del bolsillo que abrió con un seco movimiento de muñeca.

Selene tuvo que hacer un esfuerzo para no salir corriendo despavorida.

—Me gustaría conservar el dedo, Adrien.

Los ojos masculinos se clavaron en ella.

—¿Qué has dicho? —dijo él, tuteándola por primera vez.

—He dicho que el pulgar me es de cierta utilidad y quisiera conservarlo.

–Eso no. Has dicho mi nombre –dijo él, casi en un jadeo.

La palabra había salido de su boca con la misma naturalidad que el taco unos momentos antes. Y teniendo en cuenta lo ocurrido entre los dos un par de noches antes, lo normal sería que se tutearan.

–Alucinante, ¿no?

Adrien sacudió la cabeza y se concentró en la herida. Con la punta de la navaja retiró la astilla.

–Sobrevivirás –dijo sin soltarle la mano, mirándola a los ojos.

–Claro que sí –dijo ella, incluso si en ese momento empezaba a fallarle la respiración–. ¿Me devuelves la mano?

–Claro –Adrien la soltó, muy a su pesar.

Selene se concentró en estudiar la cabaña que tenía toda el aspecto de no haber recibido visitas en muchas décadas. En una esquina junto a la chimenea había un estrecho camastro de madera, y bajo una de las ventanas, una silla destartalada; eran los dos únicos muebles de la cabaña.

–Me temo que aquí no hay mucho que ver –dijo por fin, al comprobar que no había escondrijos donde guardar secretos antiguos–. ¿Crees que éste era el lugar donde se veían los amantes anónimos del diario? –Se acercó al camastro y levantó el colchón de plumas, esperando encontrar otro diario, pero no tuvo suerte–. Aquí no hay nada. Tendré que seguir buscando. Quizá encuentre alguien en la ciudad que sepa algo.

Adrien se apoyó en la pared opuesta.

–Hazlo, sí, pero quizá te lleves una decepción.

–Tienes razón. Quizá sea mejor no saberlo. Así puedo seguir creyendo que vivieron un gran romance cargado de pasión. A veces la fantasía es mejor que la realidad.

–No siempre –le contradijo él–. Cuando hay suficiente pasión entre dos personas, la realidad es siempre mucho mejor que la fantasía –dijo él, mirándola con una expresión que dejaba muy claro que él sentía esa pasión por ella y que lo que le prometía podía ser muy real.

Selene necesitaba aire y se acercó a la ventana, diciéndose que lo más prudente sería cambiar de conversación.

–Si limpiamos los alrededores de la cabaña y la restauramos, podría ser una agradable casa de invitados para una pareja que desee soledad –sugirió–. Antes de que se termine por completo la pasión –añadió con cinismo.

Oyó los pasos de Adrien a su espada y percibió su cercanía, pero no se volvió.

–¿No había pasión en tu matrimonio, Selene? –dijo él en voz baja, justo detrás de ella.

Selene prefirió no volverse, aunque decidió ser sincera.

–No precisamente.

–¿Él no te ponía?

–Yo no le ponía a él –dijo ella, arrepintiéndose al momento de tanta sinceridad.

–¿Te dijo que por eso te engañaba?

¿Cuál de los dos tenía ahora telepatía?

–Sí, lo mencionó.

Después de que ella se metiera en su mente y descubriera que su lugar estaba ocupado por otra mujer cuando le hacía el amor. Una mujer que «le ponía».

Las manos de Adrien se posaron en sus hombros, enviando una sucesión de escalofríos por todo su cuerpo.

–¿Alguna vez te hizo el amor en un callejón oscuro a medianoche? –preguntó él, rozándole el brazo con la punta de los dedos.

De no ser por su cercanía y la sensualidad de su voz, Selene habría soltado una carcajada.

–Cielos, no.

–¿Nunca te hizo el amor en el coche aparcado delante de vuestra casa porque no podía esperar a entrar para hacerte suya? –se movió detrás de ella y le pasó un brazo por la cintura, a la vez que le acariciaba la garganta con los dedos–. ¿Nunca reservó un comedor privado en un restaurante y te acarició por debajo de la mesa hasta hacerte desearlo allí mismo?

Selene estaba segura de que Adrien había hecho todas esas cosas, aunque en ese momento no fue capaz de canalizar sus sentimientos.

–Richard no tiene tantos recursos.

–Richard es un imbécil –dijo él, pasándole los nudillos suavemente sobre los pezones erectos que se adivinaban debajo de la tela de algodón.

Selene cerró los ojos y absorbió las placenteras sensaciones, dejando la mente abierta a sus pensamientos y sus fantasías. Sin embargo, no vio nada más que una luz blanca, y no escuchó más que la lírica cadencia de su voz mientras él continuaba hablando.

–Todos tenemos la capacidad de alcanzar una intensidad sexual increíble –Adrien le deslizó el tirante de la camiseta y le rozó la curva del cuello con los labios antes de acariciarle el lóbulo de la oreja con la boca–. Sólo hay que estar abierto a las posibilidades.

Bajó la palma de la mano al seno y suavemente acarició el pezón con la punta del dedo. Entonces ella abrió los ojos para mirarlo.

–Ésta es sólo una zona erógena, Selene –le dijo–. Pero el cuerpo tiene muchas más. Sin embargo, esta ligera caricia te ha excitado, ¿verdad?

Selene apenas pudo asentir con la cabeza, incapaz de hablar, y menos aún cuando Adrien le deslizó la mano hasta la cintura y jugueteó con el botón de los pantalones.

–Ahora quieres que te acaricie por todo el cuerpo –continuó él–. Quieres que te quite la ropa y vea lo excitada que estás.

Sí, eso era lo que deseaba, pero en lugar de hacerlo, Adrien le dio media vuelta y le colocó de nuevo los tirantes en su sitio.

–Pero aquí no. Al menos ahora no. Esta noche.

Selene se abrazó por la cintura, tratando de calmar el ardor que la quemaba de la cabeza a los pies.

–No sé si es lo que quiero –murmuró.

Él inclinó la cabeza y estudió su cara.

–Lo deseas tanto como yo –le recogió un mechón de pelo detrás de la oreja–. Pero te daré tiempo para pensarlo. Piensa en cómo será.

No hizo más que trazar una línea con el dedo por la garganta hasta el escote y ascender de nuevo hasta la mandíbula, pero fue suficiente para que Selene perdiera totalmente la razón. Le pasó una mano por la nuca y lo atrajo hacia ella para besarlo. Él la dejó hacer, hasta que la intensidad de la caricia lo llevó a pegar el cuerpo femenino contra él, en máximo contacto con su erección. Selene deslizó las manos bajo la camiseta y acarició la suave y cálida piel de la espalda con las palmas.

De repente, Adrien interrumpió el beso y se apartó de ella. Se pasó una mano por el pelo y entrelazó los dedos.

–Tenemos que irnos. Antes de que cambie de idea y te tome aquí mismo de pie.

–Eso es seguramente una buena idea –balbuceó ella, tirando de la camiseta.

–¿Qué te tome aquí mismo de pie?

Oh, sí, desde luego.

–Volver a casa antes de que hagamos algo de lo que podamos arrepentirnos.

–Te prometo, Selene, que cuando haya terminado contigo no te arrepentirás de nada.

Con eso, se dirigió hacia la puerta y salió.

En el trayecto de vuelta no la llevó en brazos, pero tuvo el detalle de tomarla de la mano e ir el primero para impedir que se hiciera daño con los arbustos y la maleza. Cuando llegaron a la puerta de atrás de la mansión, le alzó la barbilla y la besó brevemente.

–Quiero una hora de tu tiempo, Selene. Esta noche. Cuado terminemos conocerás tu cuerpo como jamás soñaste llegar a conocerlo. También sabrás que la falta de pasión en tu matrimonio no era por tu culpa.

Después desapareció en el interior de la casa, dejándola totalmente perpleja y sin saber qué decisión tomar. Por fin, decidió seguir los consejos de su hermana.

–¿Me has llamado?

Adrien se giró en el sillón del ordenador y encontró a Ellen delante del escritorio.

–Sí. He hablado con tu hermano y te espera esta noche. Le he dicho que vas a pasar unos días en su casa –le anunció sin darle opción a protestar–. Un coche te llevará al aeropuerto, y allí te espera el avión. Puedes irte después de cenar.

–Pero...

–Sin peros, Ellen. Hace tiempo que no ves a tu familia, así que quiero que te tomes una semana de descanso y no te preocupes por dejarme aquí solo.

Ellen lo miró entre sarcástica y divertida.

–No estarás solo. Está Selene –le recordó ella innecesariamente.

–Correcto –dijo él lacónicamente.

–Entonces supongo que os entendéis bien.

Demasiado bien, y él pensaba llegar a entenderla mucho mejor aquella noche y las noches sucesivas.

–Sé lo que estás tramando –dijo Ellen, llevándose las manos a las caderas–. Vas a utilizar tu encanto para seducirla y después ahuyentarla.

–Eso es asunto mío. No te preocupes por eso.

–Me preocupa, Adrien. Selene es una buena mujer, y si no tienes cuidado será otra de tus víctimas.

Adrien se dio cuenta de que Ellen se arrepintió del comentario en cuanto salió de su boca.

–No le obligaré a hacer nada que no quiera.

–No tienes que obligarla –dijo Ellen–. Sólo tienes que mirarla para que haga todo lo que tú le pidas. Es vulnerable.

–Es más dura de lo que crees.

Más de lo que él había pensado al principio, y eso le gustaba.

–Ve a hacer las maletas. Y no vuelvas al menos en una semana. O mejor dos.

Ellen alzó las manos en ademán de rendición.

–Bien –accedió por fin, consciente de que de nada le serviría plantar batalla.

Además, tenía muchas ganas de ver a sus sobrinos. Hacía tiempo que no los visitaba y seguramente ya no la reconocerían, pensó mientras se dirigía a su habitación.

Ahora el plan estaba en marcha. Adrien sólo tenía que preparar el escenario, empezando con la cena. Y después de la cena, pensaba tener a Selene totalmente ocupada durante una hora, o más.

Capítulo Cinco

A Selene le extrañó encontrar la mesa preparada en el comedor formal, y no en el de la cocina, pero la sorpresa fue mayúscula al ver a Adrien sentado en un extremo de la mesa rectangular, con una inmaculada camisa blanca. La primera vez que se presentaba a cenar.

Cuando Selene observó que sólo había dos cubiertos, preguntó:

—¿No cena Ellen con nosotros?

—Ya ha cenado —le informó él—. Se está preparando para salir de viaje.

Una sorpresa más entre varias, que a Selene no le hizo demasiada gracia.

—¿Dónde va?

—¿Por qué no se lo preguntas tú misma?

Selene encontró a Ellen en la cocina metiendo unos recipientes de plástico en la nevera.

—No sabía que se iba —dijo Selene.

—Voy a Shreveport a ver a mi hermano y a mis sobrinos. Sólo estaré fuera una semana o dos.

¿Una semana o dos? Selene hizo un esfuerzo para no retorcer las manos a causa de un nerviosismo que no podía controlar.

—He dejado comidas preparadas en la nevera. Sólo tiene que calentarlas. Y asegúrese de que come —añadió, refiriéndose a Adrien—. Ha adelgazado mucho. Está muy flaco.

Era cierto que Adrien estaba delgado, pero nadie podía acusarle de flaco. Selene lo había visto desnudo y sabía que tenía un cuerpo perfecto.

—Lo intentaré, pero no creo que me haga mucho caso.

—Sólo le pido que lo intente —dijo Ellen, dándole una palmadita en la muñeca—. Acompáñeme a la puerta, por favor.

Cruzaron el comedor, donde Adrien seguía sentado, y después salieron al vestíbulo. En la puerta principal, Ellen se volvió a mirar a Selene con preocupación.

—Recuerde lo que le dije. Manténgase firme con Adrien y no se deje manipular por él.

—No se preocupe por eso, nunca hago nada que no quiero.

Al menos era la decisión que había tomado para su nueva vida.

—Y no debe preocuparse. Adrien nunca le haría daño.

—Eso es tranquilizador.

Ellen desvió la mirada.

—¿Qué es lo que no me está contando, Ellen?

—Adrien es un hombre muy persuasivo, pero nadie conoce al verdadero hombre que hay detrás de esa fachada de hierro. Proteja su corazón.

—Créame, Ellen —dijo Selene con una carcajada que no tenía nada de divertida—, enamorarme es lo último que deseo. Digamos que en ese terreno estoy curada de espanto.

—Enamorarse no es siempre negativo —le aseguró la mujer, y la estudió pensativa durante un momento antes de continuar—: Pero ahora que lo pienso, usted podría ser.

—¿Podría ser qué?

–La mujer que le salve de su aislamiento y su soledad. La mujer que le salve de sí mismo.

Tras un breve abrazo, Ellen salió por la puerta dejando a Selene con unas afirmaciones que necesitaba analizar.

Desde el principio Selene reconoció que ella sólo sería para Adrien una conquista más, pero al pensarlo mejor se dijo que ella también podía conquistarlo a él. Aquélla era su oportunidad de vivir la aventura de su vida, la ocasión de explorar todas las posibilidades que la pasión y el sexo ofrecían con él, empezando desde esa misma noche. Quería saberlo de primera mano. Quería saber cómo era tener a un hombre totalmente entregado a satisfacer todos sus deseos y necesidades, como sabía que Adrien haría.

Con energías renovadas volvió al comedor y se sentó frente a Adrien, que todavía no había empezado a cenar.

–¿Has tenido una agradable conversación de despedida con Ellen? –preguntó burlón él.

–No ha sido una conversación exactamente –dijo Selene–. Le he dicho que lo pase bien y ella me ha dicho que te obligue a comer –desdobló la servilleta y se la puso en el regazo–. Así que come, no quiero que me despida si vuelve y te ve en los huesos.

–No estaré en los huesos. De hecho, en los últimos días he notado un notable aumento de mis apetitos.

Selene se concentró en comer, sin querer pensar demasiado en que los suyos también habían aumentado considerablemente. Y no precisamente de comida.

Cuando terminaron de comer, Adrien se levantó y recogió los dos platos, el suyo vacío, el de Ellen apenas sin tocar.

–Vuelvo ahora mismo. No te muevas.

Poco después regresó con una botella abierta de vino tinto. Se acercó a ella, sirvió las copas que traía y le dejó una delante.

–No suelo beber, pero supongo que una copa me sentará bien –dijo ella.

O dos o tres, pensó nerviosa, aunque no necesitaba emborracharse para disfrutar de las atenciones de Adrien. Él era bastante embriagador

Para su sorpresa, Adrien volvió a sentarse en el extremo opuesto de la mesa y bebió un largo trago de vino antes de preguntar:

–¿Cómo eras de niña?

Selene no lo esperaba en absoluto.

–Supongo que era una niña seria. Buena estudiante, bastante introvertida.

Y diferente, algo de lo que se dio cuenta siendo muy joven, gracias al «don».

–Interesante. Te imaginaba más bien como una joven alocada.

–No –rió Selene, pensando que ella nunca había salido del cascarón–. Ésa era mi hermana. Un auténtico demonio y un continuo quebradero de cabeza para mis padres. A ella había que mantenerla a raya –recordó.

El comentario pareció despertar el interés de Adrien.

–¿Te llevas bien con ella?

–Como uña y carne. Está en Georgia, a punto de dar a luz a su primer hijo. ¿Y tú, tienes hermanos?

Adrien apuró la copa de vino y la dejó sobre la mesa con más fuerza de la necesaria.

–No.

A juzgar por la expresión de su cara, Selene pensó que le resultaba un tema doloroso y cambió de conversación.

–¿Cómo eras de niño?

–Un torbellino –dijo él con una traviesa sonrisa.

–¿Por qué será que no me sorprende?

Adrien trazó el borde de la copa con el dedo.

–No fui un gran estudiante, aunque conseguí sacar el Master en Administración de Empresas de la Universidad de Notre Dame.

–Yo me licencié en la Universidad de Georgia, pero no continué con los estudios de posgrado, aunque quería. Cometí el error de casarme –dijo con gesto de resignación al recordarlo.

–Con Richard el imbécil.

–Sí, con Richard el imbécil –repitió ella, haciendo girar la copa y mirando el remolino que formaba el líquido burdeos en su interior.

Oyó el ruido de una silla al arrastrarse por el suelo y después los pasos sobre él. A su lado, Adrien la apartó de la mesa y la volvió en la silla hacia él. Después colocó otra silla delante de ella y se sentó.

–Me gusta la ropa que llevas –dijo, apoyando las manos en los muslos femeninos.

–Gracias.

Selene había elegido la blusa de seda roja sin mangas y la falda negra a medio muslo para él.

Él subió los dedos por la piel desnuda hasta el dobladillo.

–¿Has pensado en lo que te he propuesto antes?

–No he pensado en otra cosa –reconoció ella, incapaz de fingir lo contrario.

–¿Y?

–Necesito pensarlo un poco más –dijo ella, incapaz de pensar con las manos masculinas en su piel–. Lo haré mientras recojo la cocina.

–La cocina puede esperar.

–Necesito hacer algo mientras pienso.

Él esbozó una sonrisa como si tuviera una sugerencia más interesante sobre en qué podía ocuparse mientras lo pensaba.

–Deja las puertas de la terraza de tu dormitorio abiertas. Yo iré a tu habitación –dijo él.

Le rozó los labios con los suyos y se incorporó.

–En ese caso, te veo luego, supongo –dijo ella, aceptando sin titubear.

Era evidente que no necesitaba pensarlo mucho.

–No te desvistas. Quédate con esa ropa.

–¿Algo más?

–De momento no.

Veinte minutos después, Selene entraba en el dormitorio en penumbra, buscaba a tientas la lámpara de la cómoda y la encendía. Se quitó las sandalias, y descalza fue a abrir las puertas de la terraza, a sabiendas de que lo que iba a hacer era arriesgado, pero un riesgo que quería correr.

Abrió las ventanas de par en par, dejando que entrara la brisa caliente y húmeda de la noche. Sin saber qué hacer, apagó la luz, y se sentó en el sillón orejero a esperar.

Y esperó.

Y cuando creyó que Adrien había decidido cambiar de opinión, éste apareció en las puertas abiertas y entró en la habitación como un ser etéreo.

Sorprendiéndola, fue hasta la cómoda y encendió la misma lámpara que ella había apagado poco antes. No siempre prefería la oscuridad. Todavía llevaba los pantalones, pero se había quitado la camisa, y Selene lo vio acariciar con la mano el medallón de oro que colgaba de su cuello. Después se pasó lentamente la palma por el pecho y el vientre. Por un momento, Selene pensó que iba a quitarse los pantalones, pero en lugar de eso fue hacia ella.

—Creía que no vendrías —dijo ella, tratando de mantener una actitud relajada a pesar de los acelerados latidos de su corazón.

Adrien apoyó ambas manos en los brazos del sillón y se inclinó hacia ella.

—Siempre cumplo mis promesas —dijo, y sujetándola de una mano la hizo levantarse y la pegó a él.

Selene apoyó las palmas en su pecho, con intención de explorar, pero él le sujetó las muñecas y dejó los brazos colgando a los costados.

—Yo lo haré todo —dijo él, en tono profundamente grave.

—¿Significa que me quieres sumisa?

—Sí.

Nada nuevo en eso. Era la misma actitud que había tenido con Richard, aunque en su caso no le había interesado lo bastante como para participar activamente.

—Normalmente prefiero lo no convencional, pero me temo que esta noche tendré que hacer algunas concesiones.

Ella sentía una gran curiosidad, junto con cierto nerviosismo, ante las posibilidades.

—¿Qué consideras no convencional?

—Cualquier lugar menos la cama —dijo él—. Pero cuando haya empezado, quizá no tengas fuerzas para mantenerte de pie.

No hacía falta esperar tanto, pensó ella. Ya casi se le doblaban las rodillas sólo de imaginar lo que se avecinaba.

Adrien le volvió las palmas de la mano hacia arriba y besó cada muñeca sin dejar de mirarla a los ojos.

–Tranquilízate –dijo él, como si adivinara su preocupación–. De ti depende decirme que pare o siga –se llevó la mano femenina a la mandíbula y se la acarició con los nudillos–. Aunque me pedirás más que siga que me detenga. Sí más que no –le aseguró.

«Poder absoluto, pensó ella».

–Primero necesito que te relajes –dijo, tomándola de la mano y llevándola a las puertas abiertas. Allí se colocó detrás de ella–. Las marismas hierven de vida por la noche. Los animales, al contrario que los humanos, no luchan contra la fuerza de la naturaleza. Sólo siguen sus impulsos naturales.

Adrien la besó castamente antes de apartarse, pero ella le buscó la boca. Él se apartó dos veces más, y las dos veces ella lo buscó. Por fin, él intensificó el beso y exploró su boca con la lengua.

Tan absorta estaba en el placer, que no se dio cuenta de que Adrien le había desabrochado la blusa hasta que sintió la brisa de la noche en el torso casi desnudo.

–¿Estás relajada?

–Más o menos.

–Bien.

Cuando él rodeó el pezón a través del fino encaje del sujetador, Selene sintió que su cuerpo estaba a punto de licuarse, y casi no se atrevió a imaginar su reacción cuando él finalmente la acariciara sin ningún obstáculo.

Adrien deslizó la mano por el abdomen y la cintura, como había hecho antes en la cabaña.

–¿Paro o sigo? –en el momento en que ella ti-

67

tubeó ligeramente, él le dijo–: No pienses demasiado, Selene. Escucha a tu cuerpo, no a tu mente.

–Sigue –dijo con la respiración entrecortada, que se detuvo por completo cuando Adrien le levantó la falda y apoyó la palma de la mano por encima de la braga, presionando ligeramente–. Sin duda necesitamos una cama –dijo al sentir el ligero desfallecimiento de Selene.

La llevó de nuevo a la cama y la sentó al borde del colchón. Después abrió las ventanas que flanqueaban las puertas de la terraza y puso en marcha el ventilador del techo. Por fin volvió junto a la cama.

–Quítate la blusa y el sujetador –le ordenó.

Selene se quitó la blusa, pero cuando intentó desabrochar el sujetador, le temblaban las manos y fue incapaz. Adrien se arrodilló delante de ella, le retiró las manos y suavemente soltó el broche de la prenda, poniendo de manifiesto que no era la primera vez que lo hacía. Cuando se inclinó hacia ella y le acarició el pezón con la punta de la lengua, Selene experimentó una intensa ráfaga de placer y sintió una cálida humedad entre las piernas.

Adrien se levantó, la puso en pie, y después de quitarle la falda, apartó la colcha de la cama.

–Túmbate boca arriba.

–¿Y tú? –preguntó ella, que ya estaba prácticamente desnuda y vio que él continuaba vestido–. ¿No te vas a desnudar?

–Ahora lo importante eres tú.

Era la primera vez en su vida que le ocurría algo así, y Selene decidió no discutir, aunque en cierto modo la decepcionó. Claro que la decepción no duró mucho rato.

Después de mirarla durante un largo momento de pie junto a la cama, Adrien se sentó a su lado y apoyó las palmas de las manos a ambos lados del cuerpo femenino.

–Quiero que me mires cuando te acaricio –dijo él.

–Yo quiero cerrar los ojos para concentrarme.

Era cierto, aunque sólo parcialmente. Selene quería mantener la distancia emocional y tratar la situación como una experiencia visceral.

–Si te sientes incómoda, de acuerdo –dijo él–. Al menos por ahora.

Selene cerró los ojos cuando él la besó de nuevo, y cuando le tomó el pezón en la boca, absorbió las sensaciones, saboreando cada caricia de la lengua y de los labios. Entonces ocurrió algo inesperado y fascinante: además de sentir lo que Adrien le hacía, podía verlo a través de la mística canalización de sus mentes, ahora conectadas. Vio las manos descender por su cuerpo a la vez que sentía el roce de las palmas endurecidas. También vio y sintió la línea que él trazó desde su pelvis a la cadera antes de doblarle las rodillas.

Durante una eternidad la acarició con manos delicadas, de los brazos a los pies, sin dejar un centímetro de piel sin tocar. Después de otro beso, usó la lengua y los labios para seguir el sendero que había recorrido con las manos, y cada punto explorado se sensibilizaba hasta extremos que ella nunca había imaginado.

Cuando él succionó un trozo de piel entre los muslos, Selene se sintió al borde mismo del orgasmo, y cuando él arrugó la cinta elástica de las bragas notó otra oleada caliente y húmeda de placer entre las piernas.

Pero en lugar de bajarle las bragas, Adrien se detuvo y le susurró:

—Aguanta todo lo que puedas antes de alcanzar el orgasmo.

Selene abrió los ojos y lo miró a la cara.

—No creo que pueda.

—En ese caso —dijo él—, me veré obligado a provocarte otro.

Aquello tenía que ser un sueño. Selene nunca había conocido a ningún hombre tan empeñado en darle placer.

Adrien deslizó la prenda de encaje por las piernas y se la quitó. Selene volvió a cerrar los ojos y vio lo mismo que él cuando le separó las piernas. Ahora estaba totalmente expuesta a él y más vulnerable que nunca, pero cualquier preocupación se desvaneció cuando él separó la carne, la recorrió con la punta de un dedo y después dos, acariciándola por dentro y por fuera.

Selene sabía que no iba a poder aguantar mucho más, y las primeras contracciones la hicieron agarrarse con fuerza a las sábanas. Apretó los dientes y trató de mantener el control, pero el orgasmo se apoderó de ella y sacudió todo su cuerpo. Echó la cabeza hacia atrás y notó un gemido a punto de escapar de su garganta, pero Adrien absorbió el sonido cerrándole la boca con la suya.

Cuando él interrumpió el beso, Selene abrió los ojos y lo encontró mirándola.

—Ahora estoy relajada —dijo ella, poniéndose el brazo sobre la frente empapada en sudor.

Él soltó una risa grave.

—Eres casi demasiado apasionada —murmuró él—. Pero voy a hacértelo otra vez.

—Adrien, no...

«No podré soportarlo».

Pero Adrien ya estaba acariciándola tan ardientemente como antes.

—Quiero acariciarte con la boca –dijo, deslizando un dedo en su interior–, pero lo dejaré para cuando estés preparada.

Si la acariciaba con la boca, Selene estaba segura de que se disolvería en el colchón.

En cuestión de momentos, la tenía de nuevo al borde mismo del placer, lista para estallar de nuevo.

—Voy a hacerte gritar –dijo él.

Cuando alcanzó el orgasmo, Selene no gritó precisamente, sino que dejó escapar un gruñido largo y casi lastimero que ella apenas podía creer que pudiera surgir de su garganta. Jadeando y tratando de recuperar el aliento, Selene sintió los brazos de Adrien rodeándola y, mientras, sus labios la calmaban con besos tiernos en las mejillas y en los labios.

—¿Dónde has aprendido a hacer eso? –preguntó ella por fin.

Adrien le apartó un mechón de pelo de la frente y la besó.

—He estudiado sexo tántrico. Desde entonces he hecho algunas modificaciones y he practicado.

—Con muchas personas –sugirió ella, sintiendo una inesperada punzada de celos.

—No, sólo unas pocas elegidas.

Eso en parte la alivió.

—¿Debo sentirme halagada?

—Sí, soy muy selectivo. Y siempre empiezo con el propósito de dar placer a la mujer. Contigo sólo he arañado la superficie.

—No sé cuánto más puedo soportar.

—Claro que puedes –dijo él, incorporándose y apoyándose en un codo mientras con la otra mano le acariciaba el pecho–. Pero ahora necesitas dormir.

Selene se quedó con la boca abierta cuando Adrien se levantó y se dirigió hacia la puerta.

–Un momento. ¿Esto es todo?

Él se volvió a mirarla.

–¿No ha sido suficiente?

–Bueno, creía que íbamos a... –no sabía muy bien cómo decirlo.

Él se apoyó de espaldas contra la puerta.

–Cualquiera puede montarse y terminar en unos minutos, Selene. Pero no todo el mundo se toma el tiempo necesario para conocer el cuerpo de su amante. Yo quiero conocer el tuyo antes de penetrarte. Y sólo acabó de empezar.

Después salió de la habitación y cerró la puerta.

Adrien Morrell era un sibarita del sexo empeñado en demostrarle lo genial que era. Y ella continuaría prestándose gustosa a ello, siempre y cuando él terminara por entregarse por completo también a ella.

Capítulo Seis

Selene se despertó a la mañana siguiente todavía inquieta, aunque había dormido profundamente gracias a las atenciones de Adrien. No recordaba cuándo fue la última vez que se sintió tan relajada, a pesar de no haber tenido todo lo que deseaba. Con suerte eso se incluiría en la siguiente fase. Entretanto, tenía trabajo.

Fue por todas las habitaciones de la primera planta haciendo inventario de los muebles, anotando ideas y esbozando algunos bocetos. Por la tarde ya se había dado cuenta del trabajo que representaba no sólo rehabilitar la mansión, sino también restaurar todos los muebles y modernizar la cocina.

Tenía que ir a la ciudad, pero antes de hacerlo necesitaba ver a Adrien, por lo que fue a su despacho y llamó a la puerta con los nudillos.

–Adelante –dijo él desde dentro.

Selene abrió la puerta y lo encontró de pie, de espaldas a ella, mirando por la ventana y sujetando la cortina con una mano. Llevaba la camisa remangada y Selene hubiera jurado que eran los mismos pantalones que la noche anterior. ¿Había dormido vestido? ¿O no había dormido en toda la noche?

–Voy a la ciudad, si te parece bien.

Adrien soltó la cortina y se volvió hacia ella.

Llevaba la camisa totalmente arrugada y desabrochaba.

–No necesitas pedirme permiso para salir –le dijo él.

«Quería verte», pensó ella.

–He pensado que podrías necesitarme antes para algo –dijo en voz alta, mirándolo a la cara.

–Así es –respondió él con una mirada sugerente que insinuaba perfectamente para qué la necesitaba–, pero podemos dejarlo para más tarde –rodeó la mesa y se apoyó en ella–. A menos que lo estés reconsiderando después de lo de anoche.

Selene bajó los ojos y rebuscó en su bolso las llaves del coche, sin éxito.

–Dejo todas las opciones abiertas –dijo sin mirarlo–. ¿Quieres que compre algo?

–¿Necesitamos preservativos?

Por fin encontró el llavero del coche. Sujetó las llaves con fuerza y se ruborizó.

–Si te preocupa un embarazo, tomo la píldora, pero debemos considerar otras cosas.

–He cometido bastantes errores en mi vida, Selene. Pero en lo referente al sexo siempre he tenido cuidado. Créeme, no tengo ninguna enfermedad venérea ni de ningún otro tipo, eso no debe preocuparte. Jamás te haría una cosa así –añadió.

–Lo mismo digo –dijo ella, que pasó varios meses después de echar a Richard de su vida asegurándose de que su ex marido sólo le había dejado un montón de amargos recuerdos y ninguna enfermedad.

–Bien –dijo él–. Cuando te haga el amor no quiero nada entre nosotros.

–Me alegra saber que piensas hacerme el amor algún día, con suerte antes de que sea demasiado vieja para que me importe.

¿De dónde demonios había salido eso? Por lo visto de una zona de su cerebro recientemente descubierta, conocida como «centro sexual».

—Eres muy impaciente, ¿verdad? —dijo él, esbozando una sonrisa.

Ahora sí. Estaba impaciente por él.

—Será mejor que me vaya para volver antes de que oscurezca.

Adrien se acercó a ella y trazó la línea de la mandíbula con el dedo.

—Quieres volver para tener más de lo que tuviste anoche.

Muy cierto, se dijo Selene. Pero no pensaba darle la satisfacción de reconocerlo.

—Estaba pensando en la cena.

Adrien le sujetó por uno de los aros del cinturón y la pegó a él.

—Y un cuerno. Estás pensando en el sexo, en mis caricias. Si quisiera, me dejarías tomarte aquí mismo sobre la mesa.

Selene tuvo una imagen muy detallada de la posibilidad, gracias a la imaginación de Adrien. Lo miró y frunció el ceño.

—Creo que esperaré.

—Bien, porque no tengo intención de hacerte el amor por primera vez encima de una mesa.

Con tal de que se lo hiciera, el sitio era lo que menos le importaba, pensó Selene. Le puso la palma de la mano en la mandíbula.

—Hazme un favor y aféitate.

Él se llevó la mano femenina a los labios y le acarició la palma con la lengua antes de presionarla contra su pecho.

—Lo haré. No quiero dejarte marcas.

—Tengo una boca muy sensible.

La sonrisa masculina fue más que pícara.

–No me refería a la boca.

Selene retrocedió y se arregló la camiseta.

–Me voy.

Él le hizo una señal con el dedo doblado.

–Todavía no.

Selene sabía exactamente qué era lo que quería, algo que ella también quería. Un beso de despedida, un preludio de lo que le tenía reservado para aquella noche. Se metió entre sus brazos y le ofreció la boca, pero él, en lugar de besarla, le pegó los labios al oído.

–Si crees que ahora tienes ganas, espera hasta esta noche. Disfrutarás como no has disfrutado jamás.

Sólo entonces le tomó los labios y la acarició con la lengua, enloqueciéndola por completo.

Selene quería disfrutar como él prometía, más allá de todo límite. Y ese deseo la tuvo contando los minutos que faltaban para entrar de nuevo en el sensual y oscuro mundo de Adrien.

Pero a la hora de cenar, Adrien no apareció. De hecho, Selene todavía no lo había visto desde su regreso de St. Edwards. Después de poner una lavadora y limpiar la cocina, fue a su habitación esperando encontrarlo allí, pero el lugar estaba desierto.

Se dio un baño rápido y se preparó para acostarse, vestida con una bata de satén rosa y el pelo húmedo recogido con una toalla. Salió al pasillo y lo primero que vio fue la desagradable estatua del sátiro Giles. Sin pensarlo dos veces, se quitó la toalla de la cabeza y se la echó sobre la cabeza. La toalla quedó sujeta en los cuernos del sátiro, pero no logró cubrir a la mujer casi desnuda entre sus garras.

Después volvió a su habitación vacía y se cepilló

el pelo, haciendo tiempo, pero al ver que Adrien no aparecía, decidió acercarse a su despacho. Allí tampoco estaba.

Por un momento pensó que quizá estuviera merodeando por las marismas como una inquieta criatura nocturna, pero si ése era el caso, no tenía la menor intención de salir a buscarlo.

Cuando volvió a su habitación, Selene miró hacia la estatua del sátiro y vio que ya no llevaba la toalla. Una de dos, o se la había quitado solo, una idea que prefería no considerar, o Adrien había pasado por allí hacía un momento.

Selene decidió echar un vistazo en el dormitorio de Adrien, que tenía la puerta entreabierta. Lo llamó y, al no obtener respuesta, entró. La habitación era mucho más grande que la suya y mucho más fresca, gracias al aparato de aire acondicionado junto a la ventana, y desde luego mucho más lujosa.

Eso no le sorprendió. Después de todo, era el amo de la plantación. En una esquina cerca de las puertas de la terraza había una cama dorada, con el cabecero y los pies tapizados en brocado azul y dorado y una colcha a juego. A la izquierda de las puertas, una *chaise longue* de estilo victoriano tapizada en damasco y dos sillones azules y dorados formaban una zona de lectura iluminada por una lámpara de pie de bronce.

A la derecha de la cama había una puerta, probablemente la del cuarto de baño. Se acercó, pero no oyó ningún ruido y decidió que sólo tenía dos opciones: esperarlo allí con la esperanza de que apareciera, o esperar en su habitación con las puertas de la terraza abiertas como la noche anterior, con la misma esperanza. Claro que también podía continuar explorando la mansión, empezando por la **habitación** cerrada con llave que había enfrente. ¿Se atrevería? Si Adrien estaba allí y ella llamaba a la puerta, bien le invitaría a entrar o le diría que se fuera. También podría ponerse furioso por la intrusión, pero si ése era el caso, no le quedaría más remedio que olvidarlo.

Resuelta a continuar explorando, Selene echó un último vistazo a la habitación y giró en redondo, para darse contra la sólida pared que era el pecho masculino.

Selene se llevó una mano al pecho y retrocedió un par de pasos. Era Adrien, en vaqueros y camiseta, recién afeitado, con el pelo todavía húmedo y los pies descalzos. Y una toalla colgando en la mano. Su toalla.

—¿Has perdido algo? —preguntó él.

De repente Selene se sintió como una tonta.

—Me estaba preguntando dónde la había dejado.

—Creía que habías dejado un rastro para mí —dijo él, deslizando los ojos por su cuerpo.

—La verdad es que me he cansado de ese monstruo mirándome con esa expresión de viejo verde y lo he tapado con la toalla que llevaba en la cabeza.

—Una lástima que no fuera la del cuerpo —susurró él.

A Selene le habría dado igual. Tal y como él la miraba, se sentía totalmente desnuda.

Adrien dio un paso hacia ella.

—¿Querías algo de mí?

Él sabía exactamente lo que quería de él, pero Selene no iba a morder el anzuelo.

—Quería decirte que el contratista viene el lunes por la mañana para hacer un presupuesto de las obras.

—Todavía estamos a viernes.

—Temía que se me olvidara mencionártelo

—Temías que no fuera a verte esta noche.

Selene se encogió de hombros.

—Ya es tarde, así que mejor lo dejamos para otro momento —dijo, decidiendo volver a su dormitorio.

Pero cuando fue a pasar junto a él, Adrien la sujetó por el brazo y la obligó a mirarlo.

—No es tarde para darte lo que necesitas.

—No necesito nada de ti.

Otra mentira.

—Bien. Para darte lo que quieres.

Adrien deslizó la mano por el cuello de la bata y le acarició la piel suave de la garganta con el pulgar.

—La adicción ya ha empezado, no te molestes en negarlo.

Todavía no era una adicta a Adrien, pero podría llegar a serlo. Por eso la situación era tan peligrosa.

—Escucha, que quieras o no continuar con esto me trae sin cuidado.

—De eso nada —dijo él, sujetándola por la cintura y pegándola contra él—. Ahora que sabes lo que te perderías, es difícil pasar sin ello.

—Puedo pasar sin ello perfectamente, muchas gracias.

—¿Estás segura?

Sólo estaba segura de una cosa: con una mirada él provocaba sensaciones en ella que no había despertado nunca ningún hombre.

Sin avisar, él le levantó la tela de la bata y le acarició las nalgas desnudas.

—Para no quererlo, has venido muy preparada.

Selene se estremeció pese a sus esfuerzos por evitarlo.

–Después de bañarme no he tenido la oportunidad de vestirme.

–Lo que no has tenido han sido ganas de hacerlo, querida –dijo él, y desabrochó el cinturón de la bata con un simple tirón. Apartó la tela e hizo un recorrido visual por el cuerpo desnudo femenino, ya excitado–. Sólo falta decidir exactamente qué te voy a hacer y dónde.

Selene se cerró la bata y ató el cinturón por el solo placer de que él lo volviera a desatar.

–No recuerdo haberte dado permiso para hacerme nada.

Adrien señaló la puerta.

–Entonces vete. No te obligaré nada.

Maldito él. Y maldita ella por ser incapaz de resistirse.

–Bueno, dado que no tengo nada mejor que hacer, podemos pasar un rato juntos.

Adrien esbozó una sexy sonrisa.

–Eso me parecía a mí.

La tomó de la mano y la llevó a la *chaise longue*, donde la sentó. Después colocó una silla frente a ella, se quitó la camiseta y la echó hacia atrás. Selene contuvo el aliento mientras él jugueteaba con la bragueta, pero por fin apartó la mano sin bajar la cremallera.

–Puedes quitarte los pantalones, Adrien. No es nada que no haya visto antes.

Adrien estiró las piernas y cruzó las manos sobre los muslos.

–No estés tan segura –se echó hacia delante y la miró a los ojos. El medallón colgaba de su cuello como recordatorio de su fuerza de voluntad–. ¿Has visto alguna vez el cuerpo desnudo de un hombre, Selene? ¿Has estudiado todos sus detalles?

Selene perdió la virginidad en la oscuridad con

un compañero de facultad, y se casó con un hombre que siempre apagaba la luz cuando iba a hacerle el amor.

–Supongo que debo decir que no.

–Entonces aún tienes mucho que aprender –dijo él, poniéndose en pie–. Pero sin prisas –tiró del cinturón de la bata, la abrió y se la deslizó por los hombros–. Tiéndete.

Selene se apoyó en el respaldo inclinado de la *chaise longue* y estiró las piernas cruzadas. Apoyó un codo en el respaldo y se pasó un brazo por la cintura. Se sentía como una reina esperando las atenciones de un caballero andante. Por un momento pensó en lo extraño que era no sentirse cohibida al estar totalmente desnuda ante él, que continuaba contemplándola como un escultor preparándose para dar forma a su obra maestra.

En un arranque de timidez, Selene fue a cruzar los brazos sobre el pecho, pero Adrien la detuvo.

–No se te ocurra taparte.

–Bien –dijo ella, casi sin voz.

–No tienes ni idea de lo bella que eres, ¿verdad? –preguntó.

–Nunca lo he pensado demasiado.

Adrien se acercó un poco más.

–¿Te decía alguna vez lo hermosa que eres?

Selene suspiró.

–No entiendo tu obsesión con mi ex.

–Él es la razón por la que no puedes relajarte.

–Tenía la sensación de que anoche me relajé bastante bien.

–Pero no del todo. Y eso es lo que quiero que hagas. Quiero ser el único hombre en tu mente.

Adrien no tenía ni idea de lo grabado que estaba en la mente de Selene desde la primera vez que lo vio. E incluso antes, desde las extrañas sensaciones del porche.

–Bien. Pero a pesar de lo tentadora que estás, en la *chaise longue* no hay sitio para los dos.

–Siempre está la cama –dijo ella.

–También hay otras alternativas.

Era evidente que Adrien tenía aversión a las camas, pensó Selene. Y a las luces, añadió cuando él apagó la lámpara de pie sumiendo el dormitorio en total oscuridad. Cuando oyó el sonido de la cremallera y el roce de la tela de los vaqueros, Selene dejó de pensar.

–Levántate –ordenó él.

Ella obedeció. Adrien le tomó las manos y las sujetó contra su pecho.

–Ésta es tu oportunidad de aprender todos los detalles y secretos del cuerpo masculino.

–Pero ¿cómo si no puedo verte?

Él se llevó la palma femenina a la cara.

–Después de anoche, creo que deberías saber la respuesta.

Selene conocía la respuesta: utilizando las manos.

Empezó pasando las puntas de los dedos por la mandíbula antes de trazar una línea por los labios masculinos, deteniéndose un momento para acariciarle los labios. Después descendió por la garganta, y utilizó las palmas extendidas para explorar la clavícula antes de bajar por el pecho ligeramente cubierto el vello. Cuando le rozó los pezones, detectó un ligero estremecimiento que la hizo entretenerse allí unos momentos antes de descender por los costados y las costillas.

Dejando lo mejor para el final, Selene se colocó detrás de él y le acarició los hombros, uniendo las manos en medio de la espalda para seguir el recorrido de la columna. La piel masculina estaba húmeda bajo sus manos y la cadencia de su respiración se iba acelerando paulatinamente. Le tomó las nalgas con las palmas y las masajeó ligeramente antes de deslizar los dedos hacia abajo, entre las piernas. Adrien las separó para darle mejor acceso.

Después volvió de nuevo a plantarse delante de él, y continuó por donde lo había dejado, empezando por el abdomen, que se contrajo al sentir la caricia. Le rodeó el ombligo con la punta del dedo y escuchó el repentino jadeo. Sin embargo, Adrien mantuvo los brazos colgando a sus costados, e incluso cuando ella bajó las manos para acariciarle la pelvis.

Pero ahora que había llegado el momento, Selene vaciló. Era ridículo. No era la primera vez que acariciaba a un hombre. ¿Por qué acariciar a Adrien era diferente?

—Hazlo, Selene.

Alentada por sus palabras, Selene no tuvo que hacer mucho para comprobar que estaba excitado. Sin dudarlo, exploró la erección con la punta del dedo antes de envolverla con la mano, y no tuvo que preguntar qué le gustaba ni qué partes eran especialmente sensibles. Sólo tuvo que abrir la mente y entrar en sus pensamientos para conocer su reacción. No tardó en sentir la urgente necesidad masculina y su lucha por mantener el control. Supo que estaba al borde del orgasmo y que iba a detenerla un segundo antes de que él le tomara la muñeca y le alzara la mano hasta el corazón, que le latía desbocadamente.

—Para —jadeó.

Después de tirar de ella hasta el suelo y tumbarla sobre la cómoda alfombra persa, Adrien en-

cendió la luz y ella pudo ver el cuerpo que acababa de acariciar en todo su esplendor.

Adrien se tumbó junto a ella, le colocó una al-
mohada bajo el cuello y le alzó las manos por encima de la cabeza. Unos momentos después, el cuerpo femenino estaba temblando totalmente a su
merced, suplicando más, y cuando él se arrodilló
entre sus piernas abiertas, Selene estaba segura de
no poder aguantar más.

Tras unos momentos acariciándole los senos con
la boca y los labios, Adrien descendió por su cuerpo y antes de alcanzar su destino, alzó la cabeza y
le dijo:

—Mira y no pienses.

Selene sólo pudo mirar cuando él metió la cabeza entre sus piernas y utilizó los labios y la boca
para llevarla al borde de sus fuerzas. Comparado
con la noche anterior, nada podía igualar aquella
incomparable intimidad. Nada. La sensación se intensificó aún más cuando Selene abrió la mente a
él y vio la escena desde la perspectiva masculina,
sabiendo que a la vez que él le daba placer lo recibía también de ella.

Selene sólo pudo permanecer inmóvil y en silencio hasta que él decidió succionar suavemente.
Entonces el orgasmo se apoderó totalmente de ella
y arrancó un profundo gemido de lo más profundo
de su garganta. Pero Adrien no había terminado y
continuó acariciándola hasta que ella estalló en un
segundo orgasmo y en una sucesión incontrolable
de estremecimientos.

Cuando el momento pasó, Selene le clavó las
uñas en los hombros.

—Por favor —suplicó, desesperada.

Adrien ascendió lentamente por su cuerpo, acariciándola despacio mientras ella le recorría la es-

palda con las uñas y movía las caderas, buscándolo. Entonces sintió la súbita tensión, la lucha por el control y la presión de su erección entre las piernas, hasta que la mente masculina quedó totalmente en blanco, como si hubiera levantado una fortaleza mental para bloquearla por completo.

Sin ninguna explicación, Adrien se separó de ella y se levantó. De espaldas a ella, se puso los vaqueros.

—Es suficiente por hoy. Continuaremos mañana.

Selene se dio cuenta de que le ocultaba algo más. Mucho más.

—¿Estás diciendo que no me harás el amor aunque lo desee y te lo pida?

Adrien se volvió hacia ella, recogió la bata de satén rosa que había quedado olvidada en el suelo y se la lanzó.

—Esta noche no.

Selene le miró a la bragueta a la vez que se apretaba la bata.

—¿Eres masoquista o esto es un intento de demostrar tu fuerza de voluntad? —preguntó ella, irritada.

—Soy paciente —respondió él con calma—. Puedo esperar. Además tengo trabajo.

Selene se levantó, y mientras se ponía la bata, recordó la primera noche que él invadió sus pensamientos. Cuando también se negó a sí mismo alcanzar el placer más completo.

—¿De qué tienes miedo, Adrien?

—De nada —dijo él, volviéndose a mirarla.

Selene fue hasta la puerta y se detuvo a su lado.

—Tienes miedo de sentir algo, ¿verdad? De que esto no sea sólo sexo puro y duro entre nosotros —recorrió la cinturilla de los pantalones con el dedo–. No puede ser otra cosa, porque físicamente nada te le impide.

Entonces Selene lo vio en otra sucesión de imágenes en la mente masculina: él llevándola contra la pared, bajándose los pantalones hasta los muslos y penetrándola.

Pero Adrien forzó las imágenes fuera de su mente, le tomó la mano y la apartó a un lado.

–No tengo miedo, Selene. Pero yo diré cuándo y dónde hacemos el amor. No tienes que entender por qué quiero esperar. Sólo tienes que respetarlo.

Selene lo entendía perfectamente. Probablemente la mujer llamada Chloe seguía teniendo una fuerte influencia sobre él, incluso si no quería admitirlo. Pero no se atrevió a pronunciar el nombre porque tendría que explicarle dónde había obtenido la información y no podía decirle que él mismo se la había transmitido, al igual que muchas otras imágenes y pensamientos.

De momento, los dos iban a mantener sus secretos.

–Está bien, vete –dijo, retrocediendo y cerrándose la bata–. Pero recuerda lo que te dije. El poder absoluto no existe. Yo podría ser quien decide cuándo y dónde.

Ella sabía el esfuerzo que él estaba haciendo para no tomarla allí mismo de pie junto a la puerta, pero cuando lo vio rozar con los dedos el medallón que llevaba al cuello, se dio cuenta de que su fuerza de voluntad había ganado. Por lo menos de momento.

Adrien se encerró en la habitación de enfrente, la que siempre estaba cerrada con llave, para no volver con Selene a terminar lo que había empezado. También porque necesitaba recordar los motivos que le impedían establecer una relación más profunda con ella. ¿Y qué mejor lugar que hacerlo que aquella tumba oscura y desolada fuente de todo su dolor? La habitación no era un santuario; en ella no quedaban recuerdos de Chloe, al menos los que mostraban lo que fue, no en qué se había convertido.

Adrien se acercó a la ventana desde donde ella solía mirar con añoranza los jardines y soñar con cosas que habían quedado fuera de su alcance por culpa de él.

Se dejó caer en una silla y, asediado por el dolor físico de su deseo, analizó las palabras de Selene.

Tenía miedos, pero estaban todos justificados. Lo que más temía era que ella fuera la mujer capaz de obligarlo a enfrentarse a su situación, que abriera sus heridas y éstas volvieran a sangrar de nuevo. También reconocía que era una mujer que en circunstancias normales no le interesaría. Pero su relación no tenía nada de normal. Desde el principio se dio cuenta de que Selene era especial, y se sintió atraído por ella desde el primer momento.

También reconocía los riesgos, y eran unos riesgos que no se podía permitir. Al tocarla por primera vez había fijado sin saberlo un rumbo peligroso, y necesitaba cambiarlo pronto. Antes de hacer algo de lo que los dos se arrepintieran.

Capítulo Siete

A la mañana siguiente, Selene necesitaba hacer algo y, tras echar un vistazo a la puerta cerrada del despacho de Adrien, decidió explorar el desván de la tercera planta. Después de la noche anterior, decidió que había sido demasiado accesible, demasiado sumisa, y que había llegado el momento de tomar el control.

Cuando abrió la puerta que conducía al desván, encontró otra angosta escalera apenas iluminada por una bombilla de poca potencia. Al final de las escaleras, abrió una segunda puerta y entró en una zona que se extendía por toda la longitud de la casa. Aunque por las tres ventanas abuhardilladas se filtraban algunos rayos de sol, el desván era un lugar lúgubre, sombrío y abandonado. Su situación de abandono se reflejaba en todo, desde la desgastada madera del suelo a las telarañas que colgaban de las esquinas. En un rincón, cerca de una de las ventanas, una pila amontonada sin ningún orden de trozos de manera rotos y restos de tejidos llamó su atención, y al acercarse descubrió varias sillas y mesas destrozadas, como si alguien las hubiera atacado con un mazo o una sierra en un arranque de rabia. Era evidente que alguien las había utilizado para desahogar su ira.

Sintiendo un escalofrío, Selene se alejó y abrió unas cajas en las que encontró una auténtica mina: varias piezas exquisitas de porcelana y cristal, probablemente de finales del dieciocho o principios del diecinueve, estaban envueltas en tela blanca y en perfecto estado de conservación. Desafortunadamente no encontró ningún diario ni tampoco otros rastros del pasado.

Después de organizar las cajas, Selene bajó del desván y fue a la habitación que según Ellen había sido en el pasado un cuarto de niños. Se detuvo un momento en la puerta del despacho de Adrien y pensó en llamar, pero oyó el sonido apagado de su voz y decidió no interrumpirlo. Seguramente estaba hablando por teléfono.

Acababa de entrar en el cuarto de los niños cuando sonó el teléfono móvil que llevaba en el bolsillo.

—¿Diga?

—Hola, Selene. Soy Abby. ¿Está ocupada?

—En absoluto. De hecho, iba a llamarle. He encontrado algunas piezas de porcelana a las que me gustaría que echara un vistazo.

—Estaré fuera hasta finales de la semana que viene —le dijo la mujer—, pero tráigalas entonces. Yo le llamo porque he encontrado a alguien que puede ayudarle con la historia de la casa.

—¿Quién? —preguntó Selene, sintiéndose más optimista.

—Se llama Jeb Gutherie y vive en una residencia para la tercera edad en Baton Rouge llamada Briar Oaks. No tengo la dirección exacta, pero no creo que sea difícil de encontrar.

—Gracias, Abby. Me ha ayudado mucho —respondió Selene, pensando que si salía enseguida podía estar allí antes de la hora de comer y con un poco de suerte tendría el misterio resuelto en el mismo día.

—De nada. ¿Qué tal va el trabajo?

—Avanzando despacio, pero bien —dijo ella.

—¿Ha visto algún fantasma? —preguntó la mujer, divertida.

Sólo en sueños, especialmente la noche anterior. Había visto la cara de Grace convertirse en la de una desconocida: una mujer de cabellos morenos y rizados e intensos ojos azules. Se despertó dos veces, prácticamente paralizada y empapada en sudor, antes de volver a dormirse y tener más sueños inquietantes que apenas la dejaron descansar.

—No, nada de fantasmas. Sólo el crujir de las casas antiguas —rió Selene.

Después de despedirse de Abby, Selene salió de la casa y corrió hacia el coche sin pasar por el despacho de Adrien. Después de todo, él mismo le había dicho que no necesitaba su permiso para salir, y no pensaba pedírselo. Además, dejarlo preocupado y especulando sobre su paradero podría resultar positivo.

Adrien la observó marchar desde la ventana cerrada de su despacho, preguntándose dónde iría. Quizá de vuelta a Georgia, aunque no llevaba las maletas. Había oído sus pasos en el pasillo y abrió la puerta del despacho a tiempo para verla entrar en el desván. Por supuesto sabía lo que había visto: el producto de su ira. Sin embargo, Selene no tenía forma de saber que él era el responsable de la destrucción. Ni de que él había desahogado su rabia con aquellas valiosas antigüedades; y por supuesto tampoco pensaba decírselo.

No pensaba volver con ella aquella noche. Necesitaba tiempo para decidir hasta dónde iba a llegar antes de poner fin a su relación. Lo más prudente sería poner cierta distancia entre ellos, pero su fuerza de voluntad se enfrentaba a sus deseos, y sólo el tiempo diría si podía mantenerse lejos de ella. O al menos, cuánto tiempo se mantendría lejos de ella.

Porque poco a poco, Selene estaba desgastando sus defensas y su resistencia y si no tenía cuidado, terminaría haciendo algo que no quería hacer.

Una hora después, Selene aparcaba en una residencia de ancianos al norte de Baton Rouge y se acercaba a la recepcionista.

—Bienvenida a Briar Oaks. ¿En qué puedo ayudarla? —preguntó solícita la joven que estaba sentada detrás del mostrador.

—Estoy buscando a Jeb Gutherie.

La joven la miró con suspicacia.

—¿Le está esperando?

—No, pero creo que tiene una información que necesito —dijo. Leyó el nombre de la mujer en la chapa que llevaba en el uniforme—. Tisha, ¿puede decirle que estoy investigando la historia de una plantación en St. Edwards?

—Firme aquí y espere —le dijo la recepcionista, dejando una hoja de papel delante de ella—. Iré a ver si lo encuentro.

Selene anotó su nombre y esperó unos momentos hasta que la joven regresó.

—Le recibirá ahora, pero le advierto que se cansa muy pronto y de vez en cuando se queda dormido —le informó—. Y tiene que estar en el comedor dentro de veinte minutos.

—No lo entretendré tanto rato.

Selene siguió a Tisha por el vestíbulo que daba

a un amplio patio interior con un comedor al aire libre a la derecha y oficinas a la izquierda.

–Ésta es la sala de juegos –dijo Tisha, deteniéndose ante una puerta abierta–. Si tiene que hablar con él en privado, puede utilizar la sala contigua.

Selene se asomó al interior y vio a cuatro hombres de avanzada edad jugando a las cartas.

–¿Cuál de ellos es?

–Él que está frente a la puerta.

–¿El de la pajarita? –preguntó Selene, refiriéndose al hombre que estaba sentado en una silla de ruedas.

El anciano tenía el pelo canoso, la piel color café con leche y la cara llena de arrugas. Llevaba un pulcro traje marrón.

–Sí.

–Gracias.

Selene entró en la sala y se aclaró la garganta.

–¿Señor Gutherie?

El hombre levantó la cabeza de las cartas, y la miró con picardía.

–Mirad, chicos. Tengo una invitada. Muy bonita por cierto.

Todos los ojos se volvieron a mirarla, y después de que el resto de los jugadores la saludaran con cordialidad, el señor Gutherie dijo:

–¿Podéis darnos un poco de intimidad? Continuaremos con la partida después de comer –dijo, hablando con la sofisticación propia del sur de los Estados Unidos y la voz tan clara como un cielo de verano.

Los hombres se retiraron entre saludos y advertencias de que no creyera ni una palabra de lo que le dijera. Después, Selene se acercó a la mesa.

–Gracias por recibirme, señor Gutherie.

–Llámeme Jeb –dijo él, estrechándole la mano–.

Y disculpe que no me levante. Mis piernas no funcionan como desearía, pero no he pedido ni un ápice de la cabeza.

Selene se sentó en una silla vacía a su lado y dejó el bolso en el suelo.

–Estoy buscando información sobre el pasado de la Casa de la Medianoche –empezó.

–Querrá decir la Casa del Sol –dijo el hombre–. O al menos así se llamaba antes.

Una piedra del rompecabezas acababa de encajar en su sitio, lo que satisfizo a Selene de manera especial.

–Sé muy poco de la historia de la plantación –dijo Selene, y explicó su labor en las tareas de restauración de la mansión–. Alguien me ha dicho que usted puede saber algo de los anteriores propietarios, en concreto de una mujer llamada Grace. Hay un retrato suyo en la rotonda.

–Ah, la señorita Grace. Vivió en la casa hace mucho tiempo y murió antes de nacer yo, pero mi abuela hablaba de ella con mucho cariño. Se criaron juntas y continuaron siendo buenas amigas, incluso después de la guerra.

–¿A qué guerra se refiere?

–A la Guerra de Secesión, por supuesto –sonrió el anciano.

Selene trató de ocultar la sorpresa, pero apenas lo consiguió.

–Si no le parece una indiscreción, ¿cuántos años tiene?

–En mayo pasado cumplí cien años –dijo con voz pausada cargada de orgullo–. La señorita Grace era mi tía.

Otra sorpresa más.

–¿Grace y su abuela eran hermanas?

–No. La señorita Grace y mi padre eran hermanastros, hijos del mismo padre, Stanton Gutherie, un cerdo sin corazón. Era el dueño de la plantación contigua a Casa del Sol y se creía el dueño de todo, incluidos sus trabajadores. Mi abuela, Effie, era una de sus esclavas. Se quedó huérfana muy joven y, cuando terminó la guerra, como no tenía dónde ir, se quedó en la plantación de Gutherie. A los quince años el cerdo la dejó embarazada de mi padre.

Selene jamás imaginó descubrir una historia tan inquietante.

—¿Cómo fue Grace a vivir a la plantación?

—Según mi abuela, la señorita Grace era tan buena como su padre era malo. Se enamoró de Zeke Corner, el dueño de Casa del Sol, un hombre a quien Stanton odiaba. Pero ella desafió a su padre y se casó con Zeke contra su voluntad.

Ahora Selene conocía la identidad de Z. del diario.

—¿Su abuela continuó viviendo con Stanton?

—Afortunadamente no. Grace se llevó a Effie y a mi padre a vivir con ella cuando se casó.

Jeb le contó que Grace quedó embarazada dos años después de casarse, pero murió poco antes del nacimiento del niño, que tampoco sobrevivió.

—El señor Zeke enloqueció. Pintó la casa de negro y prohibió a mi abuela recoger el cuarto de niños.

Selene recordó la cuna antigua pero sin usar en un rincón de la habitación.

—El señor Zeke se dio a la bebida y murió totalmente alcoholizado. Mi abuela intentó ayudarlo, pero él no se lo permitió. Cuando murió le dejó la plantación —la expresión del hombre se suavizó con los recuerdos—. De niño pasé muchos veranos en esa casa. De allí tengo mis mejores recuerdos de infancia, sobre todo de la cabaña del árbol que construyó mi padre. No sé si seguirá allí –musitó.

Selene no lo sabía, pero lo averiguaría.

–Y su abuela...

–Murió en una residencia en los años sesenta. La casa fue mía hasta que Giles Morrell la compró en una subasta pública. Me le embargaron por no poder pagar los impuestos retrasados. Desde entonces no he vuelto.

–No creo que quiera verla ahora –dijo Selene–. Está bastante deteriorada, pero espero cambiar eso pronto.

Selene le contó algunos de los planes que tenía para devolver la casa a su esplendor original.

–Le deseo suerte –Jeb le estrechó la mano.

–Muchas gracias, aunque no sé cómo podré agradecerle su ayuda.

El anciano le dio unas palmaditas en la mano.

–Trátela con cariño, señorita Selene. Devuélvale la alegría y la luz de antes.

A Selene sólo le quedaba una pregunta. Y aunque le parecía un poco ridícula, por fin se atrevió a plantearla.

–¿Habló alguna vez su abuela de fantasmas?

Jeb soltó una risita.

–Effie juraba que hablaba con Zeke después de su muerte, hasta que le dijo que fuera a la luz y buscara a la señorita Grace y a su hijo. Por lo visto después de eso ya no volvió a verlo. A mucha gente le parece una tontería, pero yo la creí.

Que Zeke aceptara la llamada de la gloria era una buena noticia. Selene ya tenía un hombre herido con quien batallar, y no deseaba tener que enfrentarse a otro, y mucho menos un fantasma.

–A mí no me parece una tontería –le aseguró

Selene, que empezaba a sentir una extraña afinidad con aquel hombre.

–La mayoría de la gente no cree en la capacidad de hablar con los muertos.

–Supongo que yo no soy la mayoría de la gente –sonrió ella.

–Pero también tiene esa capacidad –afirmó Jeb, sorprendiéndola todavía más.

–Yo... –¿cómo podía responder sin mentirle?–. No hablo con fantasmas. Digamos que tengo una gran intuición.

El hombre le apretó la mano.

–Señorita Selene, he pasado mi vida como antropólogo cultural viajando por todo el mundo. He visto cosas que no se pueden explicar, cosas aterradoras, y otras maravillosas. También supe lo cruel que puede ser la gente cuando aprendí el significado de palabras como «bastardo» y «negro», pero también aprendí que lo que nos hace diferentes también nos hace únicos, y debemos sentirnos orgullosos de esas diferencias.

Selene bajó la mirada a sus manos unidas.

–Pero es difícil ser diferente –dijo en voz baja.

El anciano le alzó la barbilla con un dedo.

–Algún día encontrará a alguien que la entienda y la acepte. Un hombre, creo. Si no lo ha encontrado ya.

Tisha asomó la cabeza por la puerta, y dijo:

–Es la hora de comer, señor Gutherie.

Selene se levantó.

–En cuanto la plantación esté restaurada, me encantará invitarlo a pasar un par de días si quiere. Será un placer venir a recogerlo.

–No tarde mucho –dijo el hombre–. No sea que para entonces me encuentre a dos metros bajo tierra.

—Me temo que aún le queda una larga temporada entre nosotros —rió ella.

Una vez más el hombre se puso serio.

—Señorita Selene, he enterrado a dos esposas y a dos hijos. Estoy preparado para irme cuando el señor me llame a su lado. Pero volver a ver la Casa del Sol me daría una razón para quedarme un poco más por aquí, así que le diré a San Pedro que tendrá que esperar hasta entonces.

Sintiendo un inexplicable afecto por aquel hombre tan sorprendente, Selene le dio un abrazo.

—Hágalo, por favor —dijo, y fue hacia la puerta.

—Una cosa más, señorita Selene. La vida pasa muy de prisa. Cuando te das cuenta, has visto pasar cien años por delante de tu puerta. Por eso es mejor no ignorar el destino.

—Lo recordaré —dijo Selene, y salió con una sonrisa en los labios.

No lo ignoraría, aunque no tenía idea de cuál era su destino.

—¿Dónde has estado?

Selene dejó las bolsas en la encimera de la cocina, sorprendida al ver que Adrien había salido de su despacho y bajado a la cocina a recibirla. Desde la puerta, él la miraba con gesto entre preocupado e irritado.

—Tenía algunas cosas que hacer —dijo ella, vaciando las bolsas.

—Tenías que haberme dicho que te ibas.

Selene metió dos paquetes de yogures y un zumo de naranja en la nevera y cerró la puerta empujando suavemente con el trasero.

—Me dijiste que no necesitaba tu permiso para dejar la casa.

Adrien miró al reloj.

—Son casi las nueve.

—No sabía que tuviera toque de queda.

—Para haber pasado el día de compras, no has comprado mucho —observó él sin responder a su comentario, mirando las dos bolsas de la encimera.

—No sólo he ido de compras. He ido a ver al anterior propietario de la casa.

Adrien no pareció sentir demasiada curiosidad.

—¿Cómo lo encontraste?

—Alguien me ayudó. Ha sido muy amable y complaciente.

—¿Quién, el propietario o ese alguien?

Definitivamente estaba celoso, y a Selene le encantó.

—Los dos. El propietario se llama Jeb Gutherie. Ha sido una visita muy agradable.

—¿Dónde has quedado con él?

Selene podía continuar con el juego o reconocer la verdad y terminar de una vez por todas.

—En una residencia de la tercera edad en Baton Rouge. Vive allí.

Si Adrien se sintió aliviado con la información, no lo demostró.

—¿Has pasado casi todo el día con él?

Selene había pasado casi todo el día en una librería tomando un capuchino y leyendo un libro sobre sexo tántrico. También había comprado algo que esperaba fuera útil aquella noche.

—Con él he estado menos de una hora, pero he resuelto el misterio de nuestros amantes. Me ha dicho...

—Ahórrame los detalles —le interrumpió él.

Selene se encogió de hombros.

—Vale —abrió un cajón para guardar el resto de la compra.

–¿Y después no has parado en ningún otro sitio?

El interrogatorio empezaba a resultar tedioso.

–He parado a comer algo. Oh, y después me he metido en un bar de carretera a echar una partida de billar con una panda de ángeles del infierno. Incluso me han hecho un tatuaje en el trasero. Pone «Bombón de Georgia. Cómeme» –se volvió a mirarle con una radiante sonrisa–. ¿Quieres verlo?

–Me alegro de que a ti te parezca divertido, porque a mí no me hace ninguna gracia. Podía haberte pasado cualquier cosa.

–Por favor –dijo ella con cierta exasperación–. Vine conduciendo sola desde Georgia y tardé nueve horas, no los treinta minutos que hay de aquí a Baton Rouge –Selene apoyó un codo en la encimera y lo miró con una sonrisa zalamera en los labios–. ¿Me has echado de menos?

Adrien no respondió, pero ella se acercó a él, le rodeó el cuello con un brazo y le tomó los labios con la boca. Al principio él no reaccionó, pero en cuestión de segundos se convirtió en un participante activo, jugando con la lengua en su boca y acariciándole las nalgas con las manos. Hasta que Selene decidió que ya era suficiente y se separó de él.

–Creo que eso responde a mi pregunta. Me has echado de menos.

Él la contempló en silencio, y ella vio en su mente lo que quería hacerle: subirla sobre la encimera y hacerla suya allí mismo. Pero en lugar de hacerlo, le dio la espalda y dijo:

–Me voy a la cama.

Selene sabía que no era exactamente cierto. Quizá se retirara a su habitación, pero no a dormir. Y si todo iba según sus planes, ella se aseguraría de que de momento no pegara ojo.

Selene subió a su dormitorio y se puso el camisón rojo de satén que había comprado en la ciudad. Al verse en el espejo recordó que había utilizado la misma táctica con Richard sin resultado. Con Adrien tendría que arriesgarse. Aquella tarde había pasado casi dos horas leyendo sobre la filosofía que había detrás del sexo tántrico, y entonces fue cuando se dio cuenta de que a la modificada versión de Adrien le faltaba una cosa: la parte relacionada con la iluminación y la pureza del amor. Para alcanzar ese plano, era necesario abrirse tanto emocional como físicamente. Pero Adrien evitaba las emociones. Y seguía haciéndolo.

Selene estaba segura de que podía convencerlo para que soltara el férreo control que tenía de sus sentimientos y volviera a sentir otra vez.

Quería arriesgarse, pero antes tenía que encontrarlo, y esperaba que para ello no tuviera que buscar por toda la casa.

Cuando oyó el ruido de las puertas de la terraza al abrirse, supo que lo había encontrado. Y ahora quería la oportunidad de hacer su fantasía realidad.

Sentado con la espalda recta en el sillón de mimbre de la terraza, Adrien supo qué quería Selene en cuanto la vio salir a la terraza. Ayudado sólo por la luz de la luna, vio que iba de rojo, el color de la seducción, y distinguió la palidez de su piel contra la oscuridad de la noche y la melena rubia y rizada caerle sobre los hombros como un aura. Parecía un ángel, un ángel decidida a seducirlo y apoderarse de su voluntad.

Desde que descubrió los placeres del sexo siendo muy joven nunca había rechazado la oportunidad de hacer el amor con una mujer que le gustara, ni se había negado a sí mismo durante un periodo de tiempo tan largo el placer de unir su cuerpo al de una mujer. Pero nunca había conocido a una mujer como Selene. Admiraba su inteligencia y su cuerpo, apreciaba su fuerza y respetaba su determinación, excepto en aquel momento.

Tal y como temía, Selene quería ponerlo a prueba y quitarle la protección emocional que había erigido a su alrededor. Eso era lo que había hecho desde su regreso de Baton Rouge, y él había fracasado estrepitosamente. No era asunto suyo dónde o con quién estuviera, pero le importaba, y mucho. Eso podía ser fatídico para los dos.

Selene se acercó a él con pasos lentos y gráciles, y él se agarró con las manos al sillón como si eso pudiera librarle de la repentina emboscada.

«No me hagas esto, Selene»

–Quiero hacerlo, Adrien –dijo ella como si hubiera hablado en voz alta–. Tengo que hacerlo.

Se inclinó hacia delante y le pasó las palmas abiertas por el pecho y el abdomen, acariciándolo despacio.

–Esta noche no lo necesitas –susurró ella, quitándole el medallón del cuello, en un gesto simbólico que indicaba que también le estaba quitando su férreo autocontrol.

Adrien no protestó cuando le desabrochó el pantalón y le bajó la cremallera. De sus labios no escapó ni un gemido cuando le bajó los pantalones y los calzoncillos, ni cuando ella se incorporó para mirarlo y lo vio endurecerse visiblemente ante sus ojos.

Y cuando ella se arrodilló ante él y bajó la cabeza, Adrien supo que lo que iba a ocurrir estaba totalmente fuera de sus manos.

Selene lo exploró con la lengua desde la punta a la base antes de introducirlo completamente en el calor de su boca, y entonces él dejó escapar un largo gemido entre los dientes apretados. Si no la detenía enseguida, no sería capaz de hacerlo.

Selene le ofreció un momento de gracia al ponerse de pie ante él, pero se lo retiró al levantarse el camisón de satén y quitárselo por la cabeza, quedando totalmente desnuda.

Después se sentó a horcajadas sobre él, le acarició el labio inferior con la lengua y le rozó el pecho con los pezones endurecidos.

–Puedes elegir, Adrien. Puedes decirme que te deje en paz, y lo haré, para siempre. O puedes dejar de negarnos lo que los dos deseamos con tanta intensidad y hacerme el amor ahora mismo.

En ese momento, la poca resistencia que le quedaba se hizo añicos y Adrien la besó con fuerza a la vez que le alzaba las caderas con una mano y se guiaba hacia ella con la otra, penetrándola y terminando con meses de un celibato que se había impuesto como castigo por su negligencia. Necesitó hacer un gran esfuerzo para contenerse y no alcanzar el clímax inmediatamente. Sujetó la cintura femenina con las dos manos y siguió los movimientos del cuerpo que se mecía sobre él.

Decidido a llevarla hasta el límite, separó los muslos y de paso separó los de ella, entrando mucho más en su cuerpo. Cuando interrumpió el beso y alzó ligeramente las caderas, vio la transformación en el rostro de Selene, de dama de alta cuna a mujer totalmente desinhibida. Sin dejar de mirarlo a los ojos, Selene lo cabalgó con fuerza, como en su fantasía.

Adrien quería que durara más, pero su cuerpo tenía otras ideas y el de Selene también. Bajó las manos y acarició a Selene entre las piernas sólo unos momentos antes de sentir las contracciones del orgasmo que amenazaba con hacerlo estallar a él también. Maldijo sus limitaciones, pero el clímax se apoderó de él y le provocó un estremecimiento que lo recorrió de la cabeza a los pies.

Selene se desplomó contra él, y sus jadeos entrecortados eran los únicos sonidos que interrumpían el silencio de la noche. Permanecieron así un rato hasta que ella levantó la cabeza y le acarició la cara.

—No ha sido tan difícil, ¿verdad?

Selene no tenía ni idea de lo difícil que había sido para él, al menos en cuanto a dejar las riendas de su autocontrol.

—Me has pillado desprevenido.

—Pensé que sería la única manera de hacerte cooperar.

—Pensaste bien.

—Y ahora que he conseguido lo que quería, te dejaré para que continúes con lo que estabas haciendo.

Y dejándolo prácticamente con la boca abierta, Selene se levantó, se puso el camisón y volvió a su dormitorio, dejándolo con los pantalones por los tobillos y sin saber qué decir. Adrien estaba seguro de que Selene lo invitaría a su cama, y era lo que había deseado en el fondo de su alma. Pero Selene lo abandonó después de unos placenteros momentos de sexo, igual que había hecho él las noches anteriores. Y por algún motivo que no logró descifrar, eso no le gustó nada.

En los momentos de unión de sus cuerpos, Adrien tuvo la impresión de que Selene podía absolverlo de todos sus pecados, pero si descubría lo que había hecho, sólo podía esperar un indulto temporal.

Al margen de eso, quería más de ella y menos

sufrimiento, hasta que desapareciera de su vida para siempre.

Había pasado una hora cuando Selene notó la curva del colchón a su espalda y dos brazos alrededor de su cuerpo. La repentina aparición de Adrien la sorprendió tanto como su total desinhibición en la terraza un poco antes.

Se volvió en la cama para mirarlo, separada de él tan sólo por la suave sábana de algodón. Seguramente él estaba tan desnudo como ella.

–¿A qué debo este placer? –preguntó ella.

–No sabía que estabas despierta.

–Digamos que no estoy acostumbrada a que un hombre se meta en mi cama sin avisar.

–¿Quieres que me vaya?

–No he dicho eso.

–Me alegro, porque no pienso irme. Aún no –le dijo, apretándola contra él, aunque manteniendo la parte inferior del cuerpo alejada de ella.

Selene hundió los dedos entre los cabellos sedosos, y él le frotó suavemente la espalda.

–Pero sabes que me iré.

Ella lo besó en el cuello.

–Lo sé. Prefieres dormir en tu cama.

–Quería decir que dejaré la plantación. Cuando terminen los trabajos de restauración la venderé.

Selene pensó que eso le daba un buen motivo para no acelerar las obras, y una razón para no lanzarse de cabeza a una relación con él. También le hizo un nudo en el estómago.

–¿Dónde irás?

–No lo sé, algún lugar donde los inviernos sean cálidos. Quizá una isla.

Probablemente una isla desierta, pensó Selene.

Adrien deslizó el muslo entre sus piernas, dejándole sentir su erección con toda claridad, y excitándola a su vez.

—Entretanto, quiero ser tu amante hasta que te vayas.

Le acarició el pecho delicadamente, arrancando un suspiro de la garganta femenina.

—¿Y Ellen?

—Tres son multitud.

Selene se echó a reír, aunque lo que deseaba era gemir de placer.

—Me refiero a qué dirá cuando nos vea juntos.

Él le acarició el vientre plano con los nudillos.

—Seremos discretos, pero creo que ya tiene sus sospechas.

—¿Por qué lo dices?

—Me conoce demasiado bien. Sabe que te he deseado desde el día que entraste por la puerta, aunque al principio quería que te fueras —dijo él, acariciándole el muslo.

—¿Y qué quieres ahora, Adrien?

Quizá no era el momento más oportuno para hacer la pregunta dadas las caricias de Adrien. Selene temió no tener la respuesta que buscaba.

—¿No es obvio? Quiero estar otra vez dentro de ti —dijo, acariciándola sin piedad.

La volvió de espaldas y la arrimó contra su cuerpo. Después volvió a acariciarla con la mano entre las piernas.

—Sin expectativas.

—Sin expectativas —murmuró ella.

Él le levantó la pierna y se la colocó sobre la cadera.

—Pero de lo que puedes estar segura es de que siempre te haré sentir... —la penetró sin dificultad—, muy bien.

Esta vez la unión fue como un baile lento y sensual, al menos al principio, hasta que la pasión se apoderó de sus cuerpos y acabaron saciados y jadeando, empapados en sudor.

Cuando recobraron el aliento, Adrien le echó la cabeza hacia atrás y la besó. Fue un beso tierno y pausado, profundo y cargado de significado, pero Selene se dijo que debía mantener los pies en el suelo y estar alerta. Porque mientras él continuara en su vida, ella aceptaría el regalo de placer que él le ofrecía, pero siendo consciente en todo momento de la realidad de la situación.

Cuando los primeros rayos de luz se colaron por la ventana, Adrien supo que debía marcharse, pero esta vez no pudo. No podía dejar de contemplar a Selene, dormida a su lado, y no pudo resistirse a admirar su cuerpo una vez más. Después se iría.

Con cuidado de no despertarla, retiró la sábana hasta las piernas y estudió los pezones rosados antes de deslizar la vista hasta el suave vello rubio bajo el vientre, y se endureció como una roca.

Selene se había colado en sus venas como un agradable veneno y necesitaba librarse de su poder. La experiencia le había enseñado cómo hacerlo. Ahora sólo tenía que convencerla para que picara el anzuelo.

Empezaría aquella misma noche.

Capítulo Ocho

Selene notó su presencia en el rellano de la primera planta justo antes de levantar la cabeza, y subió las escaleras con el pulso acelerado. No lo había visto desde que apareció en su cama la noche anterior, pero no había dejado de pensar en él y en la conversación que habían tenido antes de hacer el amor por segunda vez.

—Iba a buscarte —dijo ella, antes de llegar al rellano—. Pensé que te gustaría saber que el contratista empezará con los trabajos el lunes que viene, primero con la parte exterior...

—¿Qué tienes planeado para los próximos dos días?

Por lo visto no estaba de humor para hablar de las obras. Y a juzgar por el brillo en sus ojos, tampoco parecía con muchas ganas de hablar.

—No tengo nada ni para mañana ni para el miércoles. El jueves tengo una reunión con la mujer que se ocupará de restaurar los muebles.

—Bien —dijo él, apoyándose en la barandilla—. Quiero que hagas una cosa.

—¿Qué es?

—Quiero que pases las próximas cuarenta y ocho horas conmigo, a partir de ahora. Sin teléfonos, sin citas, sin interrupciones. Necesito toda tu atención.

—¿Qué vamos a hacer?

Como si tuviera que preguntarlo. Ya estaba viendo el preestreno de los próximos dos días en la mente masculina.

—Ya lo sabes —dijo él—. Y nos quedaremos en mi habitación; hace más fresco. Por si acaso te acaloras demasiado.

Selene daba por hecho lo de acalorarse, sobre todo si él pensaba tenerla cautiva dos días enteros.

—¿No temes que nos hartemos el uno del otro?

—Te prometo que eso no ocurrirá.

Sin embargo, Selene temía que una situación tan intensa significara un peligro para sus emociones.

Para evitar posibles interrupciones, decidió hacer una llamada antes de reunirse con él.

—Primero tengo que llamar a mi madre.

—¿Para pedirle permiso? —preguntó él, burlón.

—Para decirle que estoy bien.

Era una llamada que había estado posponiendo desde que dejó su casa.

—No tardes —dijo él, incorporándose.

Sutilmente se rozó la entrepierna con la mano, y Selene se fijó en la prominente cresta bajo los pantalones y tragó saliva.

—Puede esperar.

—¿Estás segura?

—Totalmente.

Después de todo, su madre tampoco se había molestado en llamarla. En ese momento tenía mejores cosas que hacer, más en concreto estar en brazos de Adrien, en su mundo y en su mente.

Selene tomó la mano que él le ofrecía sin dudarlo, más dispuesta que nunca a seguirlo al fin del mundo. Lo único que deseaba era que cuando terminara su tiempo juntos no estuviera tan perdida como para no encontrar el camino de vuelta.

Sin hablar, Adrien la llevó a su dormitorio, que

había transformado en una sensual guarida. Había velas encendidas que iluminaban tenuemente con un tono dorado la habitación a oscuras. No había música, pero por las ventanas abiertas llegaba la sinfonía compuesta por los sonidos de la naturaleza en las marismas cercanas.

Adrien la sentó sobre unos cojines en el suelo y le quitó los zapatos. Después hizo lo mismo con los suyos. En la mesa había un palo de incienso encendido, que despedía una exótica fragancia.

–Huele bien –comentó ella.

Él le apartó el pelo de la cara y le estudió la cara.

–Es una mezcla especial que descubrí en mis viajes. Dicen que tiene un efecto favorable para el amor.

–Quieres decir que es un afrodisíaco.

–Quiero considerarlo un elemento de realce en una situación favorable de por sí.

Selene lo necesitaba ningún realce; ya estaba sintiendo los efectos de su sonrisa y el destello de pasión en sus ojos.

–Sólo hay una regla –dijo él mientras le desabrochaba la blusa–. Nada de hablar del pasado. Mientras estemos en esta habitación, el pasado no existe. Aparte de eso, no hay más reglas.

A Selene no le interesaba el pasado, sólo el presente, y más cuando él le quitó la blusa. Después, con movimientos lentos, Adrien hizo lo mismo con su camisa, y Selene vio que no llevaba el medallón, lo que sólo podía significar que estaba dispuesto a renunciar a su voluntad al menos durante la breve tregua de cuarenta y ocho horas.

Dejando los pantalones en su sitio, la tendió sobre los cojines, deslizó un brazo bajo su espalda y la acurrucó contra él. Trazó dibujos al azar en la piel sedosa mientras la llevaba a través de sus viajes y los lugares exóticos que había visitado.

A mitad de la narración de sus viajes en México, Selene empezó a sentir un extraño cosquilleo en el pecho, que fue descendiendo por su cuerpo. En respuesta, un gemido subió a su garganta y escapó por su boca sin que pudiera detenerlo.

Adrien se interrumpió y la miró.

—¿Lo sientes?

Selene dudaba que fuera por causa del incienso. Era Adrien, simple y llanamente, un hombre tan potente como cualquier opiáceo.

Adrien le ladeó la cabeza y le acarició el labio con la lengua.

—Estoy ardiendo sólo de pensar en lo que te voy a hacer.

Se sentó y le quitó los pantalones y las bragas. Después de una ligera vacilación hizo lo mismo con el resto de su ropa y quedó completamente desnudo sobre ella.

Se arrodilló junto a ella y se inclinó para besarla por todo el cuerpo.

—Dime qué te gusta —le dijo mientras le separaba los labios con el dedo—. ¿Aquí?

—Sí, ahí —logró jadear ella cuando rozó el punto más sensible.

Adrien le alentó a expresar verbalmente sus deseos y usó las dos manos y la boca para llevarla al clímax más abrasador. Cuando le llegó a ella el turno de explorarlo, Adrien habló en términos explícitos de lo que le gustaba y de lo que le enloquecía. Y sin dudarlo, ella satisfizo todas sus necesidades y deseos con total entrega y entusiasmo.

Cuando Adrien entró en su cuerpo, Selene se sentía como si hubiera viajado a otra dimensión donde sólo existían ellos dos. Al sentir que él la alzaba por las caderas y la penetraba más profundamente, Selene estalló en un segundo orgasmo más virulento que el primero y que pareció durar unos momentos interminables. Poco después, Adrien dejó escapar un gruñido primitivo y quedó rígido en sus brazos. Se desplomó sobre ella, jadeando, mientras ella le acariciaba ligeramente la espalda, la cintura y las nalgas con las puntas de los dedos.

—Estoy hecho polvo —murmuró él, cuando ella ya creía que se había quedado dormido.

A Selene todavía le quedaba mucha energía y mucha pasión. Le enmarcó la cara con las manos, le alzó la cabeza y lo obligó a mirarla a los ojos.

—Por favor, no me digas que hemos terminado por hoy.

—He dicho que estoy hecho polvo, no muerto. Creo que no tardaré en recuperarme —añadió con un guiño.

Adrien no se equivocaba y aquella noche volvieron a hacer el amor dos veces más. Poco antes del alba se durmieron abrazados y cuando Selene despertó a la mañana siguiente encontró a Adrien contemplándola.

—Buenos días —dijo ella, estirando los brazos por encima de la cabeza—. ¿Qué hora es?

—¿Importa mucho?

Probablemente no. Después de todo, no tenía nada mejor que hacer que estar en sus brazos.

—Estoy acostumbrada a levantarme pronto.

—Yo ya estoy levantado.

Selene bajó la mirada y comprobó que tenía razón.

—Hay tres cosas que nunca fallan. La muerte, los impuestos y la erección matinal de un hombre.

Adrien se echó a reír.

–Vaya, caballero, no me había dado cuenta de que tenías sentido del humor –dijo ella.

–Y yo no me había dado cuenta de todos tus encantos –dijo él, tirando de ella hacia él.

–¿Quieres que los use contigo una vez más?

–¿De verdad lo tienes que preguntar?

La verdad era que no.

En las horas siguientes, el tiempo pareció suspendido mientras Adrien la mantenía cautiva en una neblina intensamente erótica. A las doce, la sacó a la terraza y la pegó contra la pared, donde cualquiera hubiera podido verlos. Selene nunca se había sentido tan liberada ni había pensado que riesgos como aquél pudieran resultar tan excitantes. Pero Adrien lo sabía, igual que sabía exactamente cómo y cuándo llevarla a la cima del placer mientras estaba metido profundamente en su cuerpo.

Aunque sólo salieron de la habitación para lo más necesario, no pasaron todo el tiempo haciendo el amor. Adrien parecía más relajado mientras hablaban de muchas cosas, como sus escritores sureños favoritos y su falta de interés por la política. Cuando ella le preguntó por sus padres, él se limitó a comentar que no estaban en su vida, por lo que Selene no se atrevió a indagar más. Respetando la norma de no hablar del pasado, él no mencionó a su ex marido y ella no le preguntó sobre la mujer que hubo en su pasado. Pero cuando ella le contó la desafortunada historia de los amantes de *Maison du Soleil*, la tristeza por la muerte de Grace y la desesperación de Zeke que lo llevó a la bebida y consecuentemente a la muerte, Selene supo que Adrien se sintió en parte identificado.

En varios momentos pensó en hablarle de sus capacidades telepáticas, pero temió no ser comprendida y prefirió dejarlo para otro momento.

Al atardecer, Adrien insistió en que probara su whisky de ochenta años, y cuando ella bebió un sorbo y arrugó la nariz, él se echó a reír. Cenaron en la cama y se ducharon juntos en el baño de Adrien, donde él le hizo el amor una vez más. Fue una experiencia que Selene no olvidaría jamás.

Cuando llegaron al final de aquella breve escapada de la realidad, Selene había hecho cosas que jamás había imaginado; había hablado de temas que con cualquier otra persona eran tabú, y se había enamorado perdidamente de Adrien. Sentía que estaban unidos no sólo por sus mentes, sino también por sus almas, y sin embargo no llegaba entender por completo la fuente de su dolor, a pesar de que en los últimos dos días parecía haberlo olvidado.

Pero cuando despertó en mitad de la última noche y lo encontró con la mirada perdida junto a la ventana, se dio cuenta que había sido sólo una tregua temporal. Selene hizo lo único que podía hacer: pedirle que le hiciera el amor una última vez, cosa que él hizo con infinita ternura.

Y cuando se durmió una vez más en sus brazos, Selene aceptó que él siempre ocuparía un lugar especial en su corazón, y que queriendo o no, Adrien había conquistado su amor para siempre.

El jueves por la mañana Selene se despertó y Adrien no estaba. Se sintió perdida, como si hubiera perdido a un amigo de toda la vida y a un maravilloso amante a la vez. Se regañó mentalmente por hacer precisamente lo que había jurado no hacer: enamorarse de él. Pero no sabía cómo atajar los sentimientos que seguían subiendo a la superficie ni cómo dejar de pensar en él aunque sólo fueran unos minutos, a pesar de que no lo había visto desde la noche anterior. Desafortunadamente, no le quedaba otro remedio que volver al mundo real.

Después de reunirse con la restauradora a las doce y media, tomó unas cuantas muestras de tejido y las usó como excusa para ir a verlo. Fue a su despacho, que tenía la puerta entreabierta, y asomó la cabeza.

—¡He dicho que lo haga, maldita sea! ¡Para eso le pago! —estaba diciendo él al teléfono.

Después de dejar el teléfono inalámbrico con un golpe seco en la mesa, Adrien levantó la cabeza. Selene estaba retirándose discretamente cuando él la vio.

—Creo que te pillo en mal momento —dijo ella—. Volveré más tarde.

Adrien se pasó una mano por el pelo antes de sujetar ambos brazos del sillón con las manos.

—No tienes que irte. Me vendrá bien distraerme un poco.

Selene entró y le enseñó las muestras.

—Para el salón principal de abajo, ¿prefieres el milrayas rojas y doradas o el brocado verde?

Adrien se frotó la barbilla, se sentó en el sillón y sonrió.

—Quítate la ropa y envuélvete en la tela y te lo diré.

—Hablo en serio —dijo ella, tratando de ignorar el estremecimiento que sintió.

—Elígelo tú. Seguro que tienes mejor ojo para los colores que yo.

—De acuerdo. O puedo consultarlo con Ellen cuando vuelva.

—Estará aquí el sábado —le informó Adrien—. Le dije que se quedara otra semana más, pero dice que ya ha estado demasiado.

Aunque Selene tenía ganas de ver a Ellen, no pudo evitar sentir su regreso, un regreso que pondría fin al tiempo que habían pasado solos en la casa.

—Tengo ganas de verla —dijo, no muy convincente.

—Yo no —dijo él, poniéndose en pie y apoyando las manos en la mesa—. Pensaba hacerte el amor en todas las habitaciones de la casa. Claro que siempre podemos hacerlo en los próximos dos días.

—Ya veremos, pero ahora quiero pedirte un favor.

—Súbete a mi mesa y me ocuparé de todo.

Selene sabía exactamente cómo pensaba hacerlo.

—No es nada de sexo. Quiero que me acompañes a ver si sigue existiendo la cabaña del árbol de la que me habló el señor Gutherie.

—Sigue en su sitio —dijo él, con un destello en los ojos de profunda tristeza que Selene no logró comprender.

Selene deseaba desesperadamente preguntarle por qué estaba tan triste, pero en lugar de hacerlo directamente decidió dar un rodeo.

—Antes de que se me olvide, tienes que decirme qué debo hacer con la habitación de invitados que hay frente a tu dormitorio.

Ahora Adrien la miró irritado.

—Quiero que se quede como está.

—¿Por cuánto tiempo?

—Hasta que yo diga lo contrario. ¿Queda claro?

Adrien acababa de confirmar sus sospechas de que la clave de su dolor estaba en aquella habitación. Pero ¿se arriesgaría a tratar de averiguarlo? Quizá tras el regreso de Ellen, pero ahora tenía que relajar el ambiente.

–Totalmente claro, señor. Puede que sea insaciable, pero desde luego no soy sorda. Ni tampoco tonta –afirmó.

Selene se dio cuenta de que él no quería olvidar su enfado, pero al final perdió la batalla y sonrió.

–No, desde luego tonta no eres.

–Ahora que mi inteligencia no está en entredicho, me iré y te dejaré seguir trabajando. Nos vemos en el porche a las seis, si te parece bien.

Con Adrien a su lado, Selene caminaba de espaldas por el prado, contemplando la mansión bañada en la luz del atardecer que se alzaba a lo lejos, tratando de visualizar cómo quedaría cuando pintaran las columnas negras de blanco.

–*Maison du Soleil*. Casa del Sol –dijo, volviéndose hacia delante y arrancando una flor del suelo–. Cuando terminemos la restauración, hay que cambiar el nombre a la casa y devolverle su nombre anterior.

–¿Anterior a cuándo?

–A la muerte de Grace. Quizá podamos preguntar a Zeke. Jeb Gutherie me dijo que su abuela solía hablar con él después de muerto.

Sus palabras provocaron una agria mirada de Adrien.

–No creo que nadie se pueda comunicar con los muertos –afirmó–. No creo en fantasmas, ni en vudús ni en videncias.

Por supuesto que no, pensó Selene. Era un hombre de negocios, pragmático hasta la médula. Y probablemente todavía no estaba preparado para aceptar su «don».

–¿Y no crees que hay cosas que no se pueden explicar?

—No —dijo él, como si sus palabras le hubieran ofendido.

—¿Y el destino?

—Cada uno crea su propio destino y es responsable de sus actos y decisiones. Es ahí —dijo, señalando la hilera de pacanas que bordeaban la pradera.

Selene aceleró el paso al ver la plataforma de madera apoyada entre dos gruesas ramas. No podía creer que la cabaña hubiera sobrevivido tanto tiempo y sin saber por qué le entraron unas ganas inexplicables de trepar a ella. Apenas había puesto un pie en una de las ramas más bajas cuando Adrien le gritó:

—No subas, Selene.

—Claro que voy a subir —respondió ella—. Cuando era pequeña no me dejaban subir a los árboles —dijo, trepando a la rama superior.

—Baja —repitió él, serio.

Con un pie en la plataforma de madera, lista para dar el último paso, Selene lo miró por encima del hombro.

—¿Por qué? Parece bastante sólida.

—Las apariencias engañan —dijo él, mirándola con dureza junto al árbol—. Podrías caerte y romperte algo.

—Sólo voy a probar con el pie —dijo.

Pero una mano le sujetó con fuerza el tobillo.

—He dicho que bajes —le ordenó él.

Aunque sonaba furioso, Selene percibió auténtico pánico en su voz.

—Si tanto te preocupa, de acuerdo.

Empezó a bajar, pero resbaló y cayó. Por fortuna, antes de llegar al suelo, Adrien estaba allí para recogerla. Inmediatamente la dejó en el suelo y se alejó de ella.

–Te he dicho que no lo hicieras.

–No estaba tan alta –protestó ella–. De haberme caído, lo único que me hubiera dolido sería el orgullo.

–O podías haberte partido el cuello –masculló él.

Adrien dio media vuelta y echó a andar hacia la casa. Selene, tratando de seguirlo, no podía entender por qué estaba tan furioso.

–¿Por qué te has puesto así? Tú, que te has tirado en paracaídas y te has lanzado desde un acantilado, por favor.

–Eso fue hace mucho tiempo y son riesgos innecesarios. Me lo enseñó la vida –dijo él sin dejar de caminar a grandes zancadas.

Selene corrió y se detuvo delante de él, alzando las manos para obligarlo a detenerse.

–No me dejes atrás. Explícame a qué ha venido todo esto.

–Es por tu seguridad.

Una serie de imágenes fugaces se filtró en la mente de Selene: una joven sonriente, y esa misma joven desplomándose por el aire con ojos aterrorizados antes de que todo se volviera negro.

Adrien rodeó a Selene y continuó andando.

–¿Tiene algo que ver con Chloe? –dijo ella.

Él se volvió furioso hacia ella, con una mirada que por primera vez le dio miedo de verdad.

–¿Has estado hablando con Ellen?

–No, pero sé que Chloe existió. Sé que es alguien a quien amabas con todas tus fuerzas.

Adrien apretó los puños a los lados.

–No sabes nada de mí. Y es mejor que no lo sepas.

Con eso, continuó su camino hacia la casa y esta vez Selene no lo detuvo. Todavía sin entender el misterio, sabía que Chloe fue una parte importante de su vida, y ahora también sabía que le había sucedido algo terrible, probablemente la causa de los remordimientos que estaban comiendo vivo a Adrien.

Adrien no sabía cómo Selene supo de la existencia de Chloe, pero era consciente de que estaba acercándose cada vez más a la verdad.

Dominado por la rabia, limpió su escritorio de un manotazo y empezó a pasear por el despacho como un animal enjaulado.

Había creído erróneamente que si pasaba más tiempo con ella descubriría algo que no le gustara y así podría alejarse de ella sin volver la vista atrás. Pero en lugar de eso había caído víctima de sus propias maquinaciones. En vez de desear olvidarla, estaba consumido por ella.

También sabía que Selene no merecía el castigo de su ira. Selene merecía un hombre entero, un hombre sin un pasado de errores irreparables, un hombre capaz de amarla cómo ella merecía.

Cuando estaba con ella, a veces pensaba que él podía ser ese hombre, hasta que aquella tarde los recuerdos volvieron a cobrar vida, haciéndole ver que era imposible.

Sólo veía una manera de asegurarse su rechazo: decirle la verdad. Aunque sólo lo utilizaría como último recurso.

Entretanto, pasaría una última noche fingiendo ser el hombre que ella creía, antes de regresar definitivamente a su infierno particular.

Capítulo Nueve

A la mañana siguiente, después de pasar la noche sola y sin poder dormir, Selene decidió volver a la habitación de los niños. Durante un rato, sujetó la cuna; estaba tan vacía cómo ella se sentía. Su instinto le decían que se fuera, que dejara a Adrien y abandonara la plantación para siempre, pero algo la obligaba a seguir allí. Una fuerza desconocida, o el destino. O quizá fuera la esperanza de que Adrien llegara a corresponder el amor que sentía por él algún día.

—¿Pensando en el futuro, Selene?

Selene se volvió y lo vio apoyado en el pomo de la puerta, con la camisa blanca y los pantalones negros de siempre, como si acabara de salir de una reunión de negocios.

—Estaba pensando que esta habitación sería un buen cuarto de estar. Podría ser más moderno que el resto de la casa, con todas las comodidades tecnológicas.

Él continuó observándola en silencio hasta que dijo:

—Perdona.

Selene no lo esperaba.

—Perdonado —dijo.

Adrien se frotó la nuca y se quedó mirando el suelo, una actitud impropia de él.

—Esta noche quiero invitarte a cenar. Una cena de verdad que tú no tienes que preparar.

¿Una cita? Seguramente era mucho pedir, pero de todos modos preguntó:

—¿Vamos a cenar fuera?

—No, nos la traerán aquí.

Selene suspiró, decepcionada.

—No te vendría mal salir de casa de vez en cuando.

Él hundió las manos en los bolsillos.

—Tengo mis razones para no querer salir hoy.

Selene sospechaba que debía estar relacionado con sus planes para la sobremesa, pero antes de volver a acostarse con él quería respuestas.

—¿A qué hora? —dijo, caminando hacia él, aunque manteniéndose a distancia.

—A las siete.

—Bien. Entonces hasta luego.

Cuando pasó a su lado para salir, él le tomó la mano y la rodeó con los brazos. Selene esperaba un beso, pero sólo la abrazó con fuerza durante un largo momento, con las palmas apretadas en su espalda y las mejillas pegadas. Cuando él la besó en la frente, Selene preguntó:

—¿Por qué has hecho eso?

—Por ser tú —dijo él con una calidez en la mirada que Selene no había visto hasta entonces, como si la fortaleza emocional se hubiera desvanecido, al menos de momento—. Tu respeto significa mucho, Selene. Más de lo que te imaginas.

Pero ella no necesitaba imaginárselo. Su intuición le decía que él sentía algo por ella, y que podía llegar a amarla en el futuro. Aunque no antes de superar el dolor de su trágico pasado.

Y cuando él la soltó y se alejó, Selene entendió que se estaban acercando rápidamente al punto de no retorno. Si no lograba que él se sincerara con ella aquella noche, ella tendría que decidir entre seguir luchando o aceptar la derrota. Aceptar que no era la mujer destinada a estar con él el resto de su vida.

Con un vestido de satén negro que había comprado aquel mismo día y el pelo recogido en un moño, Selene bajó la escalinata central de la casa y se dirigió al comedor. Allí se detuvo en seco al ver a un desconocido alto y desgarbado enfundado en un esmoquin negro en la puerta.

–Buenas noches, señorita –dijo el hombre canoso con inesperada amabilidad–. Soy Renaldo, su camarero. Por aquí.

Perpleja, Selene se colgó del brazo que él ofrecía y permitió que la llevara hasta el comedor. Cuando entró, encontró a Adrien de pie junto a la mesa con un esmoquin de seda negro y una camisa blanca. Enseguida vio que los cubiertos estaban colocados uno junto a otro, no en los extremos opuestos de la mesa. El camarero le apartó la silla para que se sentara y después le colocó una servilleta de papel rosa en el regazo.

Cuando el hombre desapareció en la cocina y Adrien se sentó a su lado, Selene preguntó:

–¿De dónde ha salido?

–De Atlanta. Viene con el chef de Chez Gaston. Pensé que echarías de menos tu ciudad.

–Conozco bien el restaurante, pero no puedo creer que hayan venido hasta aquí en coche un viernes por la tarde.

–Han venido en avión privado.

Increíble.

–Ha debido de costar mucho dinero. No me hubiera importado tomar una de las cenas que nos dejó Ellen.

—¿Tienes algo en contra de una cena exquisita?

No, pero Selene tenía una especie de aversión al dinero, y estaba empezando a ver que la fortuna de Adrien estaba muy por encima de lo que había imaginado. Algo que había conocido de siempre, y que era un aspecto de su pasado que trataba de evitar.

—Perdona, no quería ser desagradecida. Estoy segura de que estará deliciosa.

Adrien le estaba mirando con descaro a los senos que se adivinaban bajo el escote.

—Más delicioso será lo que tengo planeado después —dijo él, apoyándole la palma de la mano en la rodilla.

«¿Nunca reservó un comedor privado en un restaurante y te acarició por debajo de la mesa hasta hacerte desearlo allí mismo?».

Selene recordó sus palabras y sintió una oleada de calor por todo el cuerpo. A ese paso, no iba a poder mantener su decisión de evitar una mayor intimidad entre ellos hasta que lograra obtener algunas respuestas.

Pero a medida que Renaldo iba sirviendo los platos, la mano de Adrien se deslizaba unos centímetros más arriba por el muslo y a ella se le aceleraba el pulso. Para cuando llegó el segundo plato, estaba segura de que no sería capaz de tragar otro bocado a pesar de que su acompañante no había hecho nada más cuestionable que acariciarle el interior de la pierna con el pulgar.

Adrien, por su parte, comió toda la cena, incluidos los crepes de fresas que ella rechazó. Aunque Selene sí aceptó una segunda copa de vino.

Cuando el camarero terminó de retirar el último plato y se perdió en la cocina, Adrien se inclinó hacia ella y susurró:

—No se da cuenta de nada. Si te...

Selene le sujetó la mano antes de que ésta alcanzara su objetivo.

—Pero no es ciego, y si haces lo que me temo, te aseguro que se dará cuenta.

Adrien le tomó la mano y se la llevó a los labios.

—Sólo quería saber si llevas algo debajo del vestido.

—Sí.

Unos centímetros de encaje negro.

En ese momento entró el camarero con un hombre que se presentó como Chef Stephan Aucoin, un corpulento caballero con aspecto de comerse casi toda la comida que preparaba.

Adrien se puso en pie.

—Caballeros, como siempre, han hecho un excelente trabajo.

El chef hizo una ligera inclinación hacia delante.

—Ha sido un placer, señor Morrell —miró a Selene—. Señorita Winston, apenas ha tocado la comida. ¿No ha sido de su agrado?

—No come mucho cuando está caliente —dijo Adrien.

—Las temperaturas son muy altas —se apresuró a añadir ella.

Si hubiera alcanzado la pierna de Adrien, le habría dado una patada.

—Entonces tendremos que volver cuando hayan bajado —observó Renaldo sin inmutarse.

Ellos no sabían que seguramente para entonces ella ya no estaría allí, pensó Selene.

Adrien echó una ojeada al reloj y rodeó la mesa.

—El coche les espera para llevarlos al aeropuerto —sacó un sobre del bolsillo interior de la chaqueta y lo entregó al chef—. Les acompañaré.

Cuando Adrien salió con los dos hombres del comedor, Selene se dejó caer en la silla y se abanicó la cara, incapaz de creer que había llegado al final de la velada sin desmayarse. Unos momentos después, Adrien regresó con las manos en los bolsillos y la miró con ojos seductores.

—¿No come mucho cuando está caliente? ¡No puedo creer que hayas podido decir eso!

Él tuvo el valor de sonreír.

—Estás caliente, ¿verdad?

Lo estaba, sí, y él lo sabía perfectamente.

—Ahora me estoy enfriando.

Adrien fue hacia ella y la rodeó con los brazos. Después le levantó el vestido por detrás y le acarició las nalgas.

—No sabes las ganas que tengo de quitártelas.

Selene se zafó de sus brazos y dio un paso atrás.

—Primero tenemos que hablar.

—¿De qué?

—De nuestros secretos. Los tuyos y los míos.

—Todo el mundo tiene derecho a tener secretos, Selene. No necesito tus revelaciones.

Cruzando los brazos, Selene caminó hasta el lado opuesto del comedor, poniendo la mesa entre ellos para mayor seguridad.

—Pues te voy a hacer una, y me vas a escuchar.

Adrien apartó una silla y se dejó caer en ella.

—Adelante y confiesa si eso te hace sentir mejor, pero no esperes lo mismo de mí —dijo él con fingida indiferencia.

Pero ella lo esperaba, sobre todo cuando le dijera lo que debía haberle dicho antes. Selene respiró profundamente y permaneció de pie, con las manos apoyadas en el respaldo de una silla.

—Cuando era niña, aprendí que tenía la extraña capacidad de leer los pensamientos de otras personas. También aprendí que saber lo que la gente pensaba de ti no siempre era bueno y me enseñé a bloquearlo.

Hizo una pausa esperando alguna reacción, pero Adrien continuó mirándola con escepticismo.

–Cuando mi marido empezó a volver tarde a casa con la excusa del trabajo, decidí utilizar el «don» por primera vez en años. Imagina mi sorpresa cuando descubrí que cuando estaba en la cama conmigo tenía fantasías con una amiga común. Se lo dije, y reconoció tener un lío con ella. Fin de la historia y fin del matrimonio.

Adrien se movió ligeramente a la silla.

–Ya te lo he dicho, no creo en esas cosas.

En otras palabras, no la creía, pero lo haría.

–En cuanto pisé esta casa, empecé a ver tus pensamientos. Yo no los busqué, pero eran demasiado fuertes para bloquearlos.

Adrien apartó la silla de la mesa y se levantó.

–¡Esto es ridículo! –exclamó.

–¿Tú crees? –Selene apretó el respaldo de la silla con fuerza–. Cuando salí a la terraza la primera noche que hicimos el amor, sabía que era una fantasía tuya porque la vi unas noches antes.

–¿A dónde quieres ir a parar? –preguntó él.

–También he visto otras imágenes –dijo ella, rodeando la mesa y yendo hacia él, quedando a sólo un metro de distancia–. De una mujer llamada Chloe. De hecho tú fuiste quien me dijo su nombre sin saberlo.

Adrien empujó una silla que cayó al suelo.

–No tengo que escuchar esto.

–Sí, porque sé que le pasó algo, y sea lo que sea, te está corroyendo por dentro como si fuera ácido.

Sin decir nada, Adrien salió del comedor hacia

el vestíbulo a grandes zancadas, pero Selene salió tras él.

—Para y escúchame —dijo antes de que él llegara al primer escalón.

Él se volvió a mirarla con ira y amargura a la vez.

—¿Por qué tengo que escucharte?

—Porque te he entregado toda mi confianza desde el principio. Porque te he contado algo que nadie más conoce. Y ahora te pido que tú confíes en mí y me hables de ella.

—Si de verdad tienes telepatía, ya debes saberlo todo.

—No lo sé todo —dijo ella, dando otro paso hacia él—, porque tú bloqueas esas imágenes. Y quizá porque yo he hecho un esfuerzo inconsciente para no verlas, por temor a que hayas hecho algo terrible.

—En eso tendrías razón.

Selene se acercó al pie de la escalera, resuelta a insistir hasta obtener las respuestas.

—Entonces me lo debes. Quiero saber quién era Chloe, qué le pasó, y qué tenía para que la amaras tanto que cuando murió decidiste enterrarte en vida.

Adrien se desplomó en el segundo escalón y apoyó la cabeza en las manos. Cuando la miró, había tanto dolor en sus ojos que Selene sintió como si le clavaran una daga en el corazón.

Entonces la mente de Adrien se abrió como las compuertas de una presa y envió una sucesión de imágenes a la mente de Selene. Una joven morena de ojos azules escalando, después buscando una mano a la que sujetarse e incapaz de hacerlo. Y cayendo, su cuerpo girando en el aire y golpeándose contra la pared rocosa antes de quedar colgando inmóvil de una soga.

Selene se sentó junto a él en la escalera.

—Cayó —dijo.

—No era una montañera experta. No tenía que haberme acompañado, pero me lo suplicó y yo no tuve valor para decirle que no. Nunca lo tuve.

—La amabas mucho.

—Todo lo que se puede amar a una hermana.

—¿Era tu hermana? —repitió Selene, anonadada.

Adrien se pasó una mano por la frente.

—Sí. Nació cuando yo tenía doce años, y era hija de mi madre y el cerdo de mi padrastro. Chloe fue lo único bueno que salió de ese matrimonio —dejó escapar una cáustica risa—. Paradójicamente, Giles tenía el control de la herencia y me lo dejó todo a mí. También me nombró administrador de la parte de Chloe. Ni que decir tiene que a mi madre y a su marido no les hizo ninguna gracia, ni tampoco que Chloe siguiera en contacto conmigo cuando me fui a vivir con Giles a los dieciséis años. Ahora me culpan del accidente, y por mucho que deteste reconocerlo, tienen razón.

—Tú no tienes la culpa —Selene le pasó un brazo por los hombros—. Tú mismo dijiste que fue un accidente.

Adrien se inclinó hacia delante, apoyó los codos en las rodillas y se pasó las manos por la cara.

—No quiero hablar más de eso.

Selene se dio cuenta de que todavía faltaban algunas piezas del rompecabezas, pero al ver a Adrien tan destrozado decidió que de momento era suficiente.

—Lo siento mucho, Adrien, pero no siento que me lo hayas contado. Quería quitarte parte de esa carga.

—¿Por qué, Selene? —los ojos azules la miraron confusos.

–Porque te aprecio –dijo, aunque hubiera debido decir «Te quiero»–. Porque cuando estamos juntos soy más feliz de lo que he sido nunca, y cuando estamos separados tengo la sensación de que me falta una parte de mí. Ya sé que me dijiste que un día te irías, pero no puedo evitar lo que siento.

Él se volvió hacia ella y le enmarcó la cara con las manos.

–No merezco tu compasión ni pasar otro minuto contigo, pero no puedo estar sin ti.

Y la besó con urgencia y desesperación a la vez que le levantaba el vestido y le quitaba las bragas. Selene no protestó; ella lo deseaba tanto como él. Cuando Adrien se bajó la cremallera y le separó las piernas, no le dijo que estarían más cómodos en la cama porque en ese momento él no buscaba comodidad. Tampoco buscaba lo no convencional; necesitaba la unión y el consuelo y ella estaba más que dispuesta a proporcionárselo.

Apoyó la rodilla en la escalera y la penetró, y cuando enterró la cara en la curva de la garganta femenina, Selene miró a los querubines que flotaban sobre sus cabezas entre las nubes. Una escena que iba muy bien con el paraíso al que Adrien la estaba llevando.

Selene cerró los ojos y dejó que Adrien la llevara al lugar donde no existía dolor, sólo placer. Como siempre, su cuerpo respondió a sus caricias y su mente se abrió para compartir la satisfacción física además del tormento emocional.

Después de un rato, el cuerpo masculino se tensó y, tras un largo estremecimiento, Adrien susurró:

–No me dejes, Selene.

Ella pensó que se refería sólo a aquella noche, aunque no quería dejarlo nunca.

***

No podía mover los brazos ni las piernas. No podía hablar ni gritar. No podía apartar los dedos que le rodeaban la garganta. En cuestión de minutos moriría en manos de un atacante desconocido. Pero cuando vio el destello del medallón de oro, se dio cuenta de que no era un desconocido.

Selene se incorporó en la cama de golpe, buscando aire y temblando incontrolablemente. Miró el lugar vacío que había dejado Adrien en la cama y empezó a plantearse todas las posibilidades. ¿Había entregado su amor a un asesino?

Adrien le dijo que era el administrador del dinero de Chloe. ¿Habría sido capaz de fingir un accidente para quedarse con toda la herencia? Selene se negaba a creer que se había equivocado tan rotundamente con él, pero las inquietantes imágenes se repetían una y otra vez en su mente mientras se vestía a toda prisa con la misma ropa de la noche anterior. Sin embargo, no tuvo tiempo de huir. Adrien salió del cuarto de baño llevando sólo una toalla a la cintura y una sonrisa en los labios.

—¿Dónde vas? —dijo, apoyando un hombro en la pared y cruzando los brazos.

—A vestirme antes de que llegue Ellen —se excusó ella, yendo hacia la puerta.

—Ya ha venido.

Eso en parte la alivió, pero cuando Adrien fue hacia ella, Selene dio otro paso atrás.

—¿Qué pasa, Selene?

—Nada. No quiero que Ellen me vea aquí.

130

Adrien rió bajito.

–Tendrá que acostumbrarse. Espero que en adelante duermas en mi cama.

La noche anterior Selene hubiera dado cualquier cosa por oírle decir eso. Pero ahora no sabía qué pensar.

–Hasta luego –dijo.

Si es que no se veía obligada a salir corriendo mientras estuviera a tiempo.

Y sin mirarlo corrió al cuarto de baño y cerró la puerta con cerrojo. Cuando volvió a su habitación a vestirse, vio la luz intermitente del buzón de voz en su teléfono. Sus padres habían estado tratando de ponerse en contacto con ella hacía una hora. Se sentó en la cama y marcó el número de su padre.

–Hola, papá. Soy Selene. ¿Para qué me has llamado?

–Hola, hija. Tu hermana ha empezado con las contracciones y me ha dicho que te llame.

Quizá fuera lo más oportuno, pensó Selene. Era la excusa perfecta para dejar la plantación, aunque era consciente de que no tendría paz hasta que conociera toda la verdad sobre Adrien.

–¿Cuándo nacerá el niño?

–Según tu madre, que por cierto todavía no te habla, la comadrona ha dicho que puede tardar unas horas. Incluso mañana.

–¿Sigue decidida a dar a luz en casa?

–Sí, aunque no entiendo por qué, teniendo los hospitales y los analgésicos que hay en la actualidad. ¿Tú sigues en Luisiana?

Era evidente que Hannah les había puesto al día sobre su paradero. Mejor, pensó Selene. Eso le ahorraba muchas explicaciones.

–Sí, sigo aquí –al menos de momento–. Dile a

Hannah que buena suerte y que estaré allí en cuanto pueda.

En cuanto encontrara algunas de las respuestas que tenía pendientes. La decisión de quedarse en Georgia definitivamente o regresar a Luisiana para estar con Adrien dependía de lo que descubriera. Y el mejor sitio para empezar era la mujer que acababa de volver a la plantación.

—Bienvenida, Ellen.

—Hola, Selene —dijo Ellen desde la mesa de la cocina—. Empezaba a pensar que se había ido, teniendo en cuenta que son casi las doce y aún no la había visto.

—No, pero tengo que irme un par de días. Mi hermana está a punto de dar a luz y quiero estar con ella. Pero antes necesito su ayuda.

Ellen la miró por encima de las gafas y dejó el montón de cartas que estaba ordenando.

—Tiene que ver con Adrien. Necesito saber qué le pasó a Chloe.

—Ya le dije que no puedo hablar de eso —dijo la mujer, volviendo a los sobres—. Le di mi palabra a Adrien.

Selene le tocó el brazo para llamar su atención.

—Sé que se cayó mientras escalaba y que murió. Me lo contó Adrien, pero me preocupa lo que no me está contando. Necesito saber si es responsable de su muerte. O si fue un accidente de verdad.

—¿Por qué le interesa tanto?

—Porque le aprecio —confesó—. Si ha hecho algo horrible, tengo que saberlo.

Ellen la estudió en silencio.

—Se ha enamorado de él, ¿verdad?

Lo mejor sería negarlo, pero Selene estaba segura de que no sería capaz de hacerlo.

—Quiero creer que fue un accidente, pero sé que hubo algo más.

—Fue un accidente —confirmó Ellen—, pero eso es sólo parte de lo que ocurrió.

Sin decir nada más, Ellen sacó una llave de un cajón y la deslizó por la mesa hacia ella.

—Es la llave del dormitorio frente al de Adrien. Mire en el segundo cajón de la mesita de noche. Allí encontrará las respuestas.

—Gracias —dijo Selene antes de salir corriendo y subir a la primera planta. Cuando vio la puerta de Adrien entreabierta, pensó que estaba en su despacho. Y rezó para que así fuera.

Con manos temblorosas logró por fin abrir la puerta de la misteriosa habitación, esperando un lugar cargado de recuerdos de Chloe. Sin embargo, no encontró nada más que una estrecha cama de hospital colocada bajo la ventana, la mesita que Ellen mencionó a su lado y, contra la pared a pie de la cama, una silla de ruedas plegada.

Ver la habitación sólo sirvió para despertar más interrogantes, no para darle respuestas.

Selene imaginó que Chloe no murió en el accidente, sino que sufrió algún tipo de parálisis. Se acercó a la mesita y abrió el cajón donde encontró una pila de gruesas hojas de papel. Bocetos, eran bocetos y dibujos de mariposas y árboles, de pájaros alados echando a volar, e incluso el de una niña de rizos morenos corriendo por lo que parecía el césped de la plantación, con la casa al fondo completamente pintada de amarillo. Pero el dibujo más triste era el de una joven de perfil, sentada en una silla de ruedas con la cara entre las manos: el trágico retrato de Chloe después del accidente. Y debajo una nota que decía:

Querido Adrien:

Odio haberme convertido en una carga para ti y para Ellen, pero odio todavía más tener que dejaros. Por favor, no me obligues a hacerlo. No soy tan fuerte.

Perdóname.

Chloe

Más interrogantes. ¿Qué quiso obligarle a hacer Adrien? ¿Y por qué ella le pedía perdón? ¿Intentó convencerla de que la única salida era la muerte y ella se negó? ¿Había decidido quitarle la vida, para librarla de la terrible vida que llevaba y a sí mismo de la carga que suponía cuidarla?

Selene necesitaba más pistas, y abrió el primer cajón de la mesita sin soltar los dibujos. Allí encontró todo tipo de medicamentos, entre ellos jeringuillas y viales, pero hubo una cosa que le llamó la atención. Una fotografía de Chloe y Adrien vestidos con ropa de invierno rodeados de montañas nevadas, con las cabezas pegadas y sonriendo enérgicamente. Una cosa no se podía negar, los dos se habían querido mucho. Sin embargo, algo sucedió...

−¿Qué demonios estás haciendo aquí, Selene?

Capítulo Diez

A Selene casi se le cayó todo lo que tenía en la mano cuando se volvió a mirar a Adrien, que estaba de pie en la puerta abierta y la miraba furioso.

—Estaba mirando esto —dijo ella, alzando lo que tenía la mano.

—¿Qué esperas encontrar?

—Respuestas. Ahora sé que Chloe no murió en el accidente, sino que quedó en una silla de ruedas. Pero no sé que ocurrió después, y necesito saberlo. ¿Tuviste algo que ver con su muerte?

Adrien permaneció en silencio, y otra sucesión de imágenes mentales llegaron a cerebro de Selene: Chloe en la cama con los ojos cerrados, Adrien sujetándola, con las manos en su garganta, buscando el pulso. Y después de eso, el sonido desgarrador del gemido de Adrien quebrando el aire.

—¿Se suicidó? —preguntó Selene.

Adrien se acercó a la ventana y le dio la espalda.

—Ya tuve que soportar el interrogatorio del forense, Selene. No necesito otro de ti.

—Sólo quiero saber qué pasó.

—Mi indiferencia fue la causa de su muerte, es todo lo que necesitas saber.

—Adrien, tienes que hablar de ello. Te está destruyendo.

Él permaneció en silencio unos minutos, hasta que por fin dijo:

—Está bien, te daré los detalles —se volvió hacia ella con todo el dolor y el remordimiento reflejado en la cara—. Chloe quedó tetrapléjica, paralizada de la mitad del torso para abajo. Podía usar parcialmente la mano derecha y podía respirar sola, al menos al principio —empezó a pasear por el cuarto mientras hablaba—. El día antes de su muerte, insistí en mudarnos más cerca de un hospital donde pudiera tener unos cuidados más intensivos porque no mejoraba. De hecho, estaba empeorando. Pero ella no quería ir, y yo decidí contra sus deseos.

—¿Y después?

Adrien le dio de nuevo la espalda, como si no pudiera contar el resto mirándola a la cara.

—Ellen se ocupaba de ella durante el día, y por las noches yo le leía hasta que se dormía. Solía quedarme para asegurarme de que estaba bien. Pero aquella noche... —bajó la cabeza—, estaba agotado y me quedé dormido. Cuando desperté, no respiraba. Intenté reanimarla, pero era demasiado tarde.

Selene dejó los papeles en la cama y fue hasta él.

—¿Cuánto tiempo la cuidaste?

—Dos años.

Aunque él seguía de espaldas a ella, Selene hizo el viaje mental con él.

—Por las tardes la llevaba a dar un paseo por los jardines para que le diera el aire. Le gustaba dibujar, y aunque le costaba, todavía podía hacerlo. Pero no era suficiente. No hice suficiente para animarla a seguir luchando.

Selene no estaba de acuerdo. Ahora entendía

136

por qué Adrien no podía dormir, por qué su dolor era tan intenso y por qué tenía tantos remordimientos.

—No mucha gente habría hecho lo que hiciste tú, Adrien. Y creías estar haciendo lo mejor. Estabas haciendo lo mejor.

Él giró en redondo, fue a la cama y tiró los dibujos al suelo.

—Si no me hubiera dormido, habría podido llamar a una ambulancia y ella seguiría con vida.

Selene se plantó delante de él y le tomó la cara entre las manos.

—O quizá sólo hubiera retrasado lo inevitable. Si estaba empeorando, nadie puede saber cuánto tiempo habría durado.

Adrien suspiró.

—Se merecía más tiempo.

—Se merecía tener un poco de paz. ¿Cuándo dejarás de culparte?

—No puedo.

Selene le rodeó la cintura con los brazos.

—Sí, claro que puedes. Tienes que hacerlo. Y sé que Chloe no querría que siguieras viviendo así. Nadie te dice que lo olvides, pero ella te pidió perdón. ¿La has perdonado?

Adrien cerró brevemente los ojos, y cuando los abrió, Selene vio las lágrimas que tan desesperadamente intentaba contener.

—La he perdonado.

—Ahora tienes que perdonarte a ti mismo.

—Lo que hice fue imperdonable. Le fallé dos veces.

Selene apoyó la cabeza en el pecho masculino.

—Chloe te perdona, Adrien. Y yo también.

Él le tomó la cara con las manos y la obligó a mirarlo.

–Ven conmigo, Selene. Vámonos lejos de aquí. Sólo tengo que hacer una llamada y podemos estar en cualquier lugar del mundo en cuestión de horas.

Sería fácil aceptar y olvidar a su familia para estar con él, pero había hecho una promesa a su hermana y no podía irse.

–No puedo. Ahora no.

Él dio un paso atrás.

–Me tienes miedo. No estás segura de que te haya contado la verdad.

–Sé que me has contado la verdad. Tengo que ir unos días a casa para estar con mi hermana Hannah. Está a punto de dar a luz.

–Ve con tu familia –dijo él con repentina frialdad–. Ellos te necesitan más que yo.

Selene no estaba segura de eso.

–No estaré fuera más de un par de días, Adrien. Te lo prometo.

–Nada de promesas –dijo él–. Quédate en Georgia, Selene, y no vuelvas conmigo. Sólo te causaré sufrimiento.

Un profundo dolor surgió de su corazón a la vez que los ojos se le llenaban de lágrimas.

–No lo dices en serio.

Adrien le dio la espalda y volvió junto a la ventana.

–Muy en serio.

–¿Quieres que deje todo lo que hemos compartido? –preguntó ella.

–Sólo hemos compartido nuestros cuerpos y nuestro tiempo, nada más.

Selene tenía los ojos cubiertos de lágrimas, pero se negó a dejarlas caer.

–Puede que eso fuera para ti, pero para mí fue mucho más. Muchísimo más.

Y a la vez que el mundo que Adrien le había enseñado se desplomaba a su alrededor, Selene se dirigió hacia la puerta.

Sin embargo, antes de alejarse para siempre, quiso decir algo más.

—Después de pensarlo mucho, creo que ya sé por qué cuando me fui de mi casa y conduje hasta Luisiana no paré en Baton Rouge sino que continué hasta St. Edwards y me quedé allí varios días, sin decidirme a continuar.

Él se volvió y la miró sin expresión.

—¿Para salvarme de mí mismo? —preguntó con sarcasmo.

—No, para amarte.

—Esta vez sí que has metido la pata, señor Morrell —dijo Ellen desde la puerta.

Todavía sentado en la cama de hospital de la habitación de Chloe, Adrien levantó los ojos.

—No debiste dejarla entrar aquí.

—No me diste otra alternativa —dijo ella, entrando en la habitación y sentándose a su lado—. Tenía que saber la verdad. Tenía que saber que no eres un monstruo. Te quiere, Adrien, y deberías aceptar su amor. Y aceptar que tú también la quieres.

Adrien no quería que Selene le amara, ni tampoco amarla, pero así era.

—Si supieras la verdad sobre ella, te alegrarías de que se haya ido.

—Si te refieres a sus capacidades telepáticas, me lo dijo antes de irse.

—Pero es ridículo —dijo Adrien, volviéndose a mirarla—. Eres una mujer inteligente y sabes tan bien como yo que leer los pensamientos ajenos es imposible.

Ellen cruzó las manos en el regazo.

–Ya no estoy tan segura. Pero lo que sí sé es que en cuanto la vi supe que era diferente. Que estaba aquí por algo, sino nunca la hubiera contratado por su falta de experiencia –calló un momento antes de continuar–. Los dos cometimos errores con Chloe al no darnos cuenta de cómo se estaba deteriorando, pero nuestras intenciones eran buenas. Igual que las de Selene. Ella te ha obligado a sentir algo más que remordimientos, y te ha hecho ver que todavía eres un hombre, no un caparazón vacío. Es parte de ti. Ahora quiero saber qué piensas hacer al respecto.

–Nada –dijo él, recordando sus últimas palabras–. Le he dicho que se fuera y no volviera.

–Si le pides que vuelva, volverá.

Dios, cómo lo deseaba. Más de lo que jamás había pensado.

–No sé cómo ponerme en contacto con ella.

–Por el amor de Dios, Adrien. Puedes encontrar a quien quieras –Ellen quedó pensativa un momento–. O si puede leer los pensamientos como asegura, sabrá lo que sientes sin necesidad de que digas nada. Porque no puedes dejar de pensar en ella, y no dejarás de atormentarte hasta que por fin le digas que has cometido un error. Un error que no puedes permitirte, porque si lo haces, estarás condenado a una vida de soledad. Y Chloe no querría verte así.

Ellen se levantó y dejó que Adrien recapacitara sobre sus palabras y sobre sus sentimientos, tan fuertes e intensos que parecían sofocarlo.

Los remordimientos por su actuación en la muerte de su hermana habían sido reemplazados por un sentimiento más amargo: los remordimientos de haber dejado marchar a Selene. Y si ella decía la verdad y podía leer los pensamientos, pronto sabría que había estado en ellos en todo momento.

–Es precioso, Hannah –dijo Selene, mirando al bebé recién nacido que tenía en sus brazos–. ¿Cómo se va a llamar?

–Trey.

–El nombre le va bien –dijo, dejando al pequeño dormido en la cuna–. Duerme un rato. Pareces cansada.

–Tú también. Puedes quedarte en la habitación de invitados. ¿Qué tal tu trabajo?

–Se acabó.

Igual que su relación con Adrien, y eso le llenó los ojos de lágrimas no derramadas, justo cuando creía que ya no le quedaban más.

Hannah la miró, alarmada.

–Oh, no, hermanita. No te habrán despedido, ¿verdad?

Selene se pellizcó el puente de la nariz para intentar contener las lágrimas.

–Se puede decir que sí.

–¿Qué vas a hacer ahora?

–No tengo ni idea.

De momento Selene sólo podía pensar en una ducha de agua caliente y una cama, aunque dudaba que pudiera conciliar el sueño.

–Lo pensaré mañana.

–Siempre te ha gustado posponer las cosas, querida hija.

El sonido de la educada voz de su madre a su espalda la hizo volverse hacia la puerta. Allí estaba Lynette Albright con una pequeña maleta de viaje en la mano, tan elegante como siempre con un traje de chaqueta de lino blanco y los cabellos rubios y lisos perfectamente recogidos en un moño sobre la nuca.

—Hola, madre —dijo Selene.

—¿Hola? ¿Eso es todo lo que tienes que decirme después de desaparecer sin decir una palabra?

Una discusión con su madre era lo último que Selene necesitaba aquella noche.

—Estoy cansada, madre. Ahora mismo lo único que quiero es dormir.

—Selene se queda en la habitación de invitados, madre —dijo Hannah desde la cama—. Puedes volver a casa con papá.

—No pienso hacer tal cosa —dijo Lynette, mirando a su hija menor—. Puede que necesite su ayuda con el pequeño por la noche.

Selene sabría que no podía posponer más la conversación que tenía pendiente con su madre.

—¿Por qué no vamos a tomarnos una manzanilla y dejamos descansar a Hannah? —sugirió a su progenitora.

Las dos mujeres se despidieron de Hannah y fueron a la cocina, donde Selene preparó dos tazas de manzanilla en silencio.

—Háblame de ese trabajo, Selene.

No era precisamente el tema del que Selene deseaba hablar.

—He estado restaurando una mansión histórica, pero he terminado.

Lynette arqueó una ceja, sorprendida.

—Ha sido muy rápido. Supongo que no había mucho que hacer.

Quedaba muchísimo por hacer y a Selene le dolía profundamente no poder terminar. Pero lo que más le dolía era no volver a ver a Adrien.

—Básicamente puse el proyecto en marcha y ahora se ocupará otra persona.

Quizá otra mujer. Alguien a quien Adrien pudiera seducir. Alguien a quien pudiera robarle el corazón.

—¿Qué vas a hacer ahora? —preguntó Lynette.

Selene se encogió de hombros.

—Creo que utilizaré mi licenciatura en diseño e interiorismo. También puedo montar una empresa especializada en restauraciones históricas.

—Jan Myers tiene una bonita tienda en el centro. Estoy segura de que le encantará tenerte. ¿Quieres que la llame?

—Jan es decoradora, madre. Lo que yo hago es un poco más amplio —respondió Selene con más dureza de lo que hubiera deseado, pero al ver la expresión dolida de su madre, añadió—: Pero te lo agradezco. Y si no te importa, necesito un lugar para vivir hasta que encuentre un apartamento.

La expresión de su madre se alegró visiblemente.

—Nos encantará tenerte en casa otra vez. Tu habitación sigue como siempre.

—Gracias.

Lynette se quedó mirando un momento a la taza de manzanilla y después miró de nuevo a su hija.

—Supongo que debo pedirte disculpas por mi actitud después de tu divorcio. Lo siento, pero tenía muchas esperanzas con Richard.

—Fue más una fusión empresarial que un matrimonio, madre. No éramos felices.

—Lo sé. Igual que sé que, a pesar de toda mi oposición a que Hannah se casara con Doug, enseguida me di cuenta de lo mucho que se quieren. Y eso, querida mía, vale mucho más que todo el oro de Georgia.

Por fin su madre se había dado cuenta de que

la valía de un hombre no estaba directamente relacionada con su cuenta bancaria.

–Es hora de dormir –dijo su madre, apurando la manzanilla–, pero me temo que tendremos que compartir la cama.

–Puedo dormir en el sofá –dijo Selene poniéndose en pie.

–No hace falta –dijo Lynette–. Aún recuerdo las noches que te despertabas con pesadillas en mitad de la noche y te metías en nuestra cama.

Selene sonrió al recordar todas las noches que su madre la durmió cantándole suaves canciones de nana.

–Ahora soy un poco más mayor.

–Sí, pero tu padre no estará en la cama con nosotras, gracias a Dios. El pobre ronca más fuerte que una locomotora.

Selene se echó a reír. Las dos mujeres continuaron recordando los maravillosos días de su infancia, hasta que se metieron en la cama y los pensamientos de Selene volvieron a Adrien.

Selene...

El sonido de su nombre en una voz profunda y desolada incorporó a Selene de la cama y la hizo buscar frenéticamente por toda la habitación. Por un momento quedó desorientada hasta que se dio cuenta de que no estaba en la plantación, sino en casa de Hannah, y que era su madre y no Adrien quien ocupaba la cama con ella. Sin embargo, hubiera jurado que lo había oído.

Entonces lo volvió a oír.

Dios, te necesito...

Incluso a cientos de kilómetros, Adrien había logrado entrar en su mente. Y ella no sólo podía oír sus palabras, sino también sentir su angustia tan intensamente como si fuera propia.

Incapaz de ignorar su dolor y la realidad de que estaban hechos el uno para el otro, Selene se levantó de la cama sin hacer ruido y se puso un par de vaqueros y una camiseta. Estaba atándose las zapatillas cuando se dio cuenta de que su madre estaba sentada en la cama, mirándola.

—Son las cuatro de la madrugada, Selene. ¿Dónde vas?

—Vuelvo a Luisiana.

—¿Para qué?

—Para ocuparme de algo que necesita mi atención. En realidad, un hombre: Adrien —le dijo—. Tengo un asunto pendiente con él que podría estar directamente relacionado con mi felicidad. Dile a Hannah que seguí su consejo y dejé de ser cauta. Y que la quiero y que vendré a verla muy pronto. Ella lo entenderá.

Lynette pareció entender más de lo que su hija esperaba.

—¿Es un buen hombre?

—Sí, lo es, pero todavía no lo sabe.

Lynette dejó escapar un gemido.

—No me lo digas. No tiene un centavo a su nombre.

Selene se volvió desde la puerta con la bolsa colgada al hombro y le sonrió.

—Tiene muchos centavos, madre. Pero más importante que eso tiene mi amor, y como has dicho antes, eso vale más que todo el oro de Georgia.

Cuando Selene llegó a la plantación al mediodía del día siguiente, dejó las llaves del contacto y el bolso en el asiento de delante por si Adrien volvía a echarla de allí definitivamente.

Al igual que ocurrió el primer día que fue a la plantación, Ellen se tomó su tiempo para responder, y cuando por fin abrió la puerta, no pareció en absoluto sorprendida de verla.

—La estaba esperando.

—¿Dónde está? —preguntó Selene, entrando en el vestíbulo.

—En su despacho, como siempre. ¿Qué tal su hermana? ¿Ya ha dado a luz?

—Bien, ha tenido un niño. Se lo contaré luego —dijo, yendo hacia las escaleras—. Tengo que hacer esto antes de que pierda el valor.

—Por supuesto, pero debo advertirla. Está de un humor de perros.

—Entonces ya somos dos.

Selene subió prácticamente corriendo hasta la puerta del despacho de Adrien y la abrió sin molestarse en llamar. El despacho estaba a oscuras, pero no tanto como para no ver que él estaba sentado en su sillón.

Selene cruzó el despacho y descorrió una de las cortinas.

—Antes de que digas nada, sé que me dijiste que no volviera —abrió la otra cortina—. Pero en mi ausencia me he dado cuenta de algunas cosas.

Rodeó la mesa, apoyó las manos en la superficie de madera y se inclinó hacia delante, mientras él la miraba en silencio.

—Primero, no trabajo para ti. Segundo, firmé un contrato y pienso cumplirlo hasta el final —empezó—, pero además de eso me niego a permitir que sigas interpretando el papel de héroe trágico. La muerte de Chloe fue terrible, pero no fue culpa tuya. Ella tomó una decisión, una decisión difícil, igual que yo estoy tomando la decisión de no tirar la toalla contigo, porque sé que cuando se ama a alguien todo se puede perdonar. Te quiero, incluso si en estos momentos tú no te quieres a ti mismo. Formamos un buen equipo, y pienso demostrártelo aunque no quieras. Y si crees que me estoy portando como una...

Dios, te quiero.

La silenciosa declaración le llegó con total claridad.

—Dilo en voz alta, maldita sea.

Adrien empujó el sillón hacia atrás, se levantó y le dio la espalda.

No puedo hacerlo, Selene. No puedo hacerte esto.

—Sí, claro que puedes. Sólo tienes que ser sincero y reconocerlo en voz alta —se agarró a su pechera—. Por favor, Adrien. Tengo que oírtelo decir.

Como él no respondió, Selene apoyó la frente en su pecho. Las lágrimas empezaron a derramarse por sus mejillas y empaparon la tela de la camisa. Los brazos masculinos la rodearon y Adrien apoyó los labios en su oído.

—Te quiero.

Selene levantó la cabeza y por fin vio la emoción que tanto había deseado ver reflejada en sus ojos.

—Yo también te quiero.

Entonces él la besó, primero en las mejillas húmedas y después en los labios. Cuando después de un rato interrumpió el beso, dijo:

—¿Qué vamos a hacer ahora?

Selene se echó hacia atrás y sonrió.

—No tenemos que hacer nada. Sólo dejarnos llevar y ver qué pasa.

—Estás arriesgándote mucho, Selene, creyendo en mí —dijo él.

–Creo en nosotros, Adrien. Y no es mi intención salvarte, porque eso sólo lo puedes hacer tú. Pero puedo estar a tu lado hasta que lo consigas. Y lo conseguirás, lo sé.

Él la miró con tanto amor en los ojos, que Selene sintió de nuevo ganas de llorar.

–Por primera vez en mucho tiempo creo que tienes razón.

–Eso significa que podemos continuar donde estábamos, conociéndonos mejor, empezando desde ahora.

–Tengo que ir a Los Ángeles –dijo él–. Esta tarde.

–¿Por trabajo? –dijo ella, decepcionada.

–En parte. Mis oficinas están en California y últimamente no me he ocupado de algunos proyectos importantes, incluida una fundación que creé en nombre de Chloe para financiar proyectos de investigación relacionados con lesiones de médula espinal.

–Es un tributo maravilloso, Adrien. Seguro que a ella le gustaría.

–Sí, lo sé. Pero antes tengo que pasar unas horas en Florida para ver a mi madre.

Selene estaba dispuesta a sacrificar estar con él si eso significaba que hacía las paces con su madre.

–¿Cuánto hace que no la ves?

–Casi un año. Vino tres o cuatro veces a ver a Chloe para convencerla de que se fuera con ella, pero yo me aseguré de no estar por aquí. En el funeral tampoco nos hablamos.

–Entonces creo que ya es hora de que hagáis las paces.

–Y quiero que vengas conmigo –dijo él, besándola en los labios–. Ellen se puede ocupar de la casa. ¿Tienes el pasaporte al día?

—Sí, pero no sabía que hacía falta pasaporte para ir a California, a menos que la hayan declarado independiente sin que yo lo sepa.

—No pienso estar más que un par de días en Los Ángeles. Después, podemos ir a algún lugar exótico. Como Barbados, por ejemplo.

—¿Vas a enseñarme la playa de la que me hablaste?

La misma que ella había visto a través de sus pensamientos.

Él le secó una lágrima de la mejilla con el pulgar.

—Voy a hacerte el amor en esa playa.

—Me parece estupendo, pero antes quiero que me prometas dos cosas —dijo ella—. Primero, no quiero tener que entrar en tu mente para saber lo que sientes por mí.

—Prometo repetírtelo a menudo. ¿Cuál es la segunda?

—Que tiremos al maldito sátiro del pasillo a la ciénaga —dijo ella—. O por lo menos lo encerremos en el desván. No quiero volver a verlo nunca más.

Adrien se echó a reír y la levantó en brazos.

—Lo haremos en otro momento. Ahora tengo que llevarte a la cama y hacerte el amor.

—Eso sí que es una novedad, hacer el amor en una cama —Selene consultó la hora—. ¿A qué hora tenemos el vuelo?

—A la que yo diga —dijo él—. De momento dedicaremos unas horas a recuperar las veinticuatro que hemos estado separados.

—Veinticuatro horas y veintidós minutos, si no me equivoco.

Cuando llegaron a su dormitorio, Adrien dejó a Selene en el suelo y la besó apasionadamente. Después hicieron el amor a plena luz del día, sin ocultar nada, ni siquiera la tristeza de Adrien cuando por fin se desahogó en brazos de Selene.

En esos momentos, ella vio al hombre que sabía que existía desde el principio, y supo que nunca querría irse de su lado. Y que nunca lo haría.

Epílogo

Dos años después.

Maison du Soleil. La Casa del Sol.

La recién restaurada plantación de Luisiana resultó ser el primer paso de Selene Winston Morrell hacia la libertad, y una vida llena de bendiciones.

La fachada fue pintada de blanco y amarillo y no tenía ni una gota de negro. Dentro, las habitaciones de la primera planta se habían restaurado siguiendo los planos originales, y el cuarto de niños de la primera planta era la sala de estar, mientras que la habitación que en el pasado fue un lugar lleno de tristeza se convirtió en el santuario de Selene, el despacho desde donde dirigía su empresa de asesoramiento y diseño.

Sin embargo, su mayor logro estaba saliendo por la puerta principal de la mano de Adrien. Cuando padre e hija caminaron hacia la mesa preparada en el jardín, Selene dejó de recoger los restos de la fiesta de cumpleaños para mirarlos. La niña, con el pelo moreno y rizado y los ojos azules como el cielo de verano, era idéntica a su padre, y nació casi un año después de que Selene y Adrien intercambiaran sus votos matrimoniales en una remota playa de Barbados.

—Ven aquí, Chloe —dijo Selene, poniéndose de rodillas.

La niña echó a correr con pasos inciertos hacia su madre, y ésta la tomó en brazos.

–¿Ya te has bañado? Hueles muy bien.

–Entre mantenerla dentro de la bañera y sacarle los restos de tarta del pelo y las orejas, el baño ha sido toda una aventura –dijo Adrien, sonriendo.

Chloe bostezó y apoyó la cabeza en el hombro de su madre.

–Está muy cansada –dijo Selene–, pero así dormirá todo el trayecto hasta Shreveport y Ellen podrá conducir más tranquila.

Ellen se había ofrecido a llevarse a la niña de vacaciones con ella durante una semana, que Selene y Adrien iban a aprovechar para estar unos días solos.

–Creo que ya se ha ido todo el mundo excepto...

–Ven a darle un beso de despedida al tío Jeb.

En cuanto oyó la voz del anciano, Chloe se zafó de los brazos de su madre y salió corriendo hacia el todoterreno de Ellen.

Adrien se acercó a Selene y le pasó un brazo por la cintura. Juntos vieron cómo su hija se subía a la silla de ruedas del anciano, algo que había aprendido a hacer recientemente y le encantaba.

–Sin duda Jeb se ha convertido en el abuelo adoptivo perfecto para ella –comentó Adrien.

–Lo único que siento es que cuando él muera quizá no lo recuerde.

Adrien le apretó ligeramente la cadera.

–Tranquila, si ha llegado hasta aquí, seguro que todavía vivirá unos cuantos años más.

A Selene le hubiera gustado verlo, pero tenía la sensación de que el tiempo de Jeb en la tierra estaba llegando a su fin, aunque logró seguir con vida incluso después de finalizados los trabajos de restauración de la plantación. Y durante su embarazo. Y después del nacimiento de Chloe.

Poco antes de subir al coche de Ellen que iba a llevarlo de vuelta a la residencia donde vivía, Jeb quiso hablar unos momento en privado con Selene.

Selene empujó la silla de ruedas del anciano hacia la hilera de pacanas y se detuvo debajo de la cabaña en el árbol donde el anciano había jugado en su infancia.

—¿De qué querías hablarme, Jeb?

—Hoy he hablado con la señorita Chloe —dijo el hombre tras dejar escapar un suspiro.

—Lo sé. Cada día sabe más palabras.

—No la niña. La hermana del señor Adrien.

Selene mantuvo la calma, a pesar de su sorpresa.

—¿Dónde la ha visto?

—En la rotonda, mientras contemplaba su retrato junto al de la señorita Grace. Me ha pedido que le dé un mensaje.

Algunos asegurarían que eran los desvaríos de un anciano, pero Selene sabía que no era así.

—¿Qué le ha dicho?

—Que le dé las gracias por devolver a su hermano a la vida y por amarlo. Después me ha dicho que ahora se iría a descansar.

En muchos sentidos, Adrien también le había devuelto la vida a ella y le había ofrecido una vida mucho mejor.

—Gracias por decírmelo.

El anciano suspiró.

—Estoy cansado, señorita Selene. Yo también estoy preparado para reunirme con mi familia.

Selene apoyó la mano en la mejilla del hombre con los ojos empañados.

—Lo entiendo, pero le echaremos de menos.

—No llore por mí, señorita Selene. He tenido una

buena vida, y usted la tendrá también. Cuide de la niña y de su hombre. Él depende de usted.

–Y yo de él.

–Por supuesto que sí, porque su destino era comprenderla. Y el suyo amarla.

Selene le dio un largo abrazo.

–Y no lo ignoré –dijo, recordando su consejo.

Selene se tomó su tiempo para empujar de nuevo al anciano hasta el vehículo que lo esperaba. Jeb se había convertido en una parte tan importante de sus vidas que cada despedida era más difícil por temor a que fuera la última.

Mientras Adrien ayudaba a Jeb a subir al coche y Ellen metía la silla de ruedas en el maletero, Selene se inclinó por la puerta abierta para despedirse de su hija. Comprobó los cinturones y después le dio un beso en la mejilla.

–Pórtate bien con Ellen, cariño. Nos veremos dentro de unos días.

Chloe respondió metiéndose el dedo en la boca. Ellen se montó detrás del volante.

–Lo pasará estupendamente jugando con mi sobrina, ya lo verás.

–Lo sé, pero llámanos si se pone muy difícil e iremos a recogerla. Y no se te olvide llamar cuando llegues.

Ellen le ofreció una pícara sonrisa.

–Llamaré y dejaré que el teléfono suene dos veces antes de colgar. Así sabréis que he llegado bien, por si estáis ocupados con otra cosa.

Selene fue a preguntarle a qué se refería, pero ya lo sabía. Y lo cierto era que pensaba estar muy ocupada con su marido durante muchas horas.

Por fin el coche se alejó y Selene sintió las manos de Adrien en la cintura, apretándola contra él. Se volvió hacia él y lo vio con la mirada perdida en el horizonte y una expresión sombría en el rostro.

—¿Qué pasa, Adrien?

—Nada —respondió él, y suspiró—. Estaba pensando lo mucho que te hubiera querido. Y lo mucho que tú la hubieras querido a ella.

Selene no tenía que preguntar a quién se refería.

—Si se parecía a su hermano, seguro que sí —se puso de puntillas y le dio un beso en los labios—. Y ahora que tenemos una semana entera para nosotros, ¿dónde propones que la pasemos?

—En la cama.

—Bueno, teniendo en cuenta que tu hija ha heredado tu insomnio, no nos vendrá mal una buena cura de sueño.

Adrien le apretó contra él masajeándole las nalgas.

—No me refería a eso, y lo sabes.

—No lo sé, porque para lo único que utilizamos la cama es para dormir.

Adrien le pasó la lengua por el lóbulo de la oreja.

—Bien, entonces vamos al salón azul.

Selene se estremeció.

—Ya hemos estado allí. De hecho, creo que hemos estado en todas las habitaciones al menos una vez, si no dos desde que terminaron las obras.

—¿Has hecho alguna vez el amor contra el tronco de un árbol, señora Morrell?

—No, señor Morrell, pero prefiero el salón rojo a tener el trasero lleno de arañazos.

—Entonces al salón rojo —dijo él—. Pero antes tienes que acceder a una cosa.

—Ya sabes que siempre estoy abierta a todas las posibilidades.

–¿También a tener otro hijo?

Dado que no habían hablado de tener más hijos, Selene estaba más que dispuesta a hablar de ello.

–No me negaría a tener un hijo, sobre todo si se parece a mí, ya que mi hija ha salido a su padre.

Adrien sacudió la cabeza.

–Yo prefiero las chicas. Son mucho más interesantes y complejas que los hombres.

–Adrien, tú no tienes nada de simple ni aburrido –le aseguró ella, que tenía experiencia de primera mano.

Después de un apasionado beso y unas excitantes caricias, Adrien dijo:

–¿Por qué no vamos dentro y empezamos con ese niño?

Selene le apretó las nalgas.

–Es la mejor idea que has tenido en todo el día.

Mientras se dirigían a la casa agarrados por la cintura, Selene pensó lo mucho que habían recorrido juntos, desde la inmensa tristeza del principio a las risas más espontáneas y sinceras de ahora. Desde las sombras a la luz. Y como él prometió, Adrien le había llevado a lugares muy especiales, tanto dentro como fuera de su mundo privado. Pero principalmente le había mostrado su corazón, que por fin había empezado a cicatrizar, y también el poder absoluto del amor.

DESEO
KRISTI
GOLD

LA ÚNICA MUJER

Andrea Hamilton no conseguía olvidar aquella noche que había pasado bajo las estrellas junto al hombre que amaba.

Y para colmo Sam había regresado, y estaba más sexy que nunca; además acababa de contratar sus servicios como adiestradora de caballos. Pero lo que más le sorprendió fue enterarse de que su gran amor era ahora un príncipe... ¡un príncipe que quería ver a su hijo!

A pesar de los años, Samir seguía recordando a la mujer a la que había tenido que abandonar para cumplir con su obligación. Pero cuando se enteró de que tenían un hijo en común, juró no volver a separarse de ella.

N.º 554

LA CASA DE LAS FANTASÍAS

La diseñadora de interiores Selene Winston estaba allí para arreglar la vieja mansión, no para acostarse con su guapísimo jefe. Sin embargo, no podía dejar de soñar con el introvertido Adrien Morell…

Pronto se dio cuenta de que había quedado atrapada en el poder magnético de Adrien. Pero él no estaba dispuesto a salir de las sombras para estar con ella.

DESEO

JESSICA LEMMON
MELODÍA INACABADA

Cash Sutherland, estrella de la música *country*, tenía demasiado éxito y una reputación que había que mejorar. La discográfica contrató a la periodista Presley Cole para que escribiese un artículo que le daría un empujón a las carreras de los dos. Pero Presley era la mujer a la que Cash había dejado atrás y todavía no estaba preparada para perdonarlo por haberle roto el corazón.

JULES BENNETT
UN COMPROMISO FALSO

Luke Sutherland le debía una, así que Cassandra Taylor le pidió que la ayudara a organizar el evento nupcial del año: la boda de su hermano. A cambio, Luke quiso que fingieran estar prometidos para que las mujeres dejaran de acosarlo. Sin embargo, aquel falso compromiso prendió una verdadera pasión. ¿Tendría Cassie su propia boda de cuento de hadas o volvería a rompérsele el corazón?

N.º 553

JESSICA LEMMON
AL RITMO DEL DESEO

Hallie Banks se había hartado de ser la gemela buena y de vivir a la sombra de su hermana, una superestrella de la música *country*. Pero ¿qué sabía ella acerca de dejarse llevar y divertirse? Necesitaba un profesor y, por suerte, el guapísimo Gavin Sutherland estaba dispuesto a aceptar la tarea de enseñarla.